I0656361

MOMENTOS EN EL CAMINO

AMOR EN LOS TIEMPOS DE AHORA

FABIO H. SOTO SALOM

DEDICATORIA

Este libro se lo dedico a las siguientes personas, el orden en las que la voy a nombrar no necesariamente implica la importancia que cada uno de ellospuede o tiene en mi vida y en mi amor, excepto por los nombrados en la primera línea.

A Dios, Jesucristo y su amantísima madre.

A mi vida...

A mi esposa y a mi pequeña hija que tanta paciencia le ha tenido a su "papito" esperándolo tantos días para que juegue con ella.

A mis hijos

A mi madre

A mi padre...QEPD

EPÍGRAFE

En el Génesis, Dios creó las palabras,

En el mundo, nosotros vivimos las historias...

Fabio H. Soto Salom

Génesis 11. 1-9

PRÓLOGO

No hay una palabra en el idioma inglés más intrigante e interesante para mí que la palabra "Journey", en castellano o español podemos usar varios sinónimos parecidos pero la carga de descripción que esta sola palabra tiene en inglés, en mi opinión, no lo conseguimos en nuestro idioma.

Podemos usar, viaje, camino, trayecto, vía, pero cuando tratamos de describir las vicisitudes de la vida, los aprendizajes que te va dejando el andar por el camino de las experiencias, el compartir los momentos casuales, importantes, jocosos, jubilosos, los éxitos, así como los tristes, los fracasos, las pérdidas que vamos tomando a medida que el tiempo y las distancias nos van apartando de personas, lugares y recuerdos, es muy difícil que encontremos una sola palabra para definir todo esto como lo puedes hacer en el inglés como con "The Journey".

En el transcurrir de nuestra vida la mayor parte de las experiencias se reduce a como vivimos los momentos, sobre todo si estamos despiertos, conscientes de lo que está pasando a nuestro alrededor, si estamos viendo las señales, captando las coincidencias, observando cómo se van desmadejando los hilos que nos conducen de un momento a otro.

Y por supuesto, como los vivimos, como los guardamos, como los recordaremos, o si simplemente no lo haremos, porque la inconsciencia y por encima de todo hoy en día, las redes sociales nos quitaron la mayor parte de los minutos que vivimos.

En ese camino vamos dejando momentos que pudieron ser, momentos que fueron, momentos que nos hicieron lo que hoy somos, momentos que cambiaron el rumbo de lo que íbamos a ser y momentos que nos apartaron de nuestro camino por un tiempo y luego lo retomamos en el momento que despertamos.

De eso se tratan estos relatos, de algunos momentos en los que las personas (tal vez ficticias todas) se decidieron a vivir algún momento de su vida y mi sensibilidad la captó y la pude volcar en esta conjunción de letras que llamamos escritura.

La forma de enamorarse ha cambiado durante los años, cambia incluso en la línea de vida de una persona, cuando pensamos en el cambio acumulado de los millones de personas que caminamos por este planeta y como cada día se enamoran más personas y si esas relaciones pudiéramos equipararlas a hilos (unos dicen que hilos rojos) veríamos como el enredo es tan grande que estamos todos atrapados en una red que nos conecta, así que la manera como se enamora una persona empieza a replicarse de tal forma que nos afecta a todos.

Veamos cómo se enamoran los personajes de estos relatos y si esa forma se parece a lo que nos ha sucedido alguna vez, como transcurre el "Journey" de cada uno de ellos después de la relación y si esos encuentros tendrán algún efecto en nuestras vidas. Tal vez ya nos ocurrió...

Fabio H. Soto Salom

PRIMER RELATO

SOLEDAD

Muchas personas afirman que la soledad no es una buena consejera, otros al contrario aconsejan buscar la soledad para poder estar consigo mismo y encontrar un camino para conocerse más profundamente, como método de meditación, oración, y exploración del Yo. En los dos ángulos tal vez encontremos argumentos para sostener cualquiera de las dos teorías, lo que si es cierto es que la soledad hay que saberla afrontar. La madurez de espíritu y de carácter son indispensables para sobrellevarla y para obtener resultados positivos. Con todo este pensamiento en la mente escribí estos versos:

Bendita compañía,

Soledad.

Estás en mí o estoy contigo

te escogí yo o me escogiste tú

cómo me aparto de ti si te siento en todas partes.

No me quiero alejar, me siento bien contigo

y con nadie más,

pienso en lo que quiero y creo lo que siento.

Quien me rescata o quien me acompaña,

no me dejes caer

Juan José es un gran amigo, es un estudiante de Psicología, en la Universidad Autónoma de Madrid, su Trabajo de Fin de Grado me interesa mucho ya que está tratando La Soledad.

Coincidió el conocimiento que tenía del trabajo de Juan José con mi interés en el tema. Se me vino un poco la musa y aproveché que pasé una corta temporada en Madrid para escribir el verso y además para adentrarme en los detalles de la soledad en la mente y en el alma de los seres humanos. Me interesaba.

Lo llamé un día de finales de mayo para vernos. Nos citamos en la cafetería de la Facultad a las 11:30 am del día siguiente. Estaba pasando una temporada en casa de una amiga en el 127 de la Calle Vía Carpetana. Madrid es encantador en estas fechas, un poco de lluvia y unos días soleados con temperaturas agradables entre 15 a 20 grados, con cielos despejados.

Nos tocó una mañana soleada, me levanté temprano y ya que mi amiga se había ido al trabajo, bajé y caminé un rato por el Parque Cerro Almodóvar que me quedaba cerca. Pasé por la prensa, al estilo antiguo, nada de redes sociales para leer las noticias, me senté en una de las bancas disponibles adyacentes a la Calle de la Duquesa de Parcent y me dispuse a perder un poco de tiempo con un café caliente en una mano e imbuido en los artículos que se publicaban en primera página. Algunos titulares sin sumergirme en los detalles, solo para disfrutar del viento y la tranquilidad.

Eran apenas las 7:30 am y el tráfico empezaba a formarse, aproveché el tiempo además de las noticias para estudiar la mejor forma de ir hasta la Universidad que se encontraba algo retirada de donde me estaba quedando.

Me devolví al apartamento de mi amiga, como a las 9:30 am, no quería llegar tarde por nada del mundo, tomé mi carpeta, mis cuadernos y mis bolígrafos, revisé que al menos todos tuvieran tinta y los guardé, siempre me gusta escribir mucho cuando converso con alguien, sobre todo si el tema es interesante y este prometía serlo, hago todo tipo de rayas, círculos, diagramas, bosquejos, se me ocurren temas y los anoto, divago un poco con la persona y luego trato de cerrar con algo concreto. Siempre quiero salir con algo, me fastidia terminar una conversación con nada que llevarme, creo que al final eso es parte del intercambio de ideas, poder llevarte contigo unas palabras para que poco a poco se vayan moldeando en tu interior y germinen nuevas ideas o modifiquen las que tú ya tienes dentro.

Finalmente, la mejor ruta para ir a la Universidad era caminar hasta la estación La Carpetana en la misma Vía. Ahí tomaría la Línea 6 que recorrería 16 estaciones durante casi 45 minutos, para bajarme en la de Nuevos Ministerios, lo cual era muy turísticopara mí, me llevaría a través de la estación de tránsito para tomar la línea 10 durante 4 paradas más y 30 minutos para llegar a la estación de "Parla-Atocha-Chamartin-Alcobendas" y luego caminar solo unos metros hasta la entrada. Al ingresar a la universidad tendría que dirigirme a la calle Einstein y luego hacer una derecha en lo que se cruza con la calle Marie Curie, con estos personajes involucrados no se podía pensar si no en una reunión extraordinaria, a la derecha se encuentra la Facultad de Psicología y en la planta inferior está la terraza de la cafetería, un lugar perfecto y agradable para la reunión que íbamos a tener.

El estar sentado durante una hora y quince minutos más o menos en los andenes del Metro me hizo situarme bien en el tema que íbamos a tratar, observé las caras de las personas a mi alrededor, la mayoría sumergidos en sus teléfonos móviles inteligentes, absortos en cualquier cosa, pero más allá de lo que estuvieran viendo en sus móviles se podía apreciar el desapego a la realidad, miraban como autómatas lo que deslizaban con el dedo, con el cerebro en blanco, sin un punto central en su mente y sin la concentración necesaria para discurrir un pensamiento y analizarlo, no podían fijar un concepto ni podían recordar nada en ese momento. Nadie me miraba, de hecho, nadie miraba a nadie. ¿No era esta una forma de soledad? ¿Una soledad a la que nos había forzado la tecnología? ¿O nosotros la buscábamos y la anhelamos? Tenía varias preguntas para Juan José.

Con lo largo del viaje, la caminata por las calles de la Universidad y buscando un sitio en la terraza de la cafetería, todavía pude llegar cinco minutos antes, así que me dispuse a sentarme tranquilo, escogí la que pensé era la mejor mesa, lejos de la puerta de entrada a la cafetería y no tan centrada que la conversación de los demás nos interrumpiera, me dio tiempo de arreglar mis cuadernos y poner en orden mis bolígrafos, también pensé que tenía que establecer qué era lo que yo sabía del tema y qué era lo que podía obtener de Juan José, ya que lo de él era un enfoque profundo, un estudio científico al fin y al cabo.

Lo primero para mi es la diferencia entre soledad y estar solo. Una persona puede estar entre la familia, los mejores amigos, con su esposa, esposo, su ser querido más entrañable, compartir con ellos ratos placenteros o los que por definición de cada quiense puedan llamar de esa manera y a pesar de todo, continuar sintiendo la soledad.

No se trata de estar rodeado todo el tiempo de personas, de ruido, de juegos, de asistir a la mejor fiesta o ir a la playa y pasársela muy bien hasta el anochecer o tener el mejor sexo de la vida, es el vacío de no encontrar compañía interior, lo que te hace sentir la soledad.

Cuántas veces sentimos que las personas que tenemos alrededor son las correctas, muchas veces he mirado a mi alrededor y me siento como en cámara lenta, me abstraigo de la escena y me veo como en una película que pudiera ver a través de una pantalla y cuando observo a las personas en esa pantalla las veo como desconocidas, lejanas.

Me sorprendió Juan José cuando llego, estaba concentrado en mis pensamientos, solo tal vez.

-Hola, Miguel, que, de tiempo sin verte, ¿y tú aquí en la Universidad viniendo a verme?, qué sorpresa tan agradable.

-Hola JJ – nos dimos un fuerte abrazo de un par de años sin vernos- me agrada mucho volver a verte y sobre todo aquí en la Universidad, de verdad que tengo que venir más a menudo.

Nos pusimos al día poco a poco con nuestros asuntos personales y familiares y ordenamos algo al mesero para acompañar la conversación, le pregunté por la novia, los padres y la universidad, me alegró mucho que en un balance le estuviera yendo muy bien y más me alegró que estuviera a punto de culminar la carrera y con oferta de trabajo.

Al cabo de unos minutos de la charla de amigos entramos en la materia. - Entonces estás muy interesado en el tema de la soledad– me preguntó.

-Claro, eso sí, no como tú. Quiero decir, sé que tú has hecho de eso tu trabajo de grado y comprende toda una investigación psicológica y fisiológica por lo que me explicaste por teléfono, yo más bien estoy interesado en la parte poética de la soledad, cómo ese estado influye en los seres humanos en su parte afectiva, amorosa, en la relación de pareja, en cómo nos comunicamos con las personas que amamos, ese es mi interés.

-Pues, Miguel Ángel, acabas de resumir mis 330 páginas de trabajo de grado en casi una frase– nos reímos a carcajadas ambos– es que la soledad afecta la psiquis y el cuerpo humano de tal forma que eso que tú mencionas es la consecuencia del manejo de los conceptos de soledad y aislamiento mental y si por qué no espiritual.

-A ver, te explico, si tienes el tiempo –continúo.

-Pues claro, que a eso vine, ¿a qué si no? Explícame por favor.

-Fíjate, sentirse solo en un momento dado no tiene ningún problema, eso solo significa que eres un humano, es como si sintieras dolor, cuando un ser humano siente físicamente un dolor, éste lo está preparando para que tome una acción para remediarlo, así, si tienes un dolor de cabeza tomarás un calmante, si tienes un dolor de espalda tomarás posiblemente un relajante muscular y así, cada dolor tú lo asocias con una dolencia y puedes terminar yendo a tu médico para que te examine y te cure del dolor físico que estás sintiendo. La soledad actúa de la misma manera, es el dolor del aislamiento, es el que te hace sentir que estás solo y que necesitas tomar un curso de acción para salir de este.

-Entonces –continúo Juan José– el estar solo de por sí no se convierte en un problema porque hay ciertos momentos que como individuo necesitas tomar para ordenar ideas, pasar algún duelo, meditar tus planes y muchas otras cosas que puedes hacer en solitario, el problema es cuando te aíslas socialmente y dejas de compartir tu dolor, es ahí cuando subjetivamente estás sufriendo de soledad. Una de las características de la soledad es que no tiene un patrón definido, no puedes afirmar que una persona que es exitosa está casada, toca en una banda de músicos, es un artista renombrado etc., es una persona socialmente acompañada y no está en soledad. En otras palabras, las personas que sufren de soledad son las personas promedios, cualquiera como tú o como yo, no hay una forma sociológica de identificarlas y no hay una prueba para decir que lo vas a sufrir o eres propenso a eso.

-Déjame interrumpirte un momento – lo detuve antes que se lanzara por los caminos científicos de su investigación – te ves muy emocionado y me siento muy agradecido de haber venido a hablar contigo, esa emoción me demuestra que estoy con la persona adecuada para hablar del tema. Una pregunta que me hago ahora que te escucho, quiere decir que en algún momento figurado puedo ir caminando al altar muy emocionado de la mano de mi novia y ella puede estar, cómo decirlo para no usar la misma palabra de soledad, ¿aislada y como en las nebulosas?

-Jajajaja, que buena pregunta la tuya Miguel, yo andando en los caminos pragmáticos y tú siempre en la imaginación. No cambias amigo. Pues sí, claro que sí. Si esa supuesta novia tuya tiene ese dolor de aislamiento y no sabe salir de eso, no ha buscado ayuda y cada vez se sumerge más en su soledad, la tendrás caminando a tu lado hacia el altar y sintiéndose sola y tal vez porque no, algo miserable.

-Pero ¿cómo identificarlo? ¿Cómo saber que una persona que está a tu lado se está sintiendo sola?

-No tienes forma, nunca una persona normal sin las herramientas psicológicas que puede disponer un especialista podrá diagnosticar tal cosa y mucho menos en un momento determinado y tan específico como el que me estas planteando.

-Si me permites continuar con mi explicación – me descubrió por completo mi intención de no adentrarme tanto en la parte científica si no de mantenerme en la parte soft del problema, asentí con la cabeza, pichón de psicólogo al fin – ya vamos a llegar a donde tú quieres Miguel, pero es bueno que sepas que mis investigaciones me han llevado a concluir que hay varios factores sociales y económicos que contribuyen al incremento de la soledad como problema individual, la exacerbación del individualismo por el sistema capitalista de producción y el desarrollo de las nuevas tecnologías de comunicación social en los últimos 50 años han apartado a los seres humanos de la reunión en grupo que era usual en tiempos anteriores.

-Acuérdate, - decía Juan José – que antes la población era menor, las ciudades estaban menos pobladas y la gente solía vivir más en el campo, las personas se reunían alrededor de una fogata, en el porche de su casa, era tradición vestirse e ir a la plaza a hablar con los amigos, las mujeres recibían la visita del novio a través de la ventana que daba a la calle, era otra forma de relacionarnos que tenía como base el intercambio con otras personas. Hoy día es completamente diferente, tú debes haber venido en el Metro durante hora y tanto y nadie cruzó una palabra contigo – me sorprendió su percepción, como si adivinara lo que yo venía pensando en el tren, o tal vez era el conocimiento que tenía del tema – cada quien está absorto en sus quehaceres más inmediatos y eso tiene que ver con la cantidad de información que procesamos como consecuencia de las redes sociales y el internet, todo es inmediato y a eso se ha dedicado el ser humano, a lo inmediato, cuando no tienes algo inmediato te vas a la información que corre por todos esos canales que te absorbe y no te deja pensar. Eso es el caldo de cultivo para que te acostumbres a estar solo, ya no es extraño para ti y de ahí al aislamiento y a la soledad no hay ningún trecho.

-Eso interpreto yo que hace que la soledad actual que vivimos no sea una elección, estamos inducidos a esto por los factores que mencionas. ¿Entonces somos víctimas de algún plan macabro para sumirnos en la soledad para poder manipularnos o algo por el estilo? Pregunté casi alarmado y recordando mis versos.

-No, en definitivo no, no pienso, ni mi trabajo apunta a eso, que podamos concluir que hay un plan o teoría de la conspiración para que la sociedad sufra de soledad, es más bien una consecuencia de la evolución de la tecnología y es un reto más al que nos enfrentamos como sociedad del futuro, tendremos que aprender a estar más conectados pero esta vez no a un ordenador ni un teléfono móvil si no a las personas, a pertenecer, el sentido de pertenencia es lo que es importante para los humanos, como parte de la naturaleza que somos y lo más avanzado de la especie, así como el resto de los animales necesita pertenecer a la manada, nosotros también necesitamos pertenecer a algún grupo que nos distinga y nos satisfaga.

-JJ no te lo he preguntado, pero lo que me has contado apunta a eso, déjame ver si te entendí bien, ¿me dices que la soledad entonces es negativa para los seres humanos y vamos a algo así como a una pandemia de soledad?

-Si y no. Déjame puntualizar. Como hemos hablado, estar solo es a veces importante y necesario, depende mucho de la persona y la situación, de la manera cómo aprende y cómo se desenvuelve, el estar solo a veces nos da impulso para resolver situaciones que estando acompañados no podemos ver bien. En ese particular podemos decir que ese tiempo que estuvimos solos nos fue útil y por lo tanto es beneficioso. Lo que es dañino para el ser es el aislamiento social que podemos llamar entonces soledad, como también te expliqué, no hace falta estar solo para sentirlo o experimentarlo, puedes sentir el aislamiento estando muy acompañado, de ahí tu pregunta anterior de la novia y todo eso, la soledad tiene consecuencias físicas, el declive físico que sufrimos con el avance de la edad puede acelerarse con el síndrome de la soledad. Entonces si como consecuencia de los factores sociales y económicos que te dije se incrementa el aislamiento personal, sí, en tus palabras pudiéramos sufrir una pandemia global de soledad y esto conllevaría a la aparición de nuevas enfermedades del cuerpo físico. Eso sí, no pienso poner esa conclusión en mi trabajo, es solo para esta conversación contigo.

-Es increíble todo lo que me has dicho, yo vine aquí con el plan de validar mis versos desde el punto de vista científico y no sé cómo ordenar mis ideas ahora que siento que lo que ha inspirado cientos y cientos de poesías durante siglos ahora se ha convertido en un problema para las personas y para la sociedad. Es obvio que la tristeza que produce el desamor y el tiempo de duelo que lleva olvidar un desengaño o la pérdida del ser amado, nos conduce a un sentimiento de soledad y abandono y que, estando en ese estado la musa de los poetas se crece por ese dolor, recrear qué pueden sentir las personas para crear versos tristes y solitarios es parte de la esencia poética. Pero al mismo tiempo hacer apología de un mal que está afectando a nuestros semejantes, se me antoja ahora como más difícil. No se Juan José, pero como que has matado mi vena creadora de versos de soledad.

-Jajajaja, no me vas a venir ahora que te debo dinero por lucro cesante no? –bromeó Juan José y además continuó ante mi desconsuelo– zapatero a su zapato, todos tenemos que lidiar con las consecuencias de nuestro trabajo.

-Si muy gracioso, acabas con mi inspiración y todavía te ríes de mí, pero en una cosa si tienes razón, yo mismo me lo busqué. Nunca debí venir a una Facultad de Psicología a buscar material para escribir versos de amor.

-Qué rápido devuelves hermano, eso me pasa a mi por meterme con alguien que trabaja creando con la mente ¿no?

Nos reímos a carcajadas los dos, nos paramos y nos dimos un abrazo, tenía tiempo sin compartir con JJ, era una buena persona, un joven inteligente y trabajador y tenía seguro el éxito a su alcance, daba gusto ver crecer a las personas a tu lado, no importa la distancia que nos separaba, pero teníamos la certeza que nuestra amistad perduraría mucho tiempo y que reuniones como estas se darían más adelante, sin saber la frecuencia y sin querer adivinarla, la esperaríamos para compartir avances, cuitas y dolores.

-Ahora hablando en serio Miguel– se sentó y adoptó su cara de científico una vez más– de verdad no quiero aguarte tu musa, pero vamos a cerrar el tema con esta reflexión en positivo: ya sabemos lo que la soledad puede hacernos, pero más allá de eso, nuestro trabajo como humanos es conseguir esa conexión social y ese sentimiento saludable de pertenencia a un grupo o a una relación que nos permita obtener la satisfacción de estar conectados a una realidad compartida con nuestros seres más queridos y allegados, disfrutar de los tiempos a solas que requerimos y conectar con sentimientos restauradores que nos hagan más fuerte en lo mental y en lo físico.

-Vaya Juan José, ahora sí que estamos de acuerdo, excelente tu conclusión y permíteme para mi satisfacción, solo agregarle algo al final, mental, físico y espiritual.

-Sí, de acuerdo, disculpa que se me escape ese componente tan importante en estos días, no es que no lo considere, pero en mi trabajo de grado no se puede mencionar y tal vez por eso se me escapó, a los profesores no les haría ninguna gracia que estuviera mencionando lo espiritual, pero tú sabes que yo en lo personal si lo considero muy importante y gracias por recordármelo otra vez.

-No tienes que darme las gracias, hermano, tú y yo sabemos de qué estamos hablando, para eso hemos compartido tanto tiempo juntos y ya veo que no has olvidado nuestra formación espiritual.

-Sí, pero ya eso es para otra ocasión ¿no? Yo creo que tus lectores no quieren unir ahorita lo espiritual con el estudio psicológico de la soledad, ¿cierto?

-Claro que no. Dejémoslo hasta aquí.

Conversamos de otras cosas en común por un buen rato, comimos algo porque ya se había hecho la hora del almuerzo y Juan José se levantó y se despidió efusivamente con un gran abrazo y mucha emoción, yo igualmente, él tenía que ir a una clase y se le estaba haciendo tarde y la despedida como todas, pesaba en el ambiente difícil de manejar con la incertidumbre de cuándo y dónde nos volveremos a ver amigo. Al final se fue, dio media vuelta y caminó en vía a las aulas en la segunda planta del edificio.

Pagué la cuenta, pues me tocaba a mí, obvio, recogí mis cosas, mis anotaciones, la cantidad de rayas que tenía ¡por Dios! y emprendí el regreso por donde mismo vine, usaría los mismos trenes y las mismas estaciones, no era muy ducho en el Metro de Madrid y no tenía los recursos para planear en ese momento una variación de la ruta.

Eso sí, caminé muy lentamente, disfrutando de cada paso y del ambiente universitario que tanto me gusta, mirando todo a mi alrededor y tratando de sacar un aprendizaje de lo conversado con JJ.

Lo primero que decidí fue que seguiría escribiéndole a la soledad, es un tema que me inspira y aunque a veces no los publico ni se los enseñó a otras personas, esos versos me hacen escribir sobre otras situaciones.

Repasé la conversación con JJ y aprendí que la soledad no es buena para nosotros que puede enfermarnos seriamente, pero también aprendí que la esperanza y la cura a la soledad es una de las actividades más placenteras a las que podemos dedicarnos, y no es otra que abrazar a nuestros seres queridos, tener muchos amigos y amistades verdaderas, involucrarnos con las personas, no nada más relacionarnos y no solo ser parte de un círculo de conocidos, sino pertenecer a una comunidad con valores compartidos con verdadera conexión sentimental y espiritual. A JJ le mencioné lo de lo espiritual, ese concepto ya estaba ahí, intrínseco en ese mensaje tan bonito que nos dejó. "Sentimientos restauradores", vaya frase, me gustó y puede que la use más adelante.

Iba repasando cómo escribir sobre la conversación y cómo la presentaría cuando ya estaba cerca de la Biblioteca de Humanidades y listo para abordar el tren. Listo para el regreso.

SEGUNDO RELATO

EL TIEMPO

El tiempo es un condicionante de la actividad diaria de todas las personas, está presente en cada acto que realizamos y lo que hacemos siempre está en función de éste, es más podemos agregar que pocas cosas las hacemos fuera de tiempo, hay personas muy metódicas y otras que siempre llegan tarde, y esta categorización se la damos en la manera de cómo usan el tiempo. Pero cuántas veces pensamos en el día, voy a olvidarme del reloj, y actualmente sería voy a olvidarme del móvil. Eso motivó estos versos:

Por el tiempo no te preocupes...

tú no sabes cuánto voy a amarte,

un segundo, una noche, una vida

o una eternidad...

Solo vive conmigo este momento

entre los abismos del reloj.

❀ ❀ ❀ ❀ ❀

Caminaba temprano por el medio del Boston Common, digo temprano porque iba a una presentación de la Boston Pop Orchestra en el Symphony Hall de la Massachussets Avenue en homenaje a la música latina que comenzaría a las 7:00 p.m., eran alrededor de las 5:15 p.m. y entré al parque proveniente de la calle Temple atravesando la Tremont Street en la esquina en la que hay una icónica bakery al mejor estilo americano, te puedes comer unas bagels extraordinarias dulces o saladas, las puedes rellenar con atún, salmón, mantequilla de maní, o cualquier spread de los que te apetezcan. Al principio cuando llegué a la ciudad no sabía ni como pedirlas, pero luego me fui adaptando y con una taza de café negro americano que a mí me parecía como un tobo de café por un dólar, me las fui comiendo como desayuno, cosas de los gringos pensaba.

El trayecto a pie desde el cruce de la calle Temple hasta el Symphony Hall vía Boylston Street era de cerca de 35 minutos, si entraba al parque y lo tomaba como un paseo podían ser alrededor de 40 minutos, decidí por este último, como dije era temprano todavía y atravesar el parque era siempre una de mis distracciones preferidas, con los años después que salí de la ciudad lo recordaré como lo mejor que pude haber hecho, haber estado tiempo contemplando la tranquilidad que transmite este parque, es único.

Al entrar al Boston Common lo primero que sientes es la calidez de la vida diaria de las personas que por el transitan, puedes observar cómo cada quien a pesar de ir absorto en sus pensamientos mientras caminan y atraviesan el parque, también disfrutan de su verdor y de su amplitud, ves la integración que hay entre el parque y sus visitantes como si todos sintieran al mismo tiempo que es su hogar y al mismo tiempo están dispuestos a compartir ese hogar con los que están alrededor, ese sentimiento es lo que lo hace tan especial y la razón por la que siempre quiero pasar a través de él, no importa que me haga el camino un poco más largo, al contrario el caminar por dentro del parque hace que me distraiga y me concentre en las cosas que no suelo pensar en el día a día.

El parque es como un ser vivo y cada una de las personas que caminamos a diario por él somos como sus órganos, sus células, formamos un solo ser viviente repartido entre miles de pequeños ecosistemas individuales con sus pensamientos, sentimientos, vicisitudes, vibrando cada uno en una dimensión y al mismo tiempo todos conectados por la misma energía de paz y tranquilidad que él nos transmite.

Siempre que entraba al parque desde esta calle prefería tomar el camino más largo, el que me llevaba al Frog Pond (estanque de las ranas) que en invierno albergaba una pista de patinaje sobre hielo para luego tomar el camino que me conducía al lugar en el que estaba la placa en memoria del Papa Juan Pablo II, por ser el lugar en el que se llevó a cabo la primera misa católica masiva en este país.

Al terminar este camino tienes que cruzar la Charles Street y entrar en el llamado Boston Public Garden, para mí son lo mismo, este Jardín viene a ser como una extensión del Boston Common y así lo he sentido siempre. Caminando por la parte central del Boston Public Garden atraviesas por un puente que pasa por encima del Lago de los Cisnes, en esta fecha del año está repleto de las familias paseando en botes con pedales y tomando Italian Ice.

No es posible caminar por este parque y no sentir la sensación de estar vivo, de ver pasar el tiempo poco a poco y darte cuenta de que estas en un planeta realmente hermoso, sentir tus pasos en un lugar construido por nuestra raza humana, pero al mismo tiempo que representa la naturaleza y todo lo que la Tierra nos permite compartir de su belleza y de su generosidad.

Mientras hacia todo este trayecto y me abstraía en disfrutar del camino por el Parque pensaba en lo afortunado que fui al conseguir el ticket para el concierto del día. Ser un estudiante en esta ciudad no es algo fácil, Boston es la capital estudiantil de Estados Unidos y alberga la población de estudiantes más grande del país, al mismo tiempo es sede de los institutos más avanzados de educación superior y también de los más prestigiosos. Pueden imaginarse también que eso conlleva que sean los más costosos. Puede uno conseguirse con todo tipo de gente de todas partes del mundo, pero predomina una clase social bastante alta y educada, por lo que los precios de las atracciones suelen ser más costosos que en otras partes del país.

Como parte del programa de Actividades para Estudiantes, del instituto donde cursaba estudios, ofrecen descuentos para los estudiantes en diversos eventos en la ciudad, todos los días, es una ciudad muy movida, por eso de que es estudiantil y a la vez turística. Algo que aprendí aquí es que Boston es turística incluso para los nativos del país, vienen muchos turistas de otras ciudades durante todo el año especialmente en verano.

Siempre estoy pendiente de los descuentos para los eventos más llamativos y tuve la oportunidad de comprar la entrada para el concierto en el Symphony Hall a un muy módico precio, lo único que mis compañeros y amigos no llegaron a tiempo y los tickets se terminaron y metocó ir solo ese día.

Poder ver un concierto de música latina en un lugar de eventos de la categoría del Symphony Hall de Boston interpretado por la Boston Pops Orchestra es algo que no se puede dejar pasar si tu vienes de nuestros países latinoamericanos, por eso no dudé ni un momento en comprar la entrada para este evento, así tuviera que ir solo.

Salí del parque, crucé la Arlington Street y seguí por la Commonwealth Avenue, también una avenida indescriptible de comodidad para los peatones y de paseo diario de cientos de transeúntes que quieren evitar el ruido de las calles aledañas, es una alternativa a la famosa Newbury Street equivalente de la Quinta Avenida de New York en Boston, pero con un estilo completamente diferente. La Newbury es una calle de casi una milla de largo que tiene todas las tiendas y restaurantes famosos que conseguimos en New York, pero con un estilo europeo en pequeños edificios de 3 y 4 pisos de ladrillos de piedra rojiza que son el detalle que identifica a esta ciudad. Si quieres mezclarte con gente y ver vidrieras y entrar en el lifestyle de la ciudad es un paseo obligatorio, pero mi ánimo estaba más calmado y preferí seguir por la Commonwealth.

Todo en Boston recuerda a Europa, pero el paso por esta avenida es como estar en Paris, la Commonwealth es una avenida de fines del siglo XIX, con una isla amplia en el centro con toda clase de flores y árboles centenarios y las calles a los lados adornadas de materos con geranios y tulipanes. La historia de esta avenida es como contar lo que ha pasado en una familia durante varias generaciones, es tan delicada como hablar de la abuela y el abuelo.

Disfruté mucho el paso por esta avenida y llegué muy rápido al cruce con la Massachussets Avenue, ya estaba en la última etapa de mi caminata del día hacia el concierto. Me centré en pensar en el programa de la noche con las canciones que serían interpretadas, algunas conocidas, otras no tanto, pero seguro todas de excelente ejecución por parte de la orquesta.

Arribé al Symphony Hall a las 6:05 p.m. la caminata me tomó 5 minutos más de lo esperado, seguro me distraje de más con los detalles en el Parque y en la Commonwealth, sin embargo; seguía estando muy temprano, nadie había llegado a las puertas del recinto y no se veía ninguna actividad de empleados, ni siquiera de los músicos o de cualquier otra persona, así que me tocaba buscar qué hacer por los próximos 45 minutos, al menos.

Lo bueno de una ciudad como esta es que abundan las cafeterías y los sitios donde comer un pastel y tomar un café o un té, encontré uno a solo metros de la entrada del Hall en la Westland Avenue, una pastelería italiana con unos Cartocci deliciosos, pedí dos con un capuchino y esperé que se hicieran cerca de las 6:45 p.m., pagué y me anduve los pocos metros que me separaban del Hall. Esta vez, si encontré la entrada llena por completo, lo que anticipaba que el teatro estaría hasta su capacidad.

El estar solo me daba la oportunidad de poder fijarme en los diferentes grupos de personas que estaban en el salón previo a los asientos, la mayoría conversaba y compraban un vino o agua o un snack antes de que nos dejaran avanzar a la sala del concierto, me extrañó no encontrar más personas nativas de Latinoamérica, por tratarse de una noche latina, siempre creí que me iba a encontrar con muchas personas de habla hispana, pero no era así, la mayoría eran americanos mayores que se aprestaban a disfrutar de una noche de concierto con nuestra música.

Tal vez porque la mayoría de las personas eran americanas y no escuchaba el español casi por ninguna parte de la sala, a pesar de haber dado mi tercera vuelta alrededor, es que me llamó la atención oír a un grupo que conversaba detrás de mí con un acento que no reconocí de inmediato. Me fui dando vuelta muy lentamente para no pasar por indiscreto, puse mayor atención a la forma como hablaban y al idioma y me di cuenta de que eran brasileños, lo más cerca que estaré de latinos esta noche, pensé.

Cuando ya iba a continuar mi ronda de inspección solitaria, para distraer la mente mientras esperaba por el comienzo del concierto, un rayo azul atravesó mi mirada, mi cerebro y me dejó paralizado, casi que, embobado por un tiempo, que de verdad no quiero admitir que fue demasiado, o al menos así me pareció en ese momento y todavía cuando lo recuerdo no me gusta pensar en él como uno de los más vergonzosos de mi vida.

Pues, esa parálisis duró tanto, que seguido al rayo azul que me cruzó la mirada, siguieron unos labios magníficos abriéndose en una sonrisa amplia y espléndida dejando al descubierto una dentadura perfecta de sonrisa de comercial de cine. Mientras la parálisis continuaba, el grupo se movió hacia la puerta con la llamada a entrar en la sala de espectáculos y pasaron por mi lado dejándome parado solo con todo el recinto pintado de azul y el calor de la vergüenza subiendo por mi cuerpo hacia mi cabeza, traté de recomponerme lo más rápido posible para solo terminar reconociendo que la mirada y la sonrisa pasaron de un bello gesto a uno de casi burla en fracciones de segundo.

El consabido pensamiento de "trágame tierra" que tanto había escuchado de otras personas comentar y que nunca había experimentado, comenzó a hacer sentido en mi cerebro.

A mí, que siempre tengo una respuesta para todo el mundo y que animo normalmente a los grupos con bromas y juegos de palabras, me dejé sorprender por una mirada directa de una mujer hermosa que me paralizó y que no solo me dejó petrificado, si no que me mantuvo la mirada, pasó por mi lado me miró de arriba abajo y se fue cambiando la mirada provocativa por una de burla y la sonrisa divina por una casi carcajada de diversión.

Me recompuse y me dije que ya no había nada que hacer, mujeres bonitas abundan en Boston, y un cruce de miradas no tenía ningún valor más allá del bochorno personal que pasé ante ella, del que solo nos enteramos nosotros dos y nadie más, y como la probabilidad de volverla a ver aunque sea en esta misma sala era muy remota, entonces no debía preocuparme mucho, en un par de horas la vergüenza conmigo mismo desaparecería, además el haber venido al concierto era para disfrutar de la música no en plan de conquistador. Con todas esas excusas en mente, entré y busqué mi asiento, pero no me sentí nada reconfortado. Había algo más.

Me senté pasando entre muchas personas, obviamente al ser comprado a descuento mi puesto estaba exactamente en el centro de la fila. Pedí permiso a más de 25 personas, les tropecé con todo lo que tenían en la silla y casi que le tumbo la comida y la bebida a un par, me tocó ir pidiendo disculpas a cada uno de ellos.

Finalmente alcancé mi puesto, pensé en que gracias a mi tontería de no poder reaccionar ante la mirada de una mujer bonita había olvidado por completo comprar alguna bebida o snack, lo haría en el intermedio no había solución, otra vez el mismo pensamiento de resignación, no me estaba gustando como iba la noche ya, en menos de cinco minutos había fracasado para conectar con la mujer más hermosa que había visto en años, que me dedicó una mirada y una sonrisa glamorosa y en esos mismos cinco minutos había tenido dos pensamientos de resignación. Me estaba desconociendo.

Adicional, acababa de descubrir que las excusas que me inventé no iban a funcionar tan rápido como esperaba, como que iban en camino, más bien de echarme a perder el concierto, cómo era que podía haber dejado pasar la oportunidad de devolverle la mirada con un gesto a esa mujer, nunca más iba a tener esa oportunidad de aquí hasta el día de mi muerte. Estaba completamente ido del lugar, no sabía qué estaba pasando a mi alrededor.

Abrí el programa y comencé a leer el contenido de las canciones del concierto, empezaría con una pieza de Alberto Ginastera, seguido de un Huapango de José Pablo Montoya para continuar con, ¿adivinen? una Danza Brasilera de Camargo Guarnieri. Obviamente no conozco al autor porque no soy experto en música brasilera, pero si soy un gran experto en dejar pasar las oportunidades con mujeres brasileras. Dios mío, que tormento, esto no iba a pasar fácil.

Por la falta de concentración se me cayó el programa en el preciso momento que iba a comenzar el concierto con el saludo del maestro Keith Lockhart. Traté de tomarlo del piso, pero tenía que molestar a la persona que estaba a mi derecha a la que no había mirado ni una sola vez desde que llegué todo turbado por lo que me había pasado y la dificultad de tomar mi asiento desde la parte izquierda de la fila, no había querido molestar a nadie más, por lo que no hice mucho hincapié en mirar a mi derecha en medio de la oscuridad de la sala. Pero esta vez si quería tomar el programa tenía que interrumpir a mi vecino, mejor dicho, vecina por lo que empecé a pedir permiso para agacharme y tomar del piso el programa que estaba bajo su asiento, le solicité el favor sin mirarla, agarré el programa y levanté la mirada para agradecerle y disculparme de nuevo por molestarla.

Allí estaba de nuevo, la mirada azul intenso, en medio de la oscuridad me pareció que estaba bajo el inmenso cielo azul que me cubría por todas partes, en un solo instante, la sala ya no estaba oscura, sino que parecía el mismísimo océano.

- ¿Recuperado? Me dijo.

En el tono más hermoso que le he escuchado aalgún ser vivo alguna vez, era una sola palabra dicha en perfecto español mezclado con un acento portugués que mareaba y con cierto dejo en inglés que en el momento no comprendí bien.

Me habló y me miró directo a los ojos, sentí que me volví a petrificar, no sé cuánto tiempo volvió a pasar, pero las alarmas se encendieron en todo mi cerebro, reacciona, me gritaba mi backup, reacciona, me decía mi orgullo, reacciona, me decía mi intelecto, demuéstrale quién eres, reacciona, me decía mi corazón, no dejes pasar otra oportunidad, reacciona, me decía mi instinto de hombre, ey esta oportunidad con una mujer como ésta no la vas a tener otra vez, reaccionaaaaa!!!

-Hablas español? Le pregunté.

Eso fue lo que le dije, ¿qué tal? Me arrepentí instantáneamente, cómo se me ocurría hacer semejante pregunta, era obvio que, si me preguntó en español, habla español, además qué me importa en que idioma ella quiere comunicarse conmigo, si juroque, si me pide que hablemos mandarín, me transformo en el mismísimo Confucio. Me quedé esperando su respuesta con desesperación, que traté de que no se viera, por lo menos estaba muy oscuro y creo que no pudo ver mi cara de pánico ante la pregunta estúpida.

- Not silly but it is the same word in Spanish and in Brazilian. Me respondió esta vez en inglés.

Con razón pensé, me había sonado tan perfecto el acento en portugués. Pero mellamó"tonto" porque tonto fui, apuré mis procesos mentales para descifrar si el tonto se refería a un decir que muchas veces puede ser como un flirt (coqueteo) o realmente me veía como un tonto. Opté por creer lo primero, lo que me ponía en buena posición, pero luego me asaltó una duda que sí me hizo sentir debilidad en las piernas y en el estómago, ¿Recuperado? ¿De qué? ¿De lo que ocurrió afuera o si pude recuperar el programa? Tremenda duda se me vino encima, pero, así como iban las cosas decidí contraatacar con todo, era una sola oportunidad que tenía de aquí en adelante, me la jugaba en un solo tiro y algo volvió en mí, era el Miguel Ángel que yo conocía y todas las dudas y miedos se pasaron porque no pensaba dejar escapar a esta mujer por nada.

-Recuperé todo. El programa y las esperanzas de volver a verte, ambos están en perfecto estado.

La miré directo a los ojos, profundamente tal como me lo estaba pidiendo mi mente, mi cuerpo y mi corazón de hombre herido por la imbecilidad de momentos antes, la oscuridad de la sala no pudo opacar la intensidad de sus ojos y de ese color que se me grababa. Entornó la mirada, hizo un mohín de sonrisa contenida y se enfocó en el concierto.

Si hace un rato estaba furioso conmigo mismo, ahora estaba eufórico, no creo recordar un regreso tan glorioso de nadie, ni de mis amigos, conocidos ni siquiera de mí. El concierto estaba a la altura del recinto, de la orquesta y del maestro que la dirigía, pero mi pensamiento ya no estaba ahí. Pasé la primera parte pensando en quitarle el teléfono a la brasileña e invitarla a salir mañana de una vez. No iba a esperar. También podía ser que el grupo en el que ella estaba hiciera algo más esta noche y podía explorar la manera de irme con ellos. No era nada inusual entre estudiantes.

Esperaría al intermedio y la abordaría, ya mi confianza estaba en su lugar otra vez y la oportunidad dependía de mí ahora, no de la casualidad de volverla a ver y tampoco de mi torpeza inicial, ya todo eso era parte del pasado. Estuve atento a ella durante la ejecución de cada pieza, después de las dos primeras cuando comenzó la danza brasileña, el grupo se entusiasmó mucho y todos se la sabían, ella se veía muy animada y hacían gestos como de baile entre todos, en un momento se levantó del asiento y pude ver que además de hermosa de rostro tenía un cuerpo escultural, sentí como que me mareaba por un instante. Era la primera vez que me sentía así con alguien con quien había cruzado solo dos palabras.

Nos miramos varias veces durante la danza brasileña y nos sonreímos cuando ella hacía los gestos con su grupo. Empecé a compartir los movimientos de todo el grupo y a integrarme lo más que pude dada la forma como estábamos sentados. Era un gran buen comienzo si después quería irme con ellos en el caso de que alargaran la noche, que era lo más probable y usual.

Terminó la danza brasileña y siguió una canción mexicana para luego empezar otra de nombre Batuque, yo no conocía la pieza, pero ella me explicó que era también brasileña de un compositor de nombre Oscar Lorenzo Fernández, de comienzos del siglo XX. Además de hermosa era bien educada y conocedora. Vaya suerte la mía. Tenía que seguir. Por el nombre del compositor nunca hubiera deducido que era brasileño.

Llegó el intermedio y todos nos paramos y fuimos al salón principal, a los baños, a comprar un vino o un snack, yo la seguí tal cual acosador, no podía dejarla escapar esta vez, además ya no me dejaría sorprender por su mirada o por su sonrisa, todas mis defensas estaban listas y preparado más bien para ir al ataque que necesitaba para conseguir una cita con ella.

Esta vez pude apreciarla completa, estaba vestida con un jean ajustado a todo su cuerpo, parecía parte de su piel, no me imaginaba cómo hizo para ponérselo, pero no era importante, lo que realmente lo era es que le hacía una figura perfecta, largas piernas redondas, cadera amplia, abultada atrás pero no vulgar, cintura muy breve que se remataba en un talle elevado con un busto muy generoso exaltado por una blusa blanca transparente que tenía debajo del pullover color gris, que se quitó en el intermedio, y que combinaba con sus altos tacones del mismo color.

A eso se le agregaba lo ya descrito de unos ojos azules grandes redondos e infinitos, labios rellenos perfectamente dibujados con un lápiz labial vino tinto, nariz perfilada y cabello dorado largo hasta la cintura. Difícil describir y transmitir lo que esa mujer influenciaba, bloqueaba y nublaba mi manera de pensar y sentir.

-Carmela Costa, me dijo, mucho gusto.

-Miguel Ángel Zeles, le contesté.

-Ese apellido de dónde es? Me preguntó, es primera vez que lo oigo.

-La procedencia de mi apellido es un misterio que vamos a tener que resolver en una conversación un poco más larga. Fue mi respuesta abriendo la puerta a mi objetivo de volver a verla.

Se sonrió muy ampliamente y me miró de manera enigmática. Intuí que era porque estaba pensando lo mismo que yo y veía venir mi intención de verla fuera del Symphony Hall. Me encantaba esa mirada que hablaba y transmitía tanto.

-¿La tendremos?. ¿De dónde eres? ¿Eso si me lo puedes contestar?

-Soy de Colombia. De una ciudad que se llama Bogotá.

-Conozco Colombia, mis padres solían ir allá a visitar a unos amigos.

-Vaya, vaya, que sorpresa, ¿entonces la brasileña ha visitado el cielo?

-Jajajajaja, se río a carcajadas.

Ya me sentía en mi elemento, le arranque una verdadera sonrisa espontanea e intensa, ya estaba en mis cabales, y haciendo lo que sé hacer mejor que es usar las palabras para entretener y hacer pensar a los demás.

El grupo se acercó y ella me los presentó a todos, eran nueve brasileños, todos compañeros de estudio en la Boston University donde cursaban diferentes carreras. Ella estudiaba Biomedical Engineering junto a uno de sus amigos, Joao. Estaba muy cerca de compartir con ellos y poder salir con Carmela.

Entramos nuevamente a la sala de conciertos y durante los próximos 50 minutos me dediqué a escuchar y disfrutar de la ejecución musical de la Orquesta, no sin cruzar varias miradas con Carmela, asentir con ella cuando la música alcanzaba niveles de perfección y aplaudir de pie al maestro y los músicos por su presentación. Fue realmente lo que esperaba cuando venía camino al teatro, escuchar música latina en una ciudad ícono del americanismo tocada por una magistral orquesta que tenía una historia centenaria en una ciudad de muy alto nivel cultural. ¿Lo mejor de todo? Tener al lado a Carmela.

Terminó el concierto y aplaudimos por varios minutos a la Boston Pops Orchestra, nos fuimos retirando poco a poco y me quedé conversando con Carmela sobre lo emocionante de la música y las muchas oportunidades que nos daba esta ciudad a los estudiantes, no solo por la calidad de la educación que recibimos en las instituciones en las que cursamos, sino también a nivel cultural y de entretenimiento. Me miró un rato lo que yo por supuesto adoraba y no le pregunté porque me miraba así, sentí que no era la primera vez que lo hacía, pero en medio de la emoción de hablar con ella tan fluido como si nos conociéramos de siempre no podía recordar la vez anterior cuando vi esa misma mirada.

Cuando bajamos ya casi no quedaba mucha gente en el salón principal, la mayoría de las personas se habían ido, apenas estaban los del grupo de los brasileños y las otras personas se aglomeraban en la puerta de salida e intentaban salir de prisa, esa fue como una señal para mí, no es usual que en los eventos en esta ciudad la gente se comporte de esa manera, me acerqué a la puerta para ver que ocurría sin tratar de perder de vista a Carmela y a su grupo de amigos no se me fueran a escapar, mientras caminaba a la puerta me percaté que no tenía el número del celular de ella, un pensamiento de pánico me embargó, pero me recompuse porque los podía ver a lo lejos.

Estaba lloviendo durísimo afuera, no es que no fuera común que lloviera en Boston o que el clima cambiara en una hora, de manera que pareciera el paso de una estación a otra, si no que esta lluvia era verdaderamente torrencial, las gotas tenían un tamaño inusual y la cantidad de agua que caía por segundo parecía que podía inundar la ciudad en minutos.

Cuando salí de mi estudio no revisé el estado del clima pero es que nada hacía sospechar que se viniera una tormenta como la que estaba viendo, no me podía imaginar como devolverme a mi casa, no traje ningún tipo de protección ni paraguas, aunque de poco serviría ante la intensidad de la lluvia que estaba cayendo, ya me había pasado otras veces que los paraguas se doblaban y tenía que botarlos y eso que no se comparaban con lo que estaba pasando en estos momentos.

Pero lo que me preocupaba era que todos los planes que tenía con Carmela se vinieron abajo, tenía que volver, quitarle el número del celular y hacer con ella una cita para poder vernos de nuevo. Mientras salía y entraba y pensaba todo esto las personas terminaron de irse del teatro, era increíble como los americanos se arreglan para siempre hacer frente a los cambios de clima de la ciudad, me pasó muchas veces, cuando yo me vestía con suéter y pantalones largos y salía del estudio a las 11 a.m., me encontraba con personas vestidas igual, pero mientras yo continuaba con la misma ropa, me encontraba con que todo el mundo a las 4 p.m. tenía shorts, franelas y tenis, la temperatura subía y yo me ahogaba del calor. O si no todo lo contrario. ¿Cómo lo hacían?

Solo quedaba Carmela y Joao en la recepción, más un grupo de personas mayores tratando de salir, desde lejos pude ver como la mayoría del grupo se despedía de ella muy calurosamente, la abrazaban y besaban con mucho cariño, aparentemente era el centro del cariño del grupo, muy querida por todos sus amigos, sin embargo; la dejaron sola con Joao, quien de pronto la abrazó muy fuerte delante de mí, tanto que mis esperanzas se diluyeron en un segundo que pareció una eternidad. La soltó, la beso y se fue. No supe cómo reaccionar, estaba casi solo con ella en ese salón tan grande y por delante de nosotros la tormenta perfecta de Boston.

Se quedó mirándome muy tiernamente, primera vez que sus ojos expresaban ternura de esa manera, algo se fundió dentro de mí a tal temperatura que se debió haber dado cuenta porque inmediatamente cambió de mirada, se sonrió y salió corriendo a la puerta hablando en portugués, le dije que no podía entenderla si me hablaba en su idioma y riéndose me dijo: -tengo que irme urgente.

-Sí, pero dame tu teléfono por favor para poder hablar mañana. Le pasé mi celular y lo marco directamente ella. Me entró un alivio muy grande.

Habían pasado casi 40 minutos desde que terminó el concierto y nos cerraron las puertas, nos quedamos afuera debajo de la cornisa del teatro.

-¿Para dónde vas? ¿Qué ruta tienes? le hablaba muy alto para que me pudiera oír entre el ruido de la lluvia.

-Tengo que tomar dos autobuses para poder llegar a mi casa, vivo bastante lejos.

-Ok, déjame ver cómo está el sistema de autobús, ¿te sabes las rutas?

-Sí.

Me dio el número de los autobuses que tenía que tomar. Mientras tanto la lluvia en vez de amainar empeoró y la cornisa del teatro ya no nos protegía y nos estábamos mojando a una velocidad impresionante. Busqué en internet en el servicio de transporte de la ciudad la disponibilidad de los autobuses que ella tenía que tomar que se dirigían al área de Newton y lo que encontré me paralizó. No tenía como decirle que el servicio estaba suspendido porque habían dado alerta de inundación para esa área.

-No puedes irte a tu casa en autobús, están suspendidos. Tuvo el efecto que me temía, sus ojos tenían una expresión entre dolor y miedo. Si desde que la vi estaba sintiendo cosas nuevas y maravillosas por esta mujer, no sé lo que sentí cuando la vi como desvalida y necesitada de ayuda.

-No te preocupes, llamemos un taxi, te vas en un taxi.

Se le iluminó el rostro y buscó su celular en la cartera, ya nos mojábamos como si estuviéramos debajo de la lluvia sin protección. Ella comenzó a llamar a un servicio de taxi y yo hice lo mismo. Después de cuatro o cinco intentos que hice a diferentes servicios, la miré y ella se volteó con el rostro ahora si casi en desesperación. Obtuvimos el mismo resultado, los taxis estaban fuera de servicio en el área de Downtownpor la misma alerta de inundación.

En ese momento entendí que estábamos en peligro de quedarnos atrapados en la entrada del Symphony Hall en la misma acera hasta que se inundara la calle y suspendieran el servicio de metro de la ciudad que es conocido como el"T".

La tomé de la mano y nos lanzamos a correr hacia la estación del "T" más cercana, estaba como a 300 metros de la entrada sobre la Huntington Avenue, corrimos como locos metiendo los pies en las calles inundadas, me detuve un instante para ayudarla a quitarse los zapatos de tacón y siguió corriendo descalza, hasta que llegamos a la estación. Estábamos completamente mojados de pies a cabeza, la cartera, los bolsillos, el celular, el programa del concierto que quería guardar de recuerdo tuve que tirarlo deshecho en la papelera. Pasamos los controles de entrada a la estación y bajamos alandén para esperar el tren de la Línea Verde que nos llevaría a la estación de Park Street, en el Boston Common, desde la cual mi estudio estaba a unos 600 metros.

-Te vas conmigo a mi casa, allá nos secamos y nos cambiamos y esperamos porque la tormenta pase y llamamos un taxi, que ya deben estar trabajando en lo que hagamos todo eso. Le dije de lo más normal. Sus ojos azules se abrieron más que nunca.

-No, yo no puedo ir si no a mi casa. Me contestó.

-Pues ni manera que nos vamos caminando, ya viste como está todo.

-Es que de verdad me tengo que ir, no puedo ir a ninguna otra parte.

Empecé a pensar que su negativa se debía que alguien debería estar esperándola en su casa, su novio, esposo, aunque no tenía anillo ni marca de que lo hubiese llevado. Pero su insistencia me pareció muy fuerte. Se lo pregunté directo.

-No nadie me espera. Pero tengo cosas que hacer ineludibles en mi casa.

-Bueno, te prometo que nos secamos y yo me encargo de que llegues a tu casa sana y salva y esta misma noche.

Asintió y me otorgó una de sus miradas más tiernas y dulces de la noche. No sé cómo iba a poder sacarme esa mirada y esa mujer de la cabeza en los siguientes millones de minutos que tenía por delante en la vida.

Tomamos el tren y no nos sentamos, estábamos demasiado mojados; con la carrera por llegar a la estación, la conversación de cómo iba a hacer ella para llegar a su casa esta misma noche y su cara de terror, se nos pasó que la lluvia había hecho bajar la temperatura abruptamente, pasamos desde unos agradables 15-16 grados centígrados a casi 2-3 grados. El frío era espeluznante con la humedad de nuestras ropas.

Cuando entramos al tren no habían encendido la calefacción si no que todavía estaba el aire acondicionado funcionando, por lo que el golpe de frío nos hizo acercarnos y casi abrazarnos. Fue la primera vez que sentí su cuerpo tan cerca y a pesar del frío y lo mojado, la sensación de calor que invadió mi cuerpo me hizo olvidar todo, llegamos a la siguiente estación mientras mi cabeza descansaba en su hombro y me recreaba oliendo su pelo.

Nos bajamos, y caminando rápido por el frío llegamos a la salida de la estación con la esperanza que la lluvia hubiera cesado, solo para darnos cuenta de que de este lado de la ciudad llovía más duro y estaba comenzando una tormenta eléctrica, lo que hacía el trayecto más peligroso.

Ya estábamos muy mojados por lo que nos miramos, nos tomamos de la mano y arrancamos nuevamente nuestra carrera, esta vez era diferente, ya no corríamos para llegar urgente a ninguna parte, corríamos para disfrutar del agua para chapotear sobre las calles y tomados de las manos frenábamos y nos abrazábamos para dejar que la lluvia nos terminara de empapar.

Hicimos eso varias veces en el trayecto, parecíamos niños de preescolar jugando en la lluvia. Cuando llegamos al edificio donde vivía no encontraba la llave de lo mojado que tenía los bolsillos y cuando la encontré estaba tan húmedo todo que me costó mucho poder abrir, ella me miraba sonriendo mientras las gotas de agua caían sobre su cabeza como explosiones y no podía oír nada de lo que decía mientras se burlaba de mi pericia para encontrar la llave y abrir. Subimos corriendo los 4 pisos hasta mi estudio.

Abrí la puerta y le dije: -Ta-ran. Bienvenida. De pronto todo cambió y nos dimos cuenta de que ella estaba demasiado mojada, traía los zapatos en la mano y colgaba su bolso de su hombro completamente anegado que hacía que todo lo que estuviera adentro tuviera la posibilidad de estar completamente inservible. Me miró, se miró ella misma e hizo un gesto como de ponerse a llorar.

-Carmela, no entres en pánico por favor, lo vamos a resolver, ya te dije que lo primero es que estuvieras a salvo y te secaras. Afuera continuaba la lluvia inclemente. Lo que vamos a hacer es conseguirte ropa, continué, para que te puedas cambiar y vamos a secar la tuya, la lavandería en este edificio está abajo, hay lavadora y secadora, así que no te preocupes, es cosa de media hora mientras se lava y se seca, te cambias, llamamos al taxi y en una hora máximo estás en tu casa.

-Los hombres siempre resuelven todo tan fácil, no ves como estoy de arruinada, estoy muy mojada y espantosa. Terminó la frase con un mohín de niña consentida hermoso.

Nunca había visto una mujer espantosa que se pareciera a esta divinidad de la lluvia, parecía la mismísima Diosa del agua. Por lo que me reí a carcajadas sin poder contenerme, lo que hizo que cambiara a una mirada fiera que no había visto antes y corté mi risa tan de golpe que me ahogué. Eso hizo que la que riera fuera ella.

-Vamos a organizarnos, déjame buscarte algo urgente para que te puedas cambiar. Fui al pequeño closet que tenía al lado de la puerta de entrada donde realmente no cabía mucha ropa, por lo que la mayoría estaba guardada en las maletas que todo estudiante tiene siempre a mano y que usamos para guardar cosas de uso diario.

Mi estudio no era muy amplio, al contrario, eran a lo sumo 300 pies cuadrados en los que tenía una cama, un pequeño escritorio que estaba debajo de la única ventana que daba a la calle, una nevera pequeña, una estufa a gas de dos hornillas y un pequeño gabinete para los utensilios de cocina, el baño estaba a mano izquierda de la puerta de entrada y el armario al lado del baño. Eso era todo. No solía tener televisión hasta hace un par de meses que unos amigos terminaron sus clases y me lo vendieron muy económico, casi que regalado. No pagaba servicio de cable por lo que veía era mayormente streaming.

Pues en esa maleta recordé que tenía lo único que se me ocurría que podía prestarle para que se vistiera mientras yo bajaba a secarle la ropa en la lavandería. Era un suéter que tuve que comprar de emergencia en un viaje que hice a Martha's Vineyard un día de esos en que salí en el que la temperatura rondaba los 20's y termino bajando a casicero grados centígrados a las 4 de la tarde, me compré un pullover de la Boston University talla 3XL que era lo único que había en la tienda en la que entré de emergencia, a mi me quedaba muy grande, a ella no podía imaginármelo ahora que la había visto sin los zapatos no era tan alta como lucía, al principio la vi casi de mi estatura, sin los tacones era como 10 cm más pequeña.

Saqué el suéter y la bolsa de tela que uso para bajar a la lavandería, se los pasé y le mostré el baño, el único lugar donde podía cambiarse sin estar expuesta a mi mirada, lo cual lamenté muchísimo. Mientras ella iba al baño a cambiarse encendí la calefacción que estaba apagada desde que comenzó la primavera, particularmente me agrada el frío, pero mojado y con ese cambio tan brusco no podíamos arriesgarnos a un resfriado. Pensando en cómo recuperar el calor interno me acordé de que había comprado una botella de un buen vino Californiano para después del concierto, el plan era tomarme una copa o dos antes de dormir.

Salió del baño vistiendo el suéter con una coquetería inigualable, me sonrió como apenada pero lo que hizo fue exaltar sus finas facciones y su mirada entre pícara y avergonzada hizo que el frío de mi cuerpo desapareciera, hizo un gesto de girar hacia medio lado y se devolvió, como en un desfile de modas, las mangas le cubrían más de una vez y media los brazos y el largo del suéter le quedaba a medio muslo, como una minifalda dejando apreciar por completo el contorno de sus largas piernas que antes había adivinado por lo ajustado del jean, pero que ahora al verlas directamente comprobé que habían sido labradas como la más fina escultura. De un blanco hermoso, que no era pálido, su piel relucía en la media luz de la habitación. Me debo haber quedado mirando y estático un poco más de la cuenta, no me percaté si con la boca abierta, pero me despertó un latigazo con una de las mangas que sobraban.

Nos reimos los dos a carcajadas con una mirada cómplice, ni por lo más mínimo de la mente me pasó disculparme, no quería hacerlo, al contrario, me hubiera gustado seguir contemplando esa escena un rato más largo, de hecho, todavía la recuerdo tal como sucedió y la repaso segundo a segundo. Me entregó la bolsa con la ropa mojada, muy mojada, estaba destilando el agua a través de la tela.

-Sabes, creo que no va a bastar con secarla, creo que tendré que lavarla primero, está demasiado mojado. ¿Tú qué crees?

-Sí, parece que sí, pero el problema es el tiempo Miguel. No creo que tenga mucho tiempo de esperar que se lave y se seque.

-Bueno mira, déjame cambiarme y cuando salga lo conversamos porque esa lluvia, más las consecuencias que trajo no creo que pasen tan rápido. Ella asintió y yo entré al baño, con toda la carrera para conseguirle a ella algo cómodo se me había olvidado de que yo también estaba completamente mojado y estaba dejando charcos de agua por todo el estudio. Tomé una ducha rápida de agua muy caliente para recuperar la temperatura externa, la interna estaba muy alta ya, y me puse unos pantalones de correr y una franela de ejercicios. Cuando salí, ella ya había secado todo lo mojado del piso, le arrebaté el trapeador y la miré como sorprendido.

-No te preocupes, es lo menos que puedo hacer, has sido muy amable conmigo, sin apenas conocerme. Me dijo.

Me quedé pensando la mejor respuesta, era verdad apenas la conocía, teníamos un par de horas tal vez y no era que nos habíamos contado nuestras vidas, pero había algo más que me trepidaba en la mente como una alarma que no aceptaba del todo esas palabras que al final eran un hecho irrefutable así que comencé muy lentamente a reunir las mejores palabras que podían llegar a mi boca, esperando que no se agolparan y quieran salir todas de una vez y finalmente dijera una estupidez.

-Tienes razón Carmela- empecé lentamente, hice una pausa y continué- nos acabamos de conocer, y tal vez no en las mejores circunstancias, hemos corrido como locos para protegernos de la lluvia y la verdad he visto varias cosas que no entiendo – me refería a que los amigos la dejaron sola y todos se despidieron con abrazos e hicieron casi una fila para ir abrazándola a ella específicamente, creo que me entendió lo que quise decir, así que seguí hablando despacio, rebuscando más palabras – a veces las personas no tienen que pasar mucho tiempo juntas o decirse todo de manera explícita para conocerse bien, hoy a mí me han bastado pocos minutos y muchas miradas para saber que te conozco que hay una fibra en ti que es diferente, no sé nada de ti excepto tu nombre pero siento que te conozco más que a muchos otros que dicen ser mis amigos – me detuve, creí que había ido muy lejos, pero ella me miró con sus ojos color azul más claros que antes, los bajó un poco como aceptando lo que le había dicho.

Se hizo un silencio entre nosotros y no reaccionamos ninguno de los dos hasta después de unos segundos, le tomé de la mano y la senté en la cama, que excepto la silla que tenía en el escritorio era la única parte donde se podían sentar mis visitantes. Tomé la silla para mí y me puse enfrente de ella.

-Estoy muy preocupada – me dijo – no hemos podido hablar como tú dices y esta lluvia no estaba en mis planes, no estaba en mis planes venir a parar al apartamento de un desconocido a esta hora cuando debería estar en mi casa, disculpa que te lo diga pero solo estoy repasando los hechos – tenía toda la razón, esos eran los hechos y mirado y pensado de esa forma no se veía muy normal, de ahí mi preocupación por sus amigos que la dejaron sola, la iba a interrumpir para preguntarle por eso cuando ella continuó – la verdad es que debería estar en mi casa haciendo la maleta – hizo una pausa un poco larga para mi gusto, ella estaba escogiendo las palabras también – tengo un vuelo que tomar mañana muy temprano y no puedo estar aquí sin terminar de empacar – por un momento pareció que iba a llorar – necesito irme de verdad.

No sabía que decir, ni que pensar. No sabía si hablar primero y después pensar, decidí lo primero, tenía que responderle y ganar tiempo para poder pensar. Acababa de conocer al sueño de mujer de mi vida y tenía que hacer la maleta para irse. ¿Para dónde? ¿Por cuánto tiempo? ¿Cuándo volvía? Muchas preguntas. La última frase la había dicho como si le costara, ¿no quería irse porque me conoció? ¿Quéestoy pensando?

-Cálmate sí? Vamos a hablar de eso en lo que nos arreglemos aquí y ya veremos la forma de que llegues a tiempo a tu casa, a tu maleta y a tu avión, tiempo tenemos – afuera seguía lloviendo muy fuerte y la tormenta eléctrica sonaba cada vez más duro, no se veía el final muy cercano, no estaba seguro de que la frase sonara convincente– lo primero es secar tu ropa y que vuelvas a la temperatura normal. Mira voy a bajar a la lavandería mientras tu intentas llamar a los servicios de taxi y planeas una recogida para dentro de una hora y todo estará bien, ¿te parece?

Asintió con la cabeza e hizo como un gesto de resignación, me volvió a mirar con agradecimiento y con ternura y volví a sentir que la calefacción ya había hecho su trabajo, que agradable eran esas miradas y que fácil me acostumbré a esos ojos color cielo posándose en mí con diferentes mensajes. Tomé la bolsa de ropa mojada, fui al cajón al lado del closet donde guardo los tokens para la lavadora, tomé algunos y una pequeña bolsa de jabón, por si acaso tenía que lavar y no solo secar, abrí la puerta y le miré antes de cerrar, tenía los ojos húmedos y la cabeza un poco baja, se le veía acongojada pero también tenía un brillo extraño en la mirada.

Bajé corriendo las escaleras pensando en la suerte que había tenido de conocer a Carmela y al mismo tiempo la casualidad de que la conocí el día anterior al que tomaba un vuelo para ir no sé a dónde, es decir, que mi oportunidad para conocerla bien eran las próximas horas. Por otra parte, la experiencia me había enseñado muy bien que las casualidades no existen, entonces ¿quédebía esperar de todo esto? ¿Quién era y quién iba a ser Carmela en mi vida?

El concierto, la forma como nos conocimos, los asientos juntos, la tormenta, el viaje, todo giraba y pasaba muy rápido en mi cabeza y en el tiempo. Llegué a la lavandería, saqué la ropa de la bolsa y no sabía que escoger, lavado o secado o ambos, pensé que el secado solo era 45 minutos y los dos eran una 1 hora y 25 minutos, me tomé la libertad de seleccionar lo segundo, más tiempo.

Cuando fui sacando la ropa de la bolsa me di cuenta que estaba toda la ropa, toda, incluyendo la ropa interior, o sea que la belleza que deje sentada en mi cama con un suéter gigante que la cubría los brazos y le llegaba a la mitad de los muslos no tenía nada debajo de ese suéter, tragué grueso y dejé de imaginar cosas, el corazón me empezó a latir a gran velocidad y la sangre se me agolpó en el cerebro por lo que ya no estaba pensando correctamente.

Respiré profundo y me tranquilicé, tenía que centrarme en lo inmediato y no en lo sublime, todo lo que imaginaba y deseaba podía ser realidad solo si sabía hacer las cosas de manera correcta y desde la sinceridad y honestidad, y la casualidad de que ella se encontrara en esa vestimenta en mi estudio no me daba ningún derecho a pensar o actuar con ella de forma inadecuada, nunca lo había hecho con ninguna mujer y no lo iba a hacer ahora que realmente me gustaba Carmela. Dejé la máquina en la lavandería haciendo su trabajo y empecé a subir muy lentamente las escaleras. En los descansos de cada piso me detenía para observar como la tormenta no disminuía y los relámpagos y truenos se hacían cada vez más pavorosos.

No recuerdo cuánto pude haberme tardado en subir las escaleras, pero fue bastante más de lo normal de como las subía todos los días, fue útil para calmarme y el pensamiento de Carmela sin ropa interior debajo de mi suéter había pasado y sirvió para quitarme todo el frío que podía haber tenido. Abrí la puerta lentamente pensando en cómo preguntarle acerca de su viaje y poner en orden todas las preguntas sin delatar el inmenso interés que tenía por ella y lo afectado que me sentía por haberla conocido justo la noche antes de un viaje y en las condiciones que nos encontrábamos.

La encontré sentada en el escritorio mirando la tormenta por la ventana, la única luz encendida era la de la entrada entre el baño y el área de la cama y la cocina, por lo que podía ver apenas su silueta con una pierna en el escritorio y otra casi rozando el suelo, cada vez que había un relámpago se le iluminaba el rostro y la podía ver por completo, no sintió mi llegada por el ruido de los truenos por lo que pude contemplarla con tranquilidad por unos segundos y por unos cuantos relámpagos, estaba totalmente abstraída con la vista en el cielo o lo que fuese que se veía en los intervalos de la tormenta eléctrica y la lluvia. Su belleza unida al espectáculo de fuegos artificiales naturales me mostraba una imagen surreal, dibujada y pintada por los artistas de la creación.

Me acerqué muy despacio y cuando vi su muslo casi totalmente descubierto por la posición en la que estaba sentada, el pensamiento que tuve en la lavandería volvió y sentí el calor nuevamente recorriendo mi cuerpo y aterrizando en mi bajo vientre. Me miró muy despacio y traté de disimular mi turbación, con la suerte que las luces estaban apagadas y que miré un poco de lado por lo que creo que no se figuró en lo que andaba mi mente.

-Ya dejé todo haciendo su trabajo, en un rato estará lista tu ropa y podemos llamar al taxi para que te puedas ir a tu casa a hacer las maletas- le dije arrastrando las últimas palabras con toda intención.

-Muchas gracias, Miguel, has sido muy amable, pero creo que no va a ser tan sencillo como dices. Llamé a varios servicios de taxi y todos están suspendidos por la tormenta, es más la mayoría dice que Newton es la parte más afectada y no se sabe a qué hora se puede restablecer el transporte- fue bajando el tono poco a poco a medida que me daba la noticia hasta que casi no le salían las frases.

Traté de no mostrarme alarmado por lo que me dijo para no agregar tensión al momento –Entonces no nos queda más que ponernos cómodos, conversar y terminar de conocernos bien, ¿no te parece? Es temprano y a la hora que sea estaremos listos para irnos a tu casa y hacer las maletas, yo me ofrezco como maletero principal, soy experto en empacar a velocidad de la luz.

Claro que mientras hablaba le daba gracias al Cielo por esta oportunidad de tenerla un poco más de tiempo en el estudio y de conocerla mejor, hasta la tormenta me parecía de lo más agradable, contado que la lluvia es uno de mis eventos naturales preferido.

-Sí, no nos queda de otra. Me contestó asintiendo y entornando los ojos de manera muy graciosa y sonriendo por lo de la maleta.

-Bueno empecemos por lo básico – le dije- tengo una botella de un vino californiano magnífico que compré para venir a tomármela yo solito en lo que saliera del concierto así que estamos de suerte, la destapamos y nos ponemos al corriente con la historia de cada uno,¿te parece?

-¿Tú solito? Me preguntó.

-Si suena lamentable ¿verdad?

-Los hombres, Dios.

-¿No me crees? Mírame, si no estuvieras aquí estaría muy solo.

-Si no cae la tormenta no estarías nada solo. Me contestó, haciendo una mueca con ojos y labios que me provoco morderla.

Me encantó que ya estuviéramos de juegos de palabras y de ese tipo de juegos, busqué las únicas dos copas que tenía, destapé la botella y serví una cantidad normal para que alcanzara al menos para tres copas para cada uno.

Seguía sentada en la misma posición en el escritorio, traté de no mirar hacia su pierna para no perder el foco de la conversación y mostrar mi turbación, le entregué la copa, despeje para mi el resto del escritorio y me senté en la misma forma enfrente de ella.

-Ok, aquí estamos entonces, ahora sí quiero saber todo, para ¿dónde te vas? ¿Por qué te vas? ¿Cuándo regresas? Todo. ¡Salud! – le dije, chocamos las copas y tomamos un sorbo. Estaba excelente el vino, hacia justo valor a su precio y a su fama.

Se me quedó observando un largo rato, lo cual aprecié mucho dado lo hermoso del color de sus ojos y lo tierno de la mirada, adivinaba que estaba tratando de escoger las palabras nuevamente.

-Me voy a mi casa, es un viaje largo, muy largo desde Boston hasta Caxias do Sul – me dijo muy despacio y con tono triste.

Entendí con esas solas palabras a que se refería cuando decía que era un viaje muy largo, seguramente en los años que estudió en Boston ya lo había hecho varias veces, pero este era muy largo porque no tenía regreso, iba a ser el último, al menos en su vida como estudiante.

Sentí como si me hubiesen dado con un martillo en la cabeza, lo que sentía desde un principio, la aprehensión que mirarla me causaba desde que me dijo que tenía que viajar al otro día, mi carrera por las escaleras y la vuelta lentamente, todo los pensamientos indescifrables que me asaltaron durante ese tiempo se confirmaban ahora, la conocí hace un par de horas y dentro de unas pocas la posibilidad de no verla más se abría como un abismo insondable. La vi tomar un sorbo largo del vino como para que el nudo en la garganta se le disolviera.

-Dios solo sabe cuánto amo esta ciudad – continuó – aquí terminé de crecer, llegué muy jovencita hace 5 años, el primero fue muy divertido, solo estudiaba el idioma y conocí cada uno de los bares y discos que hay aquí, también conocí a mi novio, bueno a mi ex – aclaró ante la expresión que puse – fue una época espectacular, después vino la universidad en serio y las cosas cambiaron un poco, había que estudiar de verdad, verdad, fue difícil el primer año, lo opuesto al año de estudio del inglés.

-Te entiendo, yo también amo profundamente esta ciudad, a pesar de que no tengo tanto tiempo como tú y eso que me quejo de lo cambiante del clima, pero es algo menor para todo lo que creces aquí como individuo tanto en lo personal como en lo cultural, es inmensa la transferencia de aprendizaje y experiencias que recibes.

-Sí, aquí aprendí todo, lo que la vida puede enseñarte, a conocer a las personas, quienes son amigos y quienes no, la soledad te enseña cosas que no aprendes ni que te den un millón de consejos – seguía en tono muy triste, como cuando estás haciendo una discurso de despedida.

- ¿Ese lugar donde dices que vas, es tu casa? ¿Siempre estuviste ahí, regresas con tus padres?

-Sí, sí y sí – se río, sentí que habían sido un poco obvias, pero su tristeza, como la que yo estaba sintiendo me estaban atrapando y quería rescatar el momento, ¡le devolví la sonrisa con un gesto de ajá!– Todas tus preguntas sí. Es mi casa con mis padres y mis hermanos. Pero es un pueblo en la sierra gaucha del Brasil, ningún parecido a esto que ves en Boston, son totalmente opuestos, es un lugar donde se cultivan uvas para hacer vinos.

- ¿Y tu familia tiene viñedos? – pensé que menos mal que había hecho el gasto en una buena botella de vino porque no me quería imaginar si hubiese comprado una barata.

-Sí, tenemos viñedos y hacemos vino, tan bueno como este que estamos tomando. Los hombres hacen vinos y las mujeres estudian medicina, menos yo que me fui por una carrera intermedia, Ingeniería Biomédica.

-Y todas las brasileñas de por allá, no sé cómo se pronuncia.

-Caixa do Sul.

-Eso, Caixa do Sul ¿son así como tú?

-Cómo yo? cómo? Explica.

-Hermosas, obvio – me sonreí, cómo para que quieres que te lo diga si lo sabes.

-Sí yo creo que sí, la colonia italiana es muy grande en esa zona, no es que somos todas igualitas ¿no? No pretenderás, pero si la tipología es la misma, si es a eso que te refieres – sus respuestas ya sonaban más animadas.

-¿Y tú apellido es italiano?

-Si, italiano, ¿por qué?

-Bueno a mi me parecía muy portugués, o brasileño pues.

-Jajajaja, si puede ser, pero no. Es italiano.

Verla sonreír después de haberla visto tan triste me hizo sentir mejor. Oírla hablar despacio unas veces y animada otras me hacía latir el corazón y a la vez cuando miraba en mi interior sentía que un dolor empezaba a embargarme, un dolor que no había sentido nunca antes, como si estuviera en un sueño de algo maravilloso que te está ocurriendo, sabes que estas dormido y no te quieres despertar, quieres quedarte por siempre en el sueño, pero sabes que irremediablemente cuando te despiertes ya no lo soñaras más.

-¿Y tú Miguel, ya te conté todo de mi, y tú?

-Jajajaja, no me has contado casi nada pero sí aceptemos que fue como un abrebocas – Hice una pausa, ¿de mí que quería contarle? la verdad quería decirle todo desde el día que nací hasta el día que la conocí, eso no es nada normal, nunca he sido de las personas que le guste contar su vida, traté de organizar las ideas, estaba tan pendiente de ella, de cada gesto de cada palabra que no tenía un resumen de mí preparado – Mi vida es muy sencilla, me vine a estudiar Letras y Filosofía y soy un pichón de escritor, empecé muy temprano a escribir, comencé la universidad en mi ciudad natal pero se me dio esta oportunidad de venir a Boston con unos amigos que se quedaron solo por unos meses y me dejaron solo aquí. Decidí continuar con el mayor de los esfuerzos, pero aquí estoy, puede que termine la carrera este semestre de otoño.

Seguimos conversando, nos servimos la segunda copa de vino, contándonos de nuestra infancia, de lo que nos gustaba y de lo que no, las malas experiencias con las personas que se te aproximan estando en un país que no es el tuyo, solo con la intención de tomar ventaja de ti.

Yo le conté de los malabares que hacía para mantenerme estudiando, como la pasaba mal algunos meses y otros muy bien, de los amigos que iban y venían y de cómo a veces tocaba hacer de guía de los que recién llegaban.

Me explicó que su novio se graduó un semestre antes que ella, se fue a Brasil y nunca más supo de él, ni una llamada, ni un mensaje, que eso fue hace un año y que ella se dedicó a estudiar para poder terminar en el semestre del otoño pasado y si seguía en Boston era porque quiso tomar dos electivas más y que las había terminado hace una semana cuando acabó el semestre de primavera. Eso me pareció parte de la confabulación celestial para este encuentro, el novio que desaparece, las electivas, el concierto, los asientos juntos, la tormenta, sus amigos, sus infinitos ojos azules. Le dije exactamente eso y se me quedó mirando.

- ¿Tú te das cuenta de que estamos aquí hablando como si nos conociéramos de toda la vida? ¿la hora que es? ¿que yo tengo que tomar un vuelo para el otro lado del mundo a las 8:00 a.m.? ¿que esta tormenta no termina y que quizás no volvamos a vernos? – la última frase la arrastró muy poco a poco y algo húmedoentróen uno de sus ojos, magnificado por la luz de un rayo que atravesó la ventana.

-Por el tiempo no te preocupes Carmela, si hay algo irrelevante en nuestra vidas es el tiempo, los humanos vivimos pendientes del reloj y fijamos todas las cosas en función del tiempo, ni tu ni yo sabemos que puede pasar en lo que salgamos a la calle y vayamos a tu casa a hacer las maletas, ni tu ni yo sabemos si estas horas que pasamos juntos pueden cambiar nuestro destino y ni tú ni yo sabemos si esto llega a ser solo un recuerdo, ycuántas veces podemos vivirlo de nuevo en nuestra memoria, lo importante es la huella que este momento deje en nuestras almas, nuestro corazón y en nuestro cuerpos - Era ya cerca de medianoche y la lluvia parecía comenzar a amainar. Habíamos hablado bastante y nos habíamos contado lo suficiente.

Se me quedó mirando muy fijamente y una luz se encendió en esos dos faros marinos, una luz que no había visto antes y que me fascinó, como algo magnético que brotara de esos ojos subyugantes, que me fue atrayendo poco a poco, ella bajó la mirada y de pronto me encontré sumergido en los labios más dulces y más suaves que hubiese besado en mi vida entera, sentí el calor que había experimentado horas antes, pero esta vez fue entrando muy despacio, ya no era algo incomodo y súbito, era una temperatura cálida, agradable, recorriendo mi cuerpo entero, no nos tocamos, solo el beso, solo los labios unidos en un contacto lento pero intenso, con los ojos cerrados podía percibir su olor, su sabor, sus sensaciones, su calor. Parecía un momento infinito, no quería que terminara y podía sentir que ella tampoco.

Muy despacio nos fuimos separando, ella mantuvo la mirada muy baja, la tomé de la barbilla y la miré directo a ese embrujo quetenía por ojos, con el riesgo de no saber qué hacer ni qué decir, pero tenía que tomarlo, tenía que arriesgarme a ver que encontraba en ella. Bajó y subió los parpados y me miró directo a la cara, el mensaje estaba muy claro, suspiró fuerte. Sus ojos me gritaban, Miguel aquí estoy, todo depende de ti.

La levanté del escritorio, donde habíamos estado sentados todo este tiempo, la besé de nuevo pero esta vez la atraje hacia mí y la abracé, sentí su cuerpo, sus curvas interminables, se apretó contra mí, y fue una fusión completa entre nosotros dos, podía sentir sus piernas alrededor de las mías y sus pechos firmes contra mi pecho. Esta vez el beso comenzó muy tierno y continuó subiendo en pasión y calor, fue mucho más largo que el primero pero no más tierno ni más dulce, este tenía más de deseo contenido y de explosión de emociones represadas.

La fui retirando lentamente, sin dejar de besarla ya no solo en los labios, hasta que la detuve frente a mí, la tomé por los hombros y lentamente bajé mis manos hasta su cintura y un poco más abajo, agarré el suéter por su parte más baja y lo comencé a deslizar hacia arriba muy suavemente sin dejar de mirarla a los ojos, levantó los brazos cuando llegue a la altura de los hombros y seguí mi tarea hasta que el suéter dejo de estar encima de ella, lo lancé al escritorio y me quedé observando lo que estaba delante de mí. Ni en el mejor de mis sueños pensé encontrar una escultura viviente de tanta belleza. Nos miramos fijamente a los ojos y nos dejamos caer en la cama que estaba a nuestro lado.

Si alguna definición de hacer el amor había entendido antes de esta noche, a partir de este momento la cambié para siempre, el tiempo fue deslizándose entre nuestra piel sin advertirnos que cada toque, cada respiración, cada roce se iría tatuando en tinta invisible e imborrable, el placer del calor compartido no tenía palabras terrestres conocidas para ser descritas, recuerdo cada uno de los besos, cada gemido y cada gesto, una a una las miradas y los ojos cerrados tratando de suspirar cada gota de amor compartido que se fueron grabando en mi mente, aunque no pensaba, solo sentía.

Nos quedamos dormidos por unos minutos, la sentí moverse en la cama y me desperté, me miro con sueño y muy quedamente me susurró: - ahora si quiero saber qué hora es - Busqué mi teléfono y vi la hora, eran las 4:14 a.m. nos levantamos, no sin antes besarnos de nuevo, bajé corriendo por las escaleras otra vez.

Recogí su ropa y volví a subir corriendo, cuando llegué me dijo que el taxi estaría abajo en el edificio en 10 minutos. Si algo tenía bueno esta ciudad era que se recuperaba de las emergencias climáticas muy rápido, yo he visto caer 20 pulgadas de nieve y la gente continuar con su vida como si nada. Me vestí rápidamente mientras no le quitaba los ojos de encima a ella, con la luz encendida era mucho más hermosa y cautivante.

-Tú la verdad no necesitas ropa, eres mucho más hermosa desnuda– le dije – se sonrió y siguió vistiéndose más lentamente, me asomé a la ventana caminando de espaldas desde donde estaba ella y siguió riendo. ¡Dios! me encantaba esa mujer.

-¿Te puedo pedir un favor? Me preguntó.

-¿Qué piensas tú?

-¿Sí o no, que no hay tiempo.

-Vuelves con lo del tiempo, claro que sí.

-Véndeme esa maleta que tienes en el closet, ¿sí?

-Jajajaja, ¿Qué te la venda? Te la regalo, si estoy loco por salir de ella – lo que era totalmente falso porque era parte importante de mi closet, pero pensar que ella se iba a llevar algo mío me hizo sentir de lo mejor.

-¿Seguro?

-Segurísimo.

-Es que a esta hora ya no me va a dar tiempo de recoger lo que me falta y organizarlo y tengo que actuar muy rápido porque si no, no llegamos. Por cierto, no tienes que ir conmigo al aeropuerto y hacer todo lo que dijiste que ibas hacer, es como mucho trabajo ¿no te parece?, además voy a andar corriendo contra el reloj y eso no parece gustarte mucho.

-A mí lo que me gusta es estar contigo y lo voy a disfrutar hasta el último minuto –le contesté– así que voy contigo hacemos la maleta y te llevo al aeropuerto, bueno no yo, el taxi, que ya llegó, por cierto, bajemos.

Bajamos despacio tomados de la mano mirándonos en cada descanso de las escaleras y dándonos un beso, sobraban o faltaban palabras, no lo sé, pero cada estación es un recuerdo de ella en este edificio. Entramos en el taxi, ella le dio la dirección en Newton al chofer y nos sentamos muy pegados el uno del otro, ella apoyó su cabeza en mi hombro y pareció dormirse. Yo la miré durante todo el trayecto de casi 30 minutos, así como a las calles oscuras y semi-inundadas de la ciudad. En una curva que el conductor tomó un poco fuerte se despertó, me miró, me besó y me abrazó más fuerte, como si no quisiera soltarme, yo no quería soltarla, pero no podía demostrar lo que estaba sintiendo porque no era ese el recuerdo que quería que tuviera de nosotros.

Llegamos a su casa, que era la de unos amigos de los padres según me había dicho antes, la política era que yo no podía entrar porque era amigo, solo podían subir las amigas, pero tratándose de este momento de emergencia habíamos quedado que yo entraría de lo más callado y la ayudaría hacer la maleta, y saldríamos sin hacer ruido.

Exactamente eso fue lo que hicimos, pero tardamos más de lo esperado ya que era mucho lo que ella tenía que empacar y las tres maletas eran insuficientes, tuvo que escoger qué llevar y qué dejar y todavía llevaba bastante sobrepeso. Habíamos llamado el taxi unos minutos antes y salimos de la casa con el sol en el alba como a las 6:15 a.m. con el tiempo justo para llegar al Logan Airport, si no nos agarraba mucho tráfico en el camino.

Durante el tiempo en su cuarto solo nos reímos en voz baja del desorden que tenía y de la forma como hicimos las maletas, le robé un par de besos, pero en lo que nos montamos en el taxi el recuerdo de la noche nos asaltó y fue difícil establecer una conversación sin interrumpirnos a besarnos y acariciarnos. Eso nos sirvió de distracción por el tráfico pesado que encontramos, por lo que no nos presionamos con el tiempo. Sin darnos cuenta llegamos al aeropuerto, me bajé rápido a hacerme cargo de las maletas, se las entregué al valet que hace el check-in del vuelo en la entrada afuera y ella se fue con una persona que le tomó el boleto; a los minutos volvió con el boarding pass en la mano, eran las 7:01 a.m. le quedaban 59 minutos para pasar los controles de inmigración y llegar a tiempo al vuelo.

Se me acercó lentamente, se paró delante de mí y no dijo una sola palabra. Pasó más de un minuto, no quise interrumpirla, el tiempo se detuvo para nosotros dos, no escuchamos los ruidos de los taxis llegando, ni los de los valet llamando a los pasajeros, ni los autobuses estacionando detrás de nosotros, solo existíamos ella y yo y el mundo se había detenido, estábamos en la dimensión de lo infinito y perdurable. Me besó primero en la mejilla, luego me miró a los ojos, ya había descubierto lo que eso causaba en mí y me besó suave, tierno y lentamente en los labios, sin tocarnos, sin abrazarnos.

La tomé por la cintura y la abracé, la besé suave al principio y luego como si se me acabara la vida en ese mismo instante, una lágrima de ella se mezcló con una lagrima mía, no fue intencional, la estuve conteniendo mucho tiempo, ni yo mismo me había dado cuenta de que lo que sentía desde que llegué a su casa era eso, las muchas ganas de decirle no te vayas porque si te vas, voy a llorar. Bajó la cabeza y me puso una mano en el pecho.

-Voy a extrañar a Boston, muchas cosas me pasaron aquí, lo mejor de mi vida lo he vivido aquí, y lo mejor porque me enseñaron y me hicieron la persona que hoy soy, no necesariamente porque fueron buenas todas las

cosas que me pasaron. Tal vez nunca regrese, pero tu Miguel eres lo que más voy a recordar de esta ciudad, escómo me enseñaste, no importa el tiempo que pasamos juntos, importa lo maravilloso del momento que vivimos – me dijo, me besó, dio media vuelta y salió corriendo hacia la entrada.

La vi corriendo, pasó la puerta y se mezcló entre la gente hacia los controles, salí disparado detrás de ella pasé la puerta de entrada y me frené. Me quedé observando cómo le daba el boarding pass y el pasaporte a los guardias de la seguridad aérea, volteó hacia donde yo estaba y en la distancia estoy seguro de que vi sus lágrimas, y sus ojos tenían un color azul profundo como el océano, ya no era la misma mirada de anoche en el concierto, azul celeste de inocencia y de vida, estaba más oscura como si se llevara algo en la profundidad de su corazón que la iba a acompañar por siempre.

La dejé de ver en una de las vueltas de la fila de los controles, me regresé a la puerta y salí a la calle, la temperatura había bajado desde la tormenta y sentí el golpe de aire fríoen la cara y me penetró hasta los huesos ypor qué no decirlo, hasta el alma.

Decidí regresar al estudio por la vía larga, caminé hasta la estación de la línea azul del "T" en el terminal A, tomé el tren que me llevaría hasta la estación de Goverment Center para luego tomar cualquier carro de la línea verde para bajarme en Park Street y seguir caminando nuevamente por el Boston Common.

Seríacomo una hora aproximadamente lo que tardaría en llegar entre los trenes, la transferencia de líneas y la caminata por el parque, esta vez no me preocupaba el frío, solo la punzada que sentía en el estómago de soledad y nostalgia. Los recuerdos comenzaron a asaltarme, el momento cuando me miró por primera vez en el concierto, la carrera bajo la lluvia, cuando abrí la puerta y la vi sentada en el escritorio, cuando nos besamos

por primera vez, cuando le subí el suéter y su olor, su olor cuando hicimos el amor, todo vino de golpe a mi mente.

Mientras transcurría mi camino me percaté que tenía el teléfono de Carmela Costa registrado en mi celular, pero era el número que ella usaba en Boston, una alarma se prendió en mí y el dolor en el estómago aumentó, marqué rápidamente y me salía la contestadora directo, en lo que subí a la calle vi dos llamadas perdidas de ella y entró un mensaje: "Adeus Miguel, espero que não me esqueça, não te esquecerei", decía: Adiós Miguel, espero que no te olvides de mí, yo no me olvidaré de ti. Ya había apagado el teléfono para el despegue, no tenía forma de comunicarme con ella.

Todo transcurrió muy rápido y el tiempo, bueno, el tiempo no fue importante, solo los momentos que pasé junto a ella que no se borraron nunca.

TERCER RELATO

TE VEO

De vez en cuando podemos permitirnos ser un poco anticuados, algunas veces sonar hasta un poquito cursi, no es que nos empalaguemos del todo, pero cuando queremos decir cosas dulces no siempre es apropiado usar nuestras maneras coloquiales o nuestro lenguaje adquirido en las redes sociales o de la jerga diaria, por eso escribí este verso:

Vamos a ser románticos,

dejarnos una nota

robarnos una mirada

guardarnos una lágrima

y regalarnos una sonrisa.

✥ ✥ ✥ ✥ ✥

Normalmente Alexander no le dirigía la palabra muy seguido a Liza, ella siempre estaba con sus amigas o bajaba desde su apartamento rodeada de sus hermanos varones, no es que le intimidaran los hermanos ya que estos eran sus amigos más cercanos, pero trataba de no acercarse mucho a ella cuando ellos estaban presentes por temor de que se notara la incomodidad de tenerla cerca. El que Ernesto, el mayor de los hermanos se diera cuenta que a él le gustaba su hermanita pequeña no iba a ser una tarea fácil de explicarle.

Por otro lado, sus amigas eran mucho más intimidantes que la propia Liza, sin contar con su primita Ronna que parecía salida de un cuento de hadas, pero vestida como una bailarina de show stripper antes de entrar en el local.

Esa tarde habían bajado todos desde el apartamento de los hermanos con una heladera llena de cervezas y él los estaba esperando abajo, el grupo estaba completo. Empezaron a conversar, después que se saludaron con los besos de rigor, bueno precisamente el que tuvo que dar los besos a las chicas fue él, ya que ellos venían todos juntos. Por supuesto que lo disfrutó uno por uno, sobre todo cuando Liza le ofreció la mejilla rosada, fresca y con olor a perfume recién puesto. Cuando terminaron los saludos, se quedó observando al grupo y se repitió lo que ya había hecho cientos de veces, tal vez miles en el último año. ¡Como me gusta esa niña! Y que difícil me está siendo disimularlo.

-Ey, Alexander qué te pasa? despierta muchacho – escuchó que le increpaba Oscar el menor de los hermanos varones de Liza, mientras él estaba absorto observando lo que era el desfile de ella acompañada de sus amigas y de su prima – en qué andas pensando, estás quedado, trae la otra ronda. Se refería a que tenía que sacar de la heladera portátil que tenían escondida en el maletero del carro una cerveza para cada uno.

El sitio de reunión era un amplio pasillo en la salida lateral del edificio que iba hacia el garaje techado, y que tenía a los lados varias bancas de madera que estaban antes de una cerca baja de concreto que, en la parte de atrás, tenía un jardín con cayenas rosadas y blancas, en el centro de los cuadrados del jardín un cocotero hacía ver el ambiente muy tropical, la caída de la tarde le daba un resplandor a las plantas que invitaba más a estar abrazados en pareja que al rebullicio de varias personas todas hablando al mismo tiempo, sin embargo; éste no era el caso ni el momento.

Los contó y eran nueve en total, Liza, las tres amigas, la prima, los tres hermanos y la de él.

Habían usado su carro para guardar la heladera, no estaban seguros de que tomar alcohol en la parte de afuera del edificio fuese totalmente legal y no querían exponerse a un malentendido con la policía estando dentro del área de donde vivían. Sacó las cervezas y las fue repartiendo de a dos en dos o de a tres en tres, se reservó la última para Liza y se aseguró que estuviera bien helada. Cuando se la entregó, la retuvo por un segundo o dos más de lo normal, ella levantó la vista, lo miró directo a los ojos y se sonrió, de pronto soltó la cerveza y pensó que iba a caer al suelo, pero ella la tenía sujeta desde hace rato, esos ojos color ámbar con esa sonrisa perfecta dirigida a él con un pequeño mohín, no era precisamente lo que necesitaba para calmar las pulsaciones que sentía cuando la tenía cerca.

Siguió su camino y trató de que el temblor que sentía por dentro pasara desapercibido, pero cómo saber si se notaba o no, cuando él sentía la sangre ardiendo dentro y las pulsaciones a cien. Para su tranquilidad el grupo se dividió en dos, los hombres en un lado y las mujeres en el otro, era de esperarse ya que en el lado de las mujeres estaban Liza y la prima, que también lo era de los tres hermanos, y las amigas de ellas, que, aunque los hermanos pudieran pensar en ellas como lo que eran tres hermosas mujeres, al menos respetaban la presencia de la hermana en el grupo.

Volvió Oscar a dirigirse a él, pero le preocupó esta vez el tono y tal vez más el contenido de la pregunta. -Alexander te veo muy tranquilo, tú no eres así con las mujeres y tienes ahí cerca de cinco ejemplares que están de concurso, claro con la excepción que ya tú sabes, pero ¿qué es lo que te pasa hermano?

Se refería obviamente a que ni pensara meterse con Liza, él que tenía fama de conquistador, imagínate si eso era lo que pensaba el menor, que, aunque era muy buen amigo también, no era el de su generación. Cómo pensar entonces explicarle a Ernesto el mayor de los hermanos y su amigo desde la infancia lo que sentía por su hermanita más pequeña.

- ¿No hombre y qué quieres que haga? hoy no venimos a caerle a nadie sino tomar un rato y conversar, o ¿me perdí de algo? ¿Cuál es el plan?

Lo normal es que el grupo fuese de 15 o 20 jóvenes, casi todos del mismo edificio o de los edificios de alrededor pero este día la mayoría se habían ido a otras fiestas o estaban en sus casas y no se acercaron a la reunión usual de los viernes, antes de salir a una disco o a una fiesta más tarde.

-Hoy no hay plan hermanito- le contestó Ernesto- estamos todos quedados aquí, así que es mejor que nos divirtamos con lo que hay, las tres amiguitas nos sirven a nosotros tres porque no están nada mal, como siempre el material que trae Liza, y tú como que te quedaste por fuera esta vez, porque ni modo que te metas con ella o con Ronna, la familia no se toca, además con tu velocidad ya sería hora que dejaras para los demás ¿no?

Por supuesto todos se rieron a carcajadas de la broma de Ernesto, estos dos eran los mejores amigos desde hacía muchos años, y los otros dos hermanos conocían de las correrías de ambos tanto con las mujeres como las juergas que se pegaban de varios días. Claro eso hacía ya hace algún tiempo que se había ido disipando en la medida que los dos avanzaban en sus estudios universitarios.

Total, pensó Alexander, esta noche solo quedaba mirar desde lejos a Liza, como venía haciendo, ¿hace cuánto? ¿hace tal vez un par de años? Desde que la niña se volvió mujer y de pronto mostró los atributos más hermosos que él hubiese visto en cualquier otra, la verdad es que tenía mucho tiempo conociéndola pero no había reparado en ella como mujer, es más, casi ni le prestaba atención, é iba a la casa de Ernesto, que era eso, casa de Ernesto, nunca fue la casa de Liza, desde hace un tiempo ya no era la casa de Ernesto, y cada día le costaba más visitar a su amigo.

El tiempo fue transcurriendo y los dos grupos de hombres y mujeres se fueron acercando hasta que estaban inmersos en una conversación múltiple, en la cual todos hablaban con todos, era difícil comunicarse con las palabras y seguir un mismo curso de conversación, por lo que gran parte de la charla era entre gestos y muecas, pero al mismo tiempo era muy divertido y las risas y las bromas entre ellos no paraban.

De pronto sucedió lo que no estaba planeado, nunca pasó por su mente que Liza se acercara y lo rozara y además se recostara un poco en su brazo, le puso la cabeza casi en el hombro y le susurró algo que no pudo escuchar bien, además la turbación que le causó sentirla tan cerca y hablarle casi en secreto no permitió que entendiera bien lo que le había dicho, ahora sí que tenía un problema. Quería saber que le había dicho, pero no parecía muy correcto delante de todos apartarla o decirle que lo repitiera.

Ella parecía estar esperando una respuesta de su parte y lo miró directo a los ojos con picardía y complicidad, algo que nunca había visto en ella, y que terminó de nublar su entendimiento. Era ahora o nunca.

-Disculpa corazón, pero no te entendí bien- trató de poner el mejor gesto que pudo, al mismo tiempo que bajaba la cabeza y se le acercaba, esperando que ella le repitiera lo que parecía un coqueteo flagrante.

-Te dije que tienes loca a Ronna, no es posible que no te des cuenta- le dijo ella en voz muy baja y acercando sus labios a su oído, que casi rozaron – Todos dicen que eres un conquistador de mujeres, pero en esta ocasión ni siquiera te has fijado ni un poquito en ella, así que aquí estoy haciendo un encarguito - se rio al final de la frase.

Sin querer, su mirada fue inmediatamente a los ojos de Ronna que le devolvió la mirada con una sonrisa y un gesto sumamente sensual, al regresar la cabeza hacia Liza se dio cuenta que se había equivocado de plano, ella le hizo un asentimiento con la cabeza, como queriéndole decir -Ahí lo tienes, ya terminé mi trabajo. Lo menos que quería era que Liza se apartara pensando que el próximo paso era acercarse a Ronna para consumar lo que sea que esa diosa tuviera planeado para él.

Piensa rápido, se dijo y no sabía por cuál razón siendo tan hábil para las mujeres le costaba reaccionar más rápido en presencia de esta niña. No era que le llevara muchos años, pero era la hermana menor de sus amigos, por Dios, tanto que había rodado en los últimos tiempos, sobre todo en la Universidad con chicas de su edad o mayores y hasta con mujeres casadas y delante de ella se sentía lento y torpe.

-Espera no te vayas, explícame esto- fue lo que pudo atinar a decir tratando de retenerla y reparar el daño hecho con el cruce de miradas con Ronna.

-No hay nada que explicar, está muy clarito, ¿no lo viste con tus propios ojos? Y ahora el mohín en su cara cambió y el tono sonó como reproche.

¿Qué fue exactamente lo que vio en esa carita? ¿Acaso le estaba reprochando lo que él sabía que había hecho con Ronna, la mirada de aceptación, de cruce de intenciones? ¿No era eso lo que ella esperaba? ¿Qué estaba pasando?

-Espera, espera, espera, ahora si no quiero que te vayas ni un centímetro de este brazo- ya estaba siendo el de siempre, ya se sentía un poco más confiado, había algo en el ambiente que se podía tocar y cortar, la miró fijamente como tratándola de dominar y retener- tú vienes aquí a decirme que Ronna quiere tener algo conmigo y ¿no me dices más nada? Estaba tratando de hacer olvidar, obvio el cruce de miradas, esperaba que le resultara.

- Ja ja, miren al inocente niño de pecho, yo te medio insinué algo y ya tu pudiste comprobarlo por ti mismo, ahora me vas a culpar a mí de que –esta vez si no había duda en el tono, habló con mucho despecho y un poquitín de ¿rabia? – no que no, asume tu compromiso que por allá te está esperando.

Ni en mil doscientos años se hubiese imaginado que Liza se expresara de esa forma con ese hondo sentimiento a flor de piel, la conexión en la mirada entre los dos era profunda, suave, inmensa, se quedó un instante en esos ojos color miel-ámbar, bañándose en su orilla y disfrutando de su magnetismo, se le olvidó el mundo a su alrededor y las voces del grupo eran lejanas y apagadas, solo en este momento existían ese par de ojos que le devoraban y lo consumían.

Pasaron tanto tiempo mirándose, o tal vez fue solo un instante, que empezó a ver como el labio inferior de ella temblaba, esto le lleno de la ternura que le inspiraba cuando solía mirarla desde lejos y ahora que la tenía tan cerca esa ternura se elevó cubriéndole todos los sentidos. ¿Dónde estaban todos estos sentimientos de ambos guardados, que no se habían conectado antes? Quería quedarse eternamente en esa mirada.

-Liza! Ten cuidado no te acerques tanto a este- gritó desde el otro lado Pablo, el segundo de los hermanos de ella- ve que su famita le precede- todos estallaron en carcajadas y continuaron con su conversación sin hacer mayor caso de ellos dos, pero el llamado de Pablo cortó el momento de éxtasis.

-Bueno sigo mi camino, con permisito- continuó Liza- no quiero que vayan a pensar que la que tiene interés aquí soy yo.

-No que va, no te puedes ir- le dijo muy resuelto, el llamado de Pablo sirvió para que los dos recobraran su aplomo y ahora ella lucía muy distinta al instante de conexión que tuvieron. Pero él sabía que la conexión estuvo ahí, existía y era real.

-¿Y por qué no?

-Por varias razones, primero que nada, no puedes venir aquí y decirme mira allá te están esperando como si yo fuera tan fácil- trató de bajar un poco la tensión con una broma, ella sonrió, – segundo, ¿qué te hace pensar que quiero irme con Ronna? y tercero, prefiero quedarme aquí y hablar contigo – esta última razón ni el mismo pensó usarla, lo sorprendió la sinceridad con la que lo dijo y aunque salió sola sin pensarlo no se arrepintió ni un poco, parece que las cervezas estaban haciendo su trabajo.

-Óyeme, eso sí es una sorpresa – dijo ella ignorando las dos primeras razones – yo pensaba que la menor de los hermanos era un cero a la izquierda para ti, ¿desde cuándo prefieres quedarte hablando conmigo? – y también sonaba bastante sincera.

El reproche se le encajó en el pecho, tenía mucha razón, desde hace mucho tiempo trataba de ignorarla y apenas la saludaba, un beso de rigor y luego ninguna mirada, solo de reojo para poder apreciar cada parte de ella que lo traía loco, esa era la única manera de seguir yendo a esa casa sin perturbar la paz de la amistad con sus hermanos, así que hacía mucho tiempo que Liza era una sombra nada más.

A partir de este momento ya no tuvo tiempo de pensar, cada palabra que decía salía de un lugar en lo más profundo del pecho las tenía represadas desde los dos últimos años, y no salieron todas en el orden que debieron haber salido, puesto que nunca hizo el mínimo intento de ordenarlas, porque la verdad, siempre pensó que no saldrían nunca.

-No es una sorpresa Liza, tú bien sabes que tengo tiempo mirándote, fijándome en ti – y de pronto el tiempo y el espacio se suspendieron en un vapor sustrayendo a la pareja del bullicio de alrededor y las palabras no eran sonido proveniente de la voz, parecía más bien un silencio profundo de comunicación sublime entre dos corazones, dos almas, un hombre y una mujer destinados a mirarse en el pasado, presente y futuro.

Alexander continuó como si su edad y su juventud hubiesen cambiado al más romántico de los trovadores antiguos – enamorándome de ti cada día, evitando fundirme en tus ojos color de miel, tratando de disimular lo que crecía dentro de mí, y mientras te evitaba más me hacía dependiente de volver a verte, por eso iba cada día varias veces a visitar a tus hermanos, no importa cuál de ellos estuviera en tu apartamento, solo necesitaba estar cerca de ti, aunque no pudiera hablarte, ni tocarte, ni besarte, como tantas veces lo desee. La sorpresa más bien es que haya podido contenerme todo este tiempo. Pero ya lo sabes, ya pude decírtelo, así que no me pidas que mire a nadie más.

Liza se quedó estática, sin saber que decir ni cómo reaccionar, pasaron varios segundos que fueron una eternidad para ambos, él mirándola suave y tiernamente como nunca antes lo había podido hacer, aliviado, sin el peso cargado por todo el tiempo que tuvo que callarse, con la satisfacción de poder mirar honestamente desde el corazón a la persona que le gustaba más allá de su entendimiento, ella anonadada por lo que acababa de escuchar, cada palabra que él pronunció la sintió en la piel como una caricia como la brisa delicada que roza y refresca, tratando de disfrutarlas sílaba por sílaba, lo que tanto soñó, lo que siempre pensó que eran sus fantasías.

Alexander, el mejor amigo de su hermano mayor, el que nunca podría mirar como hombre sino como otro hermano, le había dicho todo lo que ella quería oír de un hombre a su edad.

Los segundos pasaban y ellos seguían mirándose de la misma manera desde que Alexander dejó de hablar, ella sabía que tenía que dar una respuesta, decir algo, reaccionar de alguna manera, no quería que ese instante se terminara y él se olvidara de lo que dijo, de pronto comprendió que si no reaccionaba estas palabras se irían y todo volvería a ser como era antes, frío, lejano, distante, como dos extraños, como dos seres que no se conocían pero que furtivamente se cruzaban miradas ocasionales que solo los dos entendían, entonces sus ojos color ámbar se abrieron en señal de asombro, de desespero.

Alexander vio sus ojos y no entendió, al principio creyó que había una conexión, pero luego sus ojos se abrieron y él pensó ver en ellos un abismo que los separaba, entonces solo atinó a decir – Disculpa Liza, pero si te...

Ella le interrumpió, esta vez tocándole los labios con su dedo índice muy suavemente – no te beso aquí porque están mis hermanos, no tienes idea de lo que me has hecho esperar, ni el tiempo que llevo deseando oír de ti todo lo que acabas de decir. Ella, aunque se sorprendió de su audacia, de lo que acababa de decir, no se arrepintió, peor era dejarlo pasar, dejarlo ir, volver a sentir ese miedo de hace un instante en el que pensó que se podía arrepentir.

Cuando le tocó los labios y entornó los ojos para decirle lo que acababa de oír, Alexander sintió que el piso bajo él desaparecía y entendió que el paso que acababa de dar era el correcto, esa era la mujer que estaba esperando, de la que probablemente se enamoraría por siempre.

-Ya tendré tiempo de besarte todo lo que quieras, te aseguro que esas ganas tuyas son menos de las que yo tengo – ella se sonrojó y volvió a mirarlo con los ojos dulces y acariciantes – eso es más de lo que puedo soportar ahorita, le dijo.

-Y que quieres que haga, mirarte es lo único que me queda en este momento, ni siquiera podemos escaparnos porque estamos bajo estricta vigilancia militar, jajajaja – se sonrió y se mordió el labio de abajo y ya no sonaba nerviosa ni consternada.

-Si lo sé – contestó adorando ese gesto y continuó – ¿sabes? hace un rato soné un poco anticuado, romanticón, casi que cursi pues – empezó a tratar de disculparse por su declaración a la antigua- pero nunca he sido así, ¿sabes? Fueron las palabras que me salieron en ese momento, no sé ni de donde salieron...

- ¿Sabes que, tú? Son las palabras más hermosas que me han dicho en mi corta vida y me voy a acordar de ellas siempre, toda la vida las voy a llevar conmigo.

-Wow, ahora eres tú, que bien. Estamos como siendo un poco románticos y anticuados los dos¿no?

-Toca mijo, toca. Jajajajaja, me tuviste esperando mucho tiempo.

-Ey ustedes dos ahí – se escuchó un grito desde el otro lado del grupo- era Oscar el menor de los hermanos, que se acercó - que pasa aquí, como que están cuadrando algo sin decirnos a todos- y luego en voz muy baja solo para ellos dos- mira Liza que solamente tenías que poner a este a hablar con la prima, más nada, ¿o hay algo más?

-Pues no – contestó ella – más nada, solo que el señorito aquí no se quiere dejar convencer porque parece que no le gusta mucho Ronna.

-Dios mío hermano tú estás loco, mira que a mí no me gusta meterme con la familia y Ronna, bueno Ronna, no sé mejor no te digo nada, pero no parecen cosas tuyas, te la están dando en bandejita pues...

-No es eso, ella no sabe lo que dice, lo que pasa es que es familia de ustedes y no sé, nunca la miré así.

Liza lo miró como para indicarle que había cometido un error al usar el pretexto de la familia y él le devolvió la mirada con una sonrisa que decía: estuve a punto de decirle todo. Se sonrieron y se separaron los tres. Cada uno volvió al grupo inicial, ella con la prima y las amigas que no le quitaron la vista de encima ni un segundo cuando estaba hablando con Alexander y que por supuesto querían una descripción detallada de que fue exactamente lo que hablaron y él se fue con los amigos, los tres hermanos de ella, a seguir hablando de carros, mujeres y futbol.

Ella les contó a las amigas cualquier cosa y nada al mismo tiempo, les inventó de todo, pero nunca admitió ni reveló lo que realmente sucedió entre los dos, las entretuvo bastante tiempo con mentiras y chistes y lo de Ronna quedó zanjado con - Mi amor vas a tener que esperar o hacer algo extraordinario para que ese hombre se fije en ti, de todas maneras, yo creo que no, porque parece que le gusta otra de verdad. Ya habrá tiempo para decirle que la otra era ella misma, y el tiempo se encargará de poner las cosas en su lugar, lo de Ronna al fin de cuentas era un capricho, pero lo de ella era otra cosa ¿no?

Alexander por su parte se quedó hablando con los amigos y así fue transcurriendo lo que quedaba de la noche, con la seguridad de que cada vez que volteara la mirada hacia el grupo de las mujeres, iba a encontrar de vuelta esos ojos profundos de color miel correspondiendo sus intenciones, sus secretos, sus deseos y por qué no decirlo: su amor.

CUARTO RELATO

TE SIENTO

La percepción extrasensorial ha sido investigada al menos por los últimos 200 años, se han planteado toda clase de experimentos, pruebas y comprobaciones, pero por una razón u otra, que puede ir desde la falsificación de las pruebas por las personas que participaban en ellas, lo que ha perjudicado enormemente a este campo, hasta la falta de rigurosidad científica o el sabotaje por parte de los investigadores, hoy en día es considerada una pseudociencia y se le presta muy poca atención en los círculos serios de la ciencia.

La percepción extrasensorial ha entrado en otros campos más eclécticos y la vemos formando parte de movimientos espirituales de todo tipo, la humanidad ha dado por sentado, sin comprobación como mencionamos anteriormente, que la capacidad de clarividencia o visión remota, la precognición o retrocognición son parte intrínseca de cada persona, en unas más desarrollada que en otras y hasta hay cursos y programas para que cada quien aprenda y desarrolle estas habilidades.

Por supuesto, como persona que le gustan todos estos temas no he podido apartarme de la investigación y la búsqueda de estos fenómenos, de su comprobación, que aunque no científica, al menos en forma de anécdotas y experiencias compartidas.

Otro aspecto que siempre ha llamado mi atención es cuando dos personas comparten un sentimiento muy profundo, madre e hijos, hermanos gemelos, amigos entrañables, amantes. Estas personas suelen decirse entre ellos "me levanté pensando en ti y me llamaste" o la madre sobresaltada que llama al hijo que está en otra ciudad o país y le comenta: "no sé, sentí algo y te estoy llamando para ver si estas bien", son frases conocidas, casi que diarias entre nosotros que las decimos de manera muy normal sin detenernos a pensar en la profundidad espiritual que esto conlleva.

Meditando especialmente acerca de los amantes, las personas que están enamoradas o que lo estuvieron, que se acaban de juntar o que terminaron un amor grande pero que no pudo ser, fue que escribí este verso:

Cómo es que siento

tu pensamiento unido al mío cada vez,

cómo es que tu mirada me hace soñar

lo que vives en tu interior.

❖ ❖ ❖ ❖ ❖

Nunca voy a poder olvidar la fecha del 10 de junio, ese día entré por primera vez en el Bufete Ariztimuño & Fermonsel, era la entrevista con el departamento de Recursos Humanos, me hicieron todo tipo de pruebas, de conocimiento, de temas legales que en mi corta experiencia y en la Universidad nunca había oído mencionar, una prueba psicotécnica en la que tenía que dibujar, yo que lo que mejor se hacer es un hombrecito de rayas y cabeza redonda que parece un alien extraterrestre, una prueba de inglés que no entendí para qué si nos cuesta redactar temas legales en español como podían pensar que íbamos, digo los nuevos, a redactar en otro idioma, me enviaron al médico para una prueba preempleo, me dieron un tema libre para que escribiera mi opinión, creo que esa fue en la que estuve mejor, escribí de todo lo que se me vino a la mente, y por la que dos días después me llamaron que podía regresar al bufete a trabajar con ellos.

Sería entonces el 17 de junio la fecha de la entrevista formal con el jefe, José Ariztimuño. No sabía quién era y nunca lo había visto ni en foto, pero estaba en el nombre por lo que seguro era importante y más que seguro tendría mucho pero mucho dinero.

Me había recibido de abogado dos meses antes y tenía ese mismo tiempo buscando un empleo en todo tipo de empresas y bufetes, quería trabajar en algo relacionado con lo que estudié, no quería perder el esfuerzo de 5 años en la Universidad, con lo que les costó a mis padres ayudarme a terminar la carrera, lo menos que podía hacer era desarrollarme como abogado.

Me estaba agotando la paciencia y estaba a punto de abandonar, había ido a varias entrevistas y había empapelado toda la ciudad con mi resumen, cuando una amiga me dijo que en ese Bufete estaban buscando recién graduados para formarlos como abogados internacionales, que aplicara, estuve a punto de no hacerle caso, abogados internacionales, que sabía yo de derecho internacional, pues nada, pero una corazonada que sentí de pronto me decidió y llené la planilla que ella misma me había dado.

La llevé al despacho, era un edificio inmenso del área financiera de la ciudad, las oficinas eran impresionantes todas de mármol negro Marquina y blanco Carrara, ni yo mismo me creía que pudiera trabajar allí. Pero mis corazonadas me habían llevado lejos en otras ocasiones, y quería ver a dónde me llevaría esta.

Cuando me llamaron para los exámenes me emocioné mucho y pensé que la corazonada por lo menos había servido para tener una de las pocas oportunidades de presentar examen e ir a una entrevista en los últimos dos meses.

Cuando terminaron los exámenes la corazonada había desaparecido y en su lugar sentí una desolación muy grande, todos esos exámenes y pruebas eran para abogados con experiencia, para personas con conocimiento profundo de temas legales complejos y de paso en inglés, no era que yo no supiera nada del idioma, pero por Dios, redactar es otra cosa. Cómo había pensado que podía trabajar en un sitio como ese, me gradué con muy buenas notas y me hice amigo de varios profesores que me apreciaban mucho, pero este tipo de empleo era para los hijos de los amigos de los dueños, para los que iban al club y jugaban golf con los socios principales del bufete, cómo podía imaginarme siquiera que se iban a fijar en un abogado recién graduado que no ha trabajado antes. Hasta allí había llegado mi corazonada como yo las llamaba.

Pero el sueño continuaba, me llamaron y me dieron fecha, 17 de junio a las 8:00 a.m. con el jefe principal. Cuando recibí la llamada no dejé terminar a la muchacha ni siquiera le pregunté su nombre, pegué un grito que la hizo reír a carcajadas al otro lado del teléfono, no paraba de brincar y gritar, ella tuvo la paciencia de esperar que me calmara para darme las instrucciones bien claras, según me dijo tenía que llegar en punto, es decir unos minutos antes de las 8 ya que el jefe era muy estricto y la entrevista empezaría a la hora en punto.

También me dictó el código de vestimenta, nada más y nada menos que un traje completo preferiblemente de color oscuro. No vayas a llegar tarde ni con un flux marrón por favor, me aclaró todavía riéndose, pero con una voz que sentí en extremo dulce. Al fin y al cabo, esa premonición que tuve se cumplió, trabajaría en uno de los mejores, más prestigiosos y exclusivos bufetes del país.

Pasé los siguientes dos días con mis amigos celebrando, me tomé todas las cervezas que no había tomado en los dos meses de preocupación que estuve buscando trabajo, cuando tenía un momento de claridad me asaltaba la preocupación del traje, la camisa, los zapatos, la corbata, pero recaía en la cerveza y se me pasaba la preocupación.

Fue el sábado que amanecí con un fuerte dolor de cabeza, no sabía si por el exceso de bebida o por la preocupación del flux y sus accesorios. Al menos tenía 48 horas para salir del problema. Pensé en el traje de graduación, pero había cometido el error de comprarlo azul claro, ese fue el que me gustó y además era un color que estaba de moda y quién sabe si con esa pinta podía conseguir un enredo con una colega en las fiestas que vinieron después del acto de graduación. No tenía alternativa si no la de pedirle prestado a mi papá para salir a comprar un traje nuevo y a ver si me alcanzaba para los zapatos, porque los que use para la graduación fueron los viejos que tenía después de una buena pulida pero no creía que llegaran a tanto, traje nuevo y zapatos viejos como que no se llevaban de lo mejor.

En efecto mi papá solo pudo prestarme para comprar un traje modesto. No alcanzó para uno de mejor corte y tela, pero al menos cumplía con el requisito de ser oscuro, mi padre estaba preocupado según me dijo porque no sabía si me estaban contratando para abogado o para agente funerario, pero le expliqué que eso era usual porque nosotros los abogados de prestigio ganamos mucho dinero enterrando las esperanzas de los adversarios y muchas veces la de los clientes también. Le interesó mucho la parte de "mucho dinero" por lo que paró de burlarse por el resto del fin de semana.

Había hecho un esfuerzo muy grande para prestarme el dinero, no la estábamos pasando bien, pero yo tenía la convicción de que podía ser exitoso en ese trabajo y pronto podría devolverle el dinero del traje y además corresponderle por todo el apoyo para el estudio de la carrera, era mi sueño más preciado. No había empezado a trabajar y ya estaba endeudado.

Llegó el tan ansiado día 17 de junio, y yo a las 7:45 a.m. ya estaba en la puerta del Bufete en el piso 42, el último piso del edificio, las oficinas de Ariztimuño & Fermonsel empezaban en el 39, este piso estaba cerrado, no había llegado nadie todavía. Me quedé parado mirando fijamente el nombre y no me percaté que una figura paso a mi lado y abrió la puerta, eran las 7:50 a.m. lo recuerdo cada vez que llego a este piso.

Abrió la puerta y se volteó, nunca había visto nada igual, nunca había estado de frente parado ante una mujer de tal belleza, parecía una muñeca de cerámica esculpida por los Dioses, tenía una falda blanca ajustada a la cadera y a las piernas, una blusa color turquesa y un blazer oscuro que destacaban su piel de un blanco mate, que hacía que cualquier color que usara destacara sobremanera

-Tú debes ser Adrián...- me dijo.

-Urriaga, Adrián Urriaga para servirle, ¿y su nombre es? – era la misma persona que me llamó por teléfono para darme la noticia que había sido aceptado y que hizo la cita con el señor Ariztimuño.

-Perdón, yo soy la asistente del Doctor Ariztimuño y mi nombre es Jimena Llovera – menos mal nunca he sido tímido ni perezoso para hablarle a las mujeres, porque esta cortaba el aliento y su cuerpo, su caminar y su rostro podía intimidar a cualquier otro hombre, pero no a mí, que va – tu apellido es muy poco común ¿no? – continuó ella con su voz dulce y con un tono de más confianza que cuando nos presentamos.

-Bueno el suyo no es de los que uno se encuentra en el barrio tampoco ¿verdad? – afloró la sonrisa fresca y clara de la llamada, pero si cuando la oí por primera vez por teléfono me llamó la atención, esta vez verla en sus labios era como una poesía escrita sobre un manantial de miel. Entramos y seguimos caminando hacia las oficinas.

-No hace falta que me hables de usted, ¿somos qué, de la misma edad?

- ¿Bueno eso depende, si todavía tienes 21? Sí. - se siguió riendo. Creo que puedo pasar todo el día y todos los meses sacándole sonrisas y quedarme embelesado mirándola.

-No creo que tengas 21. – ya habíamos llegado a su escritorio, me señaló un sofá en una salita al lado de su cubículo y se puso muy seria de pronto, tomó una carpeta de cuero que tenía una libreta y entró en la oficina que tenía una puerta de caoba oscura con una manilla dorada impresionante.

Viéndola y hablando con Jimena se me había olvidado para qué estaba en este piso, caí en cuenta que no había preparado ningún discurso, no sabía de qué se trataba la entrevista y no sabía cómo había entrado el señor o Doctor como ella le decía, es más no sabía si ya había llegado y qué había ido a hacer ella allá adentro. Salió y me hizo una señal que ya podía pasar. Estaba ahí por lo visto.

-Así? ¿sin anestesia y sin nada? - Pasé por su lado y le susurré. Entré y por el rabillo del ojo la vi sonriendo.

-Muy buenos días abogado Urriaga, por favor siéntese, mi nombre es José Ariztimuño. – era un hombre de unos 50 años, con barba perfectamente cortada que empezaba a blanquear en algunas partes, con ojos pequeños e inteligentes y una mirada penetrante, alto, pero no tanto. Estaba parado y me ofreció la mano con el escritorio de por medio.

Lo que me impresionó fue el traje, no pude evitarlo y me sentí vestido como un mamarracho, la tela de casimir de un gris oscuro y el corte perfecto con una camisa blanca con puños amarrados con gemelos de oro y la corbata también oscura que caía perfecta hasta el cinturón, me hicieron voltear a mirar mis zapatos y descubrir las manchas que la pulida no pudo borrar. Me sentía abochornado y no coordinaba que hacer, creo que él lo noto porque me hizo una señal adicional para que me sentara, sin repasar mi vestimenta como yo hice con la de él.

-Muchas gracias Doctor Ariztimuño, y muchas gracias también por considerarme para el puesto en su Bufete.

-Bueno no me lo agradezcas tanto, pero empecemos por el principio, no hace falta que me digas Doctor, me imagino que se lo escuchaste a mi asistente, aquí no nos tratamos de Doctor, licenciado, abogado, nada de eso, tratamos de llamarnos por el nombre, así que de ahora en adelante José, y yo te llamaré Adrián, si estás de acuerdo – asentí con la cabeza – muy bien entonces te decía que no me agradezcas tanto, no tienes porqué, si entraste no fue por mi decisión que nada tuvo que ver si no por los resultados de tus exámenes, las notas en la universidad y una que otra recomendación que recibimos. – me sorprendió todo lo que dijo, desde la primera palabra hasta la última, si estaba desconcertado por la vestimenta, más lo estaba por cómo había comenzado la conversación.

-Muchas gracias, bueno disculpe me dijo que no le agradeciera, pero es que no entiendo muy bien, ¿a cuáles recomendaciones se refiere? – esta parte era la única que podía admitir delante de él, ¿pero las pruebas? ¿Había salido bien en las pruebas?

-Como has podido ver, somos uno de los bufetes más importantes del país y no pensarás que hacemos las cosas a la ligera, ya con el tiempo te darás cuenta por ti mismo que no, llevamos todo tipo de casos, y evaluamos muy bien a las personas que contratamos, tenemos varios tipos de evaluación, ya tu pasaste por las pruebas escritas y médicas. Antes de llamarte para esas pruebas nosotros hacemos una verificación de antecedentes de la persona que abarca todo, tanto policiales, judiciales, estudiantiles y personales. Haciendo los estudiantiles nos topamos que algunos de mis amigos de la Facultad habían sido profesores tuyos de Derecho Internacional y Marítimo y esos profesores me hablaron personalmente de ti y sus referencias además de muy buenas fueron interesantes, sobre todo porque en muchos años que tengo conociéndolos nunca se habían expresado de un estudiante de la manera como lo hicieron de ti.

-Woow, de verdad José que no tengo palabras para– no las tenía, menos mal me interrumpió, porque no sabía que decir, estaba tan impactado que me sentía mareado dando vueltas, conocía a los profesores, hasta había logrado cierta amistad con ellos, uno me había dado más de una materia, pero que de ahí a que llamaran al bufete para dar recomendaciones mías, no me lo imaginé, además como se enteraron que yo estaba participando en esta oferta de empleo.

-No hace falta que tengas palabras, como te dije es nuestro trabajo asegurarnos que las personas que entran en nuestro bufete, además de estar preparadas académicamente sean las personas correctas para hacer una carrera larga y fructífera con nosotros y digo correctas en todo el sentido de la palabra, tanto mental como ética y personalmente. ¿Sobre este punto tienes alguna pregunta?

-Preguntas tengo muchas, tal vez demasiadas, se me vienen tantas a la cabeza que no puedo ordenarlas.- se me quedó mirando como expectante de, aunque sea una pregunta que yo pudiera articular, por lo que le dije la primera que se me vino a la mente - ¿qué tanto y qué parte de lo personal ustedes investigan? - no entendía esta parte, qué sabían de mi en lo personal.

-Pues todo lo que podamos investigar, como te dije somos un bufete muy poderoso y cuando llenas la planilla de solicitud de empleo hay unas letras pequeñas en las que nos das permiso para investigar de ti todo lo que queramos, ¿las leíste? - asentí con la cabeza, pero la verdad pensé que eran letra muerta - esas pequeñas letras no las ponemos ahí como adorno, hacemos uso de ellas, y tenemos un departamento de investigación que hace su trabajo, entonces ellos averiguan, porque esa es la palabra correcta, todo sobre ti, tus padres, tu familia, tus amigos cercanos, tus hobbies, en fin todo, déjame ver aquí qué dice, sé que tu padre es chofer de camión en una empresa de transporte de alimentos, que tu mamá es maestra de escuela primaria y que tu hermana es adolescente y estudia en bachillerato todavía.

En fin, una buena familia. - continuó nunca me había sentido tan violado en mi privacidad, que este señor estuviera leyendo un resumen de mi vida y concluyera que somos una buena familia, como realmente lo éramos, pero no con esa facilidad, llegar a ser una buena familia nos había costado mucho, tanto a mis padres como a mí como a mi hermana, resistir los embates de las carencias y no recorrer el camino de los vicios como muchos otros, era una batalla muy dura del día a día en nuestro barrio. Se me quedó mirando yo no conseguía como responder y bajé la mirada.

-Mira Adrián, yo sé que es difícil sentarse ahí y escuchar todo lo que te estoy diciendo, pero somos profesionales y hoy tú estás entrando en el mundo corporativo de la profesión, vas a acostumbrarte a esto, además no hay nada de qué avergonzarse en tu investigación, al contrario, debes sentirte muy orgulloso de tu familia, de ti mismo, de todo lo que has hecho para estar en esta entrevista hoy. Evaluamos 102 candidatos y de esos, contigo están entrando en el Bufete otros 11 abogados, ellos están allá abajo esperando el curso introductorio, y tú estás aquí ahorita conmigo porque yo pedí darte la bienvenida a ti especialmente. ¿Sabes por qué? – hice un No con la cabeza – por todo este background que tengo aquí en mi escritorio, pruebas, evidencias de tu capacidad y de tu potencial, pocas veces reclutamos alguien como tú y quería ser yo el que te diera la bienvenida. – él había leído en mí todo lo que yo no había podido expresar en la entrevista.

-Discúlpame José, pero me tomó por sorpresa todo lo que me dijo y me hizo recordar todas las dificultades que pasamos en mi casa para poder tener un plato de comida decente tres veces al día, y poder estudiar, si me gradué con un poco más de edad que los demás es por lo mismo, en algún momento que mi papa perdió el trabajo tuve que retirarme para ayudar con los gastos de la casa y la verdad si se la digo, con todo el peso de mi alma volví a la universidad porque me daba dolor dejar a mi papá con la carga de los gastos y mis estudios, igual cuando podía me rebuscaba por ahí con cualquier trabajo a destajo.

-Estamos conscientes de eso aquí Adrián y eso es precisamente lo que hemos valorado, tus profesores y yo hemos tenido una larga charla y me han podido contar varias cosas que me agradan de la forma como has enfrentado las vicisitudes.

-Yo creía que no tenía una oportunidad con ustedes, que los que contrataban eran los hijos de papá que eran sus amigos. – se me salió sin pensarlo, en lo que terminé de hablar sentí que había metido la pata, ya había logrado medio encarrilar la entrevista y la había echado a perder.

El Doctor Ariztimuño soltó una carcajada muy ruidosa y eso rompió definitivamente el hielo en la conversación.

-Tienes toda la razón– me dijo – eso es lo que normalmente hacemos, eso es lo que usualmente hacen todos los grandes bufetes de este país – y siguió riéndose – y esta afirmación tuya me confirma que yo tenía razón contigo. Lo que pasa es que tampoco nos llegan muchos Adrián, allá abajo te vas a encontrar como con 9 "hijos o hijas de papá" y un par de buenos alumnos recomendados por grandes bufetes o socios de este mismo bufete. Lo que yo quiero es que tu bajes y que durante las próximas dos semanas que dura el curso introductorio tú demuestres por qué estás aquí, sin ser hijo de un abogado famoso de la ciudad y sin las recomendaciones de otro bufete, que estás aquí porque te lo mereces por tus conocimientos y por tus ganas de aprender, eso es todo lo que tú tienes que hacer.

- ¿Y usted me dice que no tengo nada que agradecerle? Si oyéndolo hablar me doy cuenta de que mi entrada aquí parece una apuesta suya en contra de alguien. Es que acaso tengo un detractor de quien cuidarme, si es así digamelo para saber dequién tengo que guardar mis espaldas.

-Mas agudo de lo que pensaba, Adrián, nunca dejes esa particularidad y nunca tengas miedo de hablarla, estés en presencia de quien estés. Pues no, no tienes detractores. Y sí, sí es una apuesta mía. El único detractor que vas a tener aquí vas a ser tú mismo, cuando no te valores lo suficiente y no creas que puedas lograrlo, esa es la base de todo, te lo tienes que creer. ¿Y quieres saber porque eres mi apuesta?

-Claro que quiero saber – le dije con entusiasmo.

-Porque hace ya 29 años atrás, muchos más de lo que tú tienes ahora, era yo el que estaba sentado en esa silla, detrás de este escritorio, no exactamente esa silla ni este escritorio, pero uno parecido en otro edificio en un Bufete que no tenía mi nombre, hoy después de todos esos años el primer nombre del Bufete es el mío y soy el socio director y el que más gana dinero, yo vengo de donde tu vienes, yo crecí con una historia parecida a la tuya, yo hice lo mismo que tú, tuve unos padres con carencias como los tuyos y melo creí, me creí que podía llegar a lomásalto, entré en un bufete lleno de "hijos de papá" y trabajé muy duro y lo he hecho con mucho sacrificio, perdí muchas cosas en el camino, que hoy ya no se nota, pero que yo recuerdo cada mañana cuando me levanto.

-Muchas gracias y no me diga que no tengo que agradecerle, porque haré todo lo que esté a mi alcance para no defraudarlo, para que no tenga una sola queja de mi comportamiento y para que algún día el bufete se llame Ariztimuño Fermonsel & Urriaga o quien quita que el Urriaga esté de primero y los billetes se queden aquí en este bolsillo que usted ve aquí.

José casi que se cae de la silla, creo que el traje se le arrugó del tiro, pero obvio volvió a su estado inicial, esa calidad no se pierde así no más.

-Lo que si te voy a decir – entre risas – es que tienes un arroz con mango como llamarme, mezclas el tu con el usted y el José con usted y viceversa, deja el trato formal para cuando estemos con clientes, en la corte o en un juicio, mientras estemos en el bufete somos José y Adrián.

-Ok trataré, se lo prometo.

-Otra vez?

Nos reímos los dos al mismo tiempo.

-Ahora cuando terminemos aquí le vas a pedir a Jimena mi asistente, que te de tu contrato, lo firmas y lo llevas a Recursos Humanos, después te vas directo al piso donde están dando el curso, no vayas a llegar tarde, el primer día es muy importante y los instructores los conozco y son muy estrictos.

Se levantó y me dio la mano, había terminado la entrevista, nos despedimos yo prometiendo que todo iba a salir bien y él ofreciéndome su apoyo para cuando lo necesitara, que no abandonara nunca sin antes haber hablado con él. Me contó que el otro socio en el nombre había fundado el bufete hace casi 100 años ya y había dos socios que eran nietos del fundador, pero no tenían el apellido por lo que tenía algún chance de que el bufete se llamara Ariztimuño & Urriaga, fue el último juego por el día y salí de la oficina.

Al atravesar la puerta volví a la realidad, nunca me había sucedido algo tan surreal, vine a una entrevista en la que no sabía que decir ni a qué atenerme con uno de los abogados más prestigiosos del país y esta persona lo que hizo fue alabarme y levantarme el autoestima, no entendía nada, de todas maneras la realidad a la que estaba volviendo me interesaba mucho más, al salir vi de frente a Jimena, se levantó de su puesto y se acercó interesada en cómo me había ido en la entrevista.

-¿Como te fue, como estuvo la entrevista?- la pregunta me sorprendió.

-Aquí como que hay una conspiración, yo como que soy el hijo de un jeque árabe y no lo sé y ustedes sí, o soy el heredero de alguna fortuna, primero el Doctor como tú le dices y ahora tú interesada. - con ella si estaba decidido a usar las formas directas de hablar, nada de usted ni señora, ni modo ella no lucía así.

-Está bien si no quieres que te pregunte o no me quieres decir no pasa nada – lo dijo entre sonrisas con su voz dulce, con un gesto gracioso, su tono amable, pero riendo de una manera que lo único que quería era quedarme hablando con ella todo el día.

-No, si fuese por mí, te cuento palabra por palabra, una detrás de la otra con tal y nos den aquí las 6 de la tarde. Pero tengo que ir a Recursos Humanos, firmar el contrato y después al curso a conocer a los compañeros, a los profesores etc. etc., como verás soy un abogado muy ocupado, pero puedo hacer un espacio en mi agenda y nos vemos para almorzar, ¿te parece? Ahí sí que cuando nos veamos nos contamos hasta las pecas. - me encantaba hacerla reír.

-Yo no tengo pecas y no almuerzo por aquí, por lo que es difícil que ese espacio en su agenda señor abogado ocupado pueda llenarse, además no puede ir a Recursos Humanos si yo no le doy el contrato para que lo firme y yo lo firme como testigo. - todo eso lo digo ahogada de la risa y meneando la cabeza de un lado a otro lo que hacía que su largo pelo rubio viajara de un hombro al otro, no había visto un gesto tan encantador en una mujer en mis 25 años de vida.

-Pues vamos a firmarlo, que de eso vamos a vivir y depende el futuro de nuestros hijos- me lancé con todo.

La carcajada fue tan larga y alta que tuve miedo de que el Doctor Ariztimuño saliera y nos reprendiera por hacer escándalos en el trabajo. Ella entendió mi pánico.

-Tranquilo que ahí no se oye nada. - y siguió riéndose - ¿entonces de esto depende nuestra vida? pues entonces firmalo rápido y trata de que te asciendan más rápido para que nuestros hijos tengan un buen futuro - ¿me estaba siguiendo el juego? ¿O era yo que me estaba imaginando cosas tan rápido?

Me entregó el contrato en un sobre cerrado, lo leí despacio no fuese a tener las letras pequeñas que le dije a José en la entrevista que había leído pero que nunca las vi, me fui alejando y me senté en el sofá donde había esperado para que me hicieran pasar a la oficina del Socio.

Menos mal que estaba sentado, cuando vi el salario que me ofrecían y que supuestamente yo debía aceptar, era tres veces lo que ganaba un abogado recién ingresado en un bufete normal, lo sabía porque varios amigos ya habían conseguido trabajo en otros bufetes y lo que me pagarían a mí en el primer año del contrato como decía allí era tres veces el promedio de lo que pagaban en otras partes. También era como 4 veces el salario de mi papá y de mi mamá juntos. Las piernas me temblaban y no sabía si llorar o dar gritos de alegría en esa misma sala, Jimena decía que José no podía oírme por lo que era bien factible que gritara.

- ¿Pasa algo Adrián? ¿No está bien el contrato? ¿Tienes alguna duda?, podemos llamar a Recursos Humanos–Jimena estaba muy cerca, no sabía si levantar la mirada, no sabía si mis ojos estaban llorosos o mostraban una descompostura total. Levanté la mirada poco a poco, desde abajo hacia arriba su cuerpo lucía escultural podía abrazarla desde las piernas y la cintura y no soltarla más, pero su voz dulce y compasiva como estaba siendo me llegaron muy profundo y mi voz se quebró.

-No, no pasa nada, solo que viendo el contrato creo que no tenemos que esperar más Jimena podemos casarnos de una vez – esta salida fue perfecta porque los dos estallamos de risa y recuperé la compostura, me levanté de golpe para no estar en la posición de desventaja y casi que la abrazo de verdad. No se espantó y se retiró poco a poco lo que me permitió oler su perfume y entonces el mareo pasó, del vértigo del dinero al de la mujer que me estaba quitando el aliento.

-No, de verdad que por aquí no había aparecido nadie como tú Adrián, vas a tener que andar con cuidado porque haces esas mismas bromas con otras del staff de administración o con las abogadas y terminas casado en un mes.

-No señorita Llovera si con la única que me casaría no digo en un mes si no en una semana es con usted, así que no escurra el bulto que es todo suyo. – siguió riéndose. – ¿tienes un bolígrafo para firmar?

-Si, claro firma que de eso depende todo, pero ¿me vas a decir que te pasaba en el sofá, que te vi cómo triste?

-Es muy sencillo, no sé de dónde vienes tú ni tu historia, pero si nos vamos a casar tengo que serte sincero desde el principio – me miró con gesto burlón, yo me puse serio – mi familia no tiene los recursos que tú debes estar acostumbrada a ver en este ambiente, los del Doctor Ariztimuño y el resto de los socios, ni de los abogados que vienen de familias de dinero y sus padres los envían a trabajar aquí para que se formen y luego se devuelvan a sus empresas o bufetes, nosotros somos humildes en posición social, mírame, este trajecito que yo pensé que me serviría está nuevo y parece hecho de andrajos comparado con la ropa que están usando todos los que he visto hoy y no me imagino cuando baje al curso y vea a los otros 11 elementos que me tocará lidiar de aquí en adelante como compañeros, no digo que ellos piensen mal de mí no los voy a prejuzgar porque no soy así y no comparto esa actitud de prejuicios, pero son hechos, no los puedo cambiar y los tengo que aceptar como son. Entonces viene este contrato y me ofrece el salario de 4 meses de mi papá y mi mamá combinado. Me impactó fue todo.

-Pero si has conseguido algo así Adrián es porque te lo mereces, es porque Dios lo tenía destinado para ti, porque tus esfuerzos han sido premiados por la Divinidad y no han sido en vano, y todo lo que has vivido te ha enseñado y preparado para que tu futuro para que lo afrontes con humildad y agradecimiento. – sus palabras me dejaron atónito, nunca esperé oír tales afirmaciones de una mujer de 21 a 22 años no más, parecía una letanía más bien de mi mamá o de mi abuela, ¿quién era esta mujer?

-Muchacha y ¿tú quién eres la Virgen María en persona?

- ¿No te tomas nada en serio?

-No es eso, al contrario, es que lo que te dije lo hice desde el corazón y me sorprendió que una mujer de tu edad, ¿cuántos?

-Veintidós

-De 22 años tenga tanta comprensión y belleza en el corazón, las mujeres a tu edad son como más frívolas ¿no? ¿O me equivoco?

-No lo sé si son más frívolas, pero me dijiste que no sabías mi historia y ahorita no, pero será en otra oportunidad que tenga tiempo de contártela porque me están llamando de ahí ve−y señaló la puerta de caoba oscura− y me tengo que ir, adiós Adrián que te vaya bien y bienvenido −tomó la carpeta de cuero y desaprecio por la puerta del despacho de José Ariztimuño.

Me quedé un par de minutos más, todavía tenía tiempo eran las 9 menos veinte, solo tenía que ir a dejar el contrato en Recursos Humanos y después ir un piso más abajo donde iban a dictar el curso. Quería calmar las emociones, había sido todo muy intenso, la entrevista, José, Jimena, el contrato, la perspectiva del futuro, en la mañana cuando me levanté no imaginé que iba a tener tantos impactos juntos y apenas hacía menos de 60 minutos que había entrado al Bufete. Miré la puerta de caoba cerrada, me imaginé a Jimena hablando con José, ¿estarían comentando sobre mí? Difícil de saber.

Cuando estaba enfrente del ascensor volví a sentir que estaba en la oficina de José, pude ver a Jimena sentada en la misma silla que yo usé, estaba tomando notas y miraba el cuaderno dentro de la carpeta, percibí como su corazón estaba agitado dentro de la blusa turquesa, de pronto se sobresaltó y yo volví como si me hubiesen empujado, habían abierto las puertas del ascensor y había varias personas adentro.

Tomé el ascensor, bajé al piso donde estaba Recursos Humanos, pregunté a quien le podía entregar el contrato y me señalaron una puerta, toqué y había dos jóvenes sentados firmando su contrato también, la mujer mayor que estaba al otro lado del escritorio me sonrió y extendió su mano, para que le entregara el sobre que yo tenía.

- ¿Lo leíste bien? tú debes ser Adrián Urriaga,¿verdad?

-Si, sí lo leí bien y sí también a que soy Adrián.

-Ok, Adrián eso es todo, una cosa más ¿lo firmaste delante de un testigo? no puede ser una persona de Recursos Humanos.

-Sí, lo firmé delante de Jimena Llovera, la asistente...

-Si yo sé quién es, ¿firmó ella también en señal de que fue testigo?

-Sí, ahí está todo.

-Perfecto, entonces muchas gracias mi nombre es Rosalía Fernández y estoy a tu orden para lo que quieras, de todas maneras, en el curso van a tener un módulo de Recursos Humanos y van a conocer todo lo que tienen que saber del funcionamiento del departamento. Ahora es bueno que bajes no vayas a llegar tarde al curso.

-Gracias señora Rosalía – Salí y tomé el ascensor hacia el piso del curso.

Camino al salón del curso me acordé de lo que me había pasado mientras esperaba el ascensor para bajar a Recursos Humanos, no entendía bien si había sido mi imaginación, era la primera vez que me sentía de esa manera, antes había tenido lo que yo llamaba corazonadas, es decir, el profesor no viene hoy, me van a llamar los amigos esta noche para salir, mejor no me voy con ustedes, cosas así que no les daba mucha importancia y que cuando estaba niño decía que era mi sentido arácnido, pero esto había sido diferente, ¿imaginé o pude sentir el corazón de Jimena? Si era su corazón, había otra cosa, lo sentí como un corazón noble, tierno, bueno, sin dobleces, puro.

Me tenía perturbado por unos momentos aceptaba que fue mi imaginación y en otros podía sentir dentro de mí, su corazón y una conexión extraña, pero si era su corazón, ¿por qué estaba agitado? Dejé de pensar en eso de verdad que tenían que ser ridiculeces mías.

Empezó el curso éramos 12, más dos instructores y dos ayudantes que dijeron que eran de Recursos Humanos, fue una mañana muy intensa en la cual nos entregaron 3 carpetas inmensas con más de 250 páginas cada una, un laptop y otro material del Bufete, las carpetas eran para el curso y tenían material para estudiar y para ejercicios en clase, teníamos que leernos y aprenderlo en las dos semanas siguientes incluyendo los sábados. Nos adelantaron que íbamos a trabajar hasta tarde todos los días para poder cubrir el material del curso, entrábamos a las 8 de la mañana de lunes a sábado y no sabíamos a qué hora salíamos.

Teníamos una hora para el almuerzo y dos break de 15 minutos uno en la mañana y uno en la tarde, el resto del tiempo era para estudiar y practicar los ejercicios que eran simulaciones de casos en la corte, tanto internacional, mercantil, marítima y penal. La Universidad de nuevo pues y todo en 12 días. Ya entendía lo del salario.

No iba a tener tiempo para nada en las próximas dos semanas y quién sabe si en los próximos 100 años, me empecé a preguntar si yo estaba hecho para esto, y entendí también el mensaje que me dio José, si alguna vez dudas no vayas a tomar ninguna decisión sin hablar conmigo primero "mi pequeño saltamontes". Como que todo era una trampa para tener unos nuevos esclavos en pleno siglo XXI.

Me calmé y me lo empecé a tomar más suave, tal vez no era tan malo, los instructores se veían muy comprometidos y contentos y los compañeros, aunque sí parecían todos de la alta alcurnia no lo demostraban y estaban concentrados en sus tareas, no podía ser que yo, el único que de verdad necesitaba el trabajo, fuese a abandonar, además había un factor muy importante, Jimena. Aunque no sabía cómo iba a hacer para volverla a ver durante estas dos semanas de tortura china tenía que perseverar, se me había metido en el cuerpo, en la mente y en la piel, esos minutos con ella y la visión del ascensor me estaban persiguiendo y me quitaban la concentración.

Pasaron los primeros 3 días, estaba en la casa el miércoles en la noche, ya todos dormían, apenas si había tenido tiempo de contarle a mi familia como me fue el mismo lunes, porque se quedaron todos esperándome, pero los siguientes días se los advertí que no me esperaran, estaban muy contentos y eso que no les dije nada del salario que iba a ganar, yo les vi la cara de expectativa, pero ninguno se atrevió a preguntar, seguro que pensaron que no yo noles quería decir.

Mientras me preparaba el almuerzo para llevármelo hice un plan para volver a ver a Jimena, tal como el primer día ella parece que llegaba a las 7:45 a.m., el jefe tenía un ascensor privado a su oficina, eso lo supe hoy en la mañana, por eso era que estaba adentro y yo no lo vi pasar, entonces yo la esperaría en el piso antes de que ella abriera la oficina, quería ver su reacción, de cómo viera ella mi atrevimiento, seguiría buscándola todas las mañanas hasta que terminara el curso.

Esa mañana me levanté más temprano, me vestí y tomé el transporte para el trabajo casi que todavía estaba oscuro afuera, me desayuné en un sitio cerca del edificio y todavía tuve que esperar casi una hora en la cafetería, lo que aproveché para estudiar una de las carpetas. Me fui para la torre a las 7:30 y subí hasta el piso 42 otra vez.

Cuando el ascensor se abrió a las 7:45 a.m. y vi su cara de sorpresa supe que mi plan estaba perfecto. No importaba si me decía que me fuera, ya había cumplido mi objetivo, ahí estaba ella con otra falda imponente, esta era azul marino con una blusa blanca y un blazer color crema que le destacaba más su figura, el busto y las curvas.

-¿Qué haces aquí Adrián? ¿Paso algo? ¿Tienes una cita con el Doctor? ¿Por qué no me enteré? ¿La hicieron ayer?

-Buenos días Adrián, encantada de verte, cómo amaneciste, cómo has estado, cómo va tu curso? ¿No te parece mejor esas preguntas? – se rio fuerte y me sentí realizado, por eso era por lo que había venido, ya todo el esfuerzo estaba pagado.

-Disculpa es que me sorprendiste y me puse nerviosa, si es verdad, ¿cómo estás? ¿Cómo ha estado tu curso? Ya veo que no tienes ninguna cita con el Doctor. – y continúo riéndose, esta vez meneando la cabeza y con una mirada muy pícara, mientras abría la puerta.

-Que doctor ni que doctor, vine a ver a la futura. Tú crees que lo que te dije era broma, pues ni lo sueñes, a menos que ya estés casada y no uses el anillo, no te va a ser fácil librarte de mí.

- ¿Y si no estoy casada, pero estoy comprometida, qué vas a hacer? – me preguntó e hizo un gesto mordiéndose un labio, fue muy sutil, pero casi que le salto encima.

-No, esa clase de compromiso se arregla más rápido, difícil es lo del divorcio y esos detalles, pero igual soy abogado y te lo puedo hacer a muy bajo costo, pero lo del compromiso no, eso se corta y ya, es un contrato verbal sin consecuencias civiles, ni penales. – soltó la carcajada.

-Ni lo uno ni lo otro, ¿será que todos los abogados tienen que ser descarados para triunfar? ¿eso se lo enseñan en la facultad o es un requisito para entrar? mira no te puedo dejar pasar porque no tienes cita y el Doctor ya está en su oficina y si te ve me va a preguntar qué haces aquí y no sé qué le voy a decir, y no me gusta andar sin respuestas para él, resulta que es abogado como tú.

-Está bien, esa conversación la podemos tener después, de los requisitos para ser abogados y cuántos abogados descarados te has encontrado en el camino, pero mientras tanto puedes darme el número de tu teléfono y así no tengo que venir todos los días a las 7 de la mañana a esperarte.

-¿Estás aquí desde las 7?

-Un poquito antes. - se seguía riendo sin parar. – ya va a ser la hora del curso, ¿tu número? – me lo dictó y me lo llevé en la memoria, por nada del mundo se me olvidaría. – adiós, Jimena Llovera. – le hice seña con la mano de que la llamaba o le escribía, asintió y riéndose todavía y meneando la cabeza con todo y cabellera se alejó hacia su puesto de trabajo.

A partir de ese momento todo empezó a irme mejor, el curso ya no se hizo tan pesado y los compañeros a pesar de que veníamos desde lugares en la vida muy diferentes eran agradables, competitivos eso sí, pero en una forma positiva, de eso se trataba la carrera de hacerlo cada día mejor, podíamos ser competitivos, pero comportarnos como un equipo, sin dejar al otro atrás, cada uno luchaba por destacarse y llevarse las posiciones de liderazgo.

Pasaba los días en el curso y al mediodía y en la tarde le escribía a Jimena, ella me contestaba con un poco de retraso, siempre estaba ocupada me decía, yo llegaba tarde a la casa y no le escribía mucho de noche porque ambos teníamos que madrugar para llegar temprano al trabajo.

La segunda semana, en la hora del almuerzo yo bajaba a la kitchenette del bufete y compartía esa hora con otros trabajadores, la mayoría de administración, los profesionales no solían comer ahí a menos que por alguna razón de trabajo se tuviesen que quedar, los buenos salarios que pagaban les daban a todos para salir a comer en los restaurantes de la zona, mi política era otra, ahorrar para poder compartir con mi familia.

Me hice amigo del encargado de la fotocopiadora, Román, y de la secretaria encargada del departamento de tipeo de documentos, Alicia. Por alguna razón que no entendí, porque me sentía muy bien y nunca he sido de murmuraciones, empecé a preguntarles por Jimena, cuando hice el primer comentario me miraron con burla y se fueron sin darme detalle. Al otro día insistí como quien no quiere la cosa.

-Óyeme Román y ayer te asomé el nombre de la asistente del jefe y te reíste – Alicia levantó la cabeza de su comida y me miró otra vez con la misma mirada, pero esta vez meneó la cabeza como preguntándome ¿vas a insistir?

-Román, termina de decirle antes de que este nuevo se estrelle como los demás – dijo ella dirigiéndose a Román y no a mí.

- ¿Qué me va a decir? Es que acaso hay un misterio con esa chica, a mí me parece ella muy normalita – insistí en la conversación como tratando de hacerme el desentendido. Además, me dio curiosidad cuando dijo "como los demás", ¿cuáles demás?

-No te pongas nervioso que no es nada del otro mundo, solo la verdad – me contestó Alicia – dale pues Román cuéntale todo.

-Nada, Adriancito que esa niña tiene de cabeza a todos en el staff, a los profesionales y a los de administración, pero no le hace caso a nadie, dicen las malas lenguas que está reservada.

-Por qué, ¿tiene novio?

-Ah no mijo, usted si ni entiende nada, ¿verdad?

-No es que no lo capto. ¿Reservada cómo?

-Reservada, reservada para los grandes, no para los chiquitos.– sentí como un golpe en el estómago, eso no me lo veía venir.

-Pero como así, ¿cómo para los grandes, para los jefes?

-Vaya que la comida le está cayendo mejor que lo está haciendo adivinar, pues sí, pero no para todos los jefes, si no para el jefe mayor.

- ¿El Doctor Ariztimuño?

-Ujuuumm, yo no oí nada, no hable en voz alta mijito que aquí las paredes tienen oídos.

-Perdón, perdón, pero es que por Dios eso sí esta raro no, tan jovencita ella.

-Aja y ¿eso que tiene que ver? – intervino Alicia. – la edad no le quita las ambiciones a nadie, además mientras más chiquitas más rápido quieren salir de los "problemas" – e hizo el gesto de comillas con las manos.

-Entiendo – me quedé pensando sin saber que decir – ¿y eso lo saben todos aquí pues?

-La mayoría lo sabe, otros lo sospechan y otros que se van enterando ponen la cara que usted está poniendo – dijo Alicia, y los dos soltaron la carcajada.

-Pues sí, les soy sincero que, sí me sorprende, lo poco que la he conocido no me parece ese tipo de mujer, muy al contrario.

-Mmmm y la has conocido, ¿qué tan íntimo? – esta vez fue Román.

-No nada de intimidad, solo un par de veces en la oficina del jefe, pero es que yo siempre he tenido, no sé cómo decirle, un sexto sentido con las personas y casi siempre no me equivoco, puedo leer en pocos momentos como son – por lo menos con estos dos ya me estaba dando cuenta que tenía que estar lo más lejos posible y como dicen a "golpe y cuida".

-Pues – insistió Alicia – esta vez déjame decirte que estás pelado, aquí no acertaste. Esa niña esconde algo con el jefe y como no hay nada oculto entre cielo y tierra algún día se sabrá y nos darás la razón, no tarda la señora Emma en venir y arrancarle las mechas amarillas esas que tiene. – la animadversión que tenía Alicia por Jimena no la podía disimular, por la que opté por cortar la conversación hasta ahí.

-Sí – les dije – seguro que así será esas cosas no se ocultan, y nosotros lo mejor que hacemos es mantenernos lejos antes que nos salpiquen, sobre todo los que vamos empezando.

-Exactamente, diste en el clavo, era lo que te decíamos, nosotros miramos desde lejos, así que es mejor que se olvide de la muchacha, has como todos, cuando ella pasa la miramos porque no vamos a decir que no vale la pena mirarla, pero de inmediato volteamos a otro lado y si vamos a buscar parejita atacamos otro frente – Alicia le volteó los ojos a Román por todo el comentario, yo me reí y les cambie el tema.

-Mira Alicia, tú que lo sabes todo cuéntame de esa fiesta que están invitando para el domingo, ¿yo también puedo ir?

- ¿O sea, yo la chismosa pues? No, no, no se pueden hacer comentarios porque de inmediato te catalogan. – me contestó con toda la coquetería que pudo.

-No es lo que quise decir, pero aja cuéntame – y nos reímos los tres.

-Es el aniversario del bufete mi amorcito, 100 años que no se cumplen todos los días, así que van a botar la casa por la ventana literalmente y claro que estás invitado, todos estamos invitados, lo más seguro es que ahí metido en ese curso día y noche no te ha dado tiempo de leer tus emails, que tienes que leerlos, por cierto, y no sabes nada. – siguió Alicia y me parecía que se me insinuaba un poquito.

- ¿O sea, aquí todo el mundo es jefe no?

- ¿Por qué lo dices? – ya la conversación era solo entre Alicia y yo Román era un espectador.

-Bueno, tú me mandas a leer los emails y me invitas para la fiesta sin yo haber sido formalmente invitado.

-Ah no, no te me alces que vas llegando, no soy tu jefe, pero si se muchas cositas, estás invitado y punto y si te pones bonito hasta te hago mi acompañante del día.

-Vayaaaa – soltó Román – de frente hermano, así es como es. – me costó reaccionar, lo venía sintiendo, pero no me lo esperaba.

-Claro, por mí no hay problema y, lo de bonito, siempre.

-Míralo como se alaba, se te veía por arriba de la ropa mijo lo engreído.

-Pero ¿cómo es que me retas y después me insultas?

-No te insulto te digo la verdad. Está bien pero no te pongas bravo, nos vemos el domingo, ahora me voy porque tengo mucho trabajo. – se levantó y se fue, varias personas habían estado atentas a la conversación sobre todo a la última parte, lo de Jimena lo habíamos hablado en voz baja, pero lo de la fiesta si fue audible para todos los demás, por lo que se rieron cuando Alicia se levantó y se fue y con el siguiente comentario de Román.

-Te la sacaste hermano esa no tiene muchos pelos en la lengua, pero si va para adelante no la vas a parar. – todos me miraron y siguieron riendo, creo que hasta me sonrojé, cosa muy poco habitual en mí. Alicia era una mujer atractiva comenzando los 30 y de buen cuerpo, pero nunca pensé en meterme en una situación con ella y menos con la mente puesta en Jimena, se me había olvidado Jimena.

Estábamos ya en el miércoles y el curso estaba a punto de terminar, a partir de este día casi todo lo que se conversaba en la oficina era relacionado con la fiesta de aniversario del bufete, los instructores introdujeron el tema entre los nuevos que estábamos tomando el curso y eso despertó al grupo y comenzaron las preguntas sobre la vestimenta, la hora, el programa, el sitio del evento. Las mujeres planeaban qué se iban a poner y los hombres estaban más abocados a pensar en qué se iba a comer y a beber, claro, también pendientes de como las mujeres se iban a vestir, las charlas giraban alrededor del próximo domingo y consumían casi todo

el tiempo, en la tarde antes de irnos nos enviaron el mail definitivo con el programa.

Iba a ser en una hacienda en las afueras de la ciudad y la firma suministraría el transporte en autobuses para todo el personal, la salida sería desde la planta baja del edificio a las 9 a.m. con regreso a las 8 de la noche, un evento de todo el día, con las tres comidas, baile y entretenimiento. En el bufete se gastaba una gran cantidad de dinero para celebrar con todos los empleados los 100 años de fundado.

Ese día lo pase pensando en Jimena, después de lo conversado con Román y Alicia, no podía pensar en otra cosa, se dijeron cosas muy fuertes de ella y no solo me lo dijeron a mí, sino que aseguraron que era del dominio de todos en la empresa.

Con todo esto en mi mente, no le escribí por la tarde cuando salí del curso y tampoco lo hice en la noche como solía hacerlo desde que me dio el número de su celular, revisé la aplicación de chatear y allí estaba ella online. Lo que si me preocupaba y acentuaba el gusanito de la desconfianza que me inyectaron, era que varias veces le pregunté por su vida personal y ella me rehuía y me cambiaba el tema, siempre terminábamos hablando de mí y de mi familia, en cambio, en todos estos días chateando no sabía nada de la de ella.

No encontraba la forma de no mencionar el tema, pero tampoco me sentía bien conmigo mismo, lo que ellos me pintaron no era lo que yo sentía de ella, no me imaginaba a Jimena en un amorío con José, no porque fuese algo que yo pudiese juzgar, no, esas cosas pasaban en los trabajos a todo momento y muchos de esos casos eran amor verdadero, unas veces frustrado por alguna razón y otras veces terminado por falta de valor de los que se involucran, pero otras veces conducían a resolver matrimonios que no se llevaban bien y los amantes terminaban una verdadera historia de amor. No era eso, si ese era el caso muy bien, pero yo sentía que no era eso lo que estaba sucediendo con Jimena y José.

No podía interpretarlo de una manera racional, pero estaba seguro de que aquella vez que sentí su corazón, la conexión fue muy fuerte y tal vez me estaba equivocando y quería creer lo que mi mente me decía que tenía que creer, pero entonces esa suavidad, esos latidos sobresaltados y esa visión de ella mirándome desde el alma desde lo más profundo de su ser ¿de dónde la saqué?

Creo que no era mi mente, había algo más y tenía que saber qué era lo que me impulsaba a no creer en todos esos comentarios que ahora me parecían malsanos y muy mal intencionados, no se puede juzgar a las personas sin saber su situación, sin conocer por lo que están pasando, sin entender de dónde vienen y qué los motiva.

Pasé la mañana del jueves en el curso y en el mediodia no fui a la kitchenette para el almuerzo, bajé a una plaza enfrente del edificio y comí un sándwich que me había preparado, entre la intensidad del curso y el no saber qué escribirle a Jimena se me había quitado el hambre.

De pronto la vi entrar en el edificio, desde lejos era impresionante verla caminar, con su falda y sus tacones altos el cuerpo se tongoneaba de un lado a otro y el vaivén era embriagante, ya entendía muy bien el porqué de la envidia de las demás mujeres y la necesidad que este sentimiento tiene para herir al sujeto que la recibe.

Por un momento me sentí muy mal por haberme dejado influenciar y reaccioné, no podía seguir con esta ambigüedad, yo sé muy bien que había sentido su corazón, ya no me quedaban dudas y si había algo entre ella y su jefe no era mi problema, de todas formas él llegó primero y ella tenía todo el derecho de tener una relación con quien quisiera, no era yo quien podía juzgarla y mucho menos juzgarlo a él, Jimena era una mujer impactante en definitiva y cualquiera podía quedar prendado de ella muy fácilmente, sino mírenme a mí.

Esperé que le diera tiempo de llegar a su oficina y le escribí. Quería saber cómo había estado, pero sobre todo si extrañó que no le escribiera el día anterior.

-Hola Jimena¿cómo estás? –comencé.

-Pero que seco, ¿además que te olvidas de mí por más de 24 horas, me saludas así? – no me esperaba esa respuesta, pero enseguida que envié el mensaje me arrepentí del saludo, no era la manera con la que empezaba a escribirle cada vez que lo hice los días anteriores.

-Tienes razón muñeca, disculpa, pero es que he estado muy full ya estamos casi que terminamos el curso.

-Ok, pero ¿y las 24 horas? –me seguía reclamando, habíamos estado muy amigables y cariñosos en los mensajes de todos los días anteriores, pero esta reacción era mucho más de lo que me esperaba, el corazón me empezó a latir a gran velocidad y me estaba nublando la mente para contestarle.

-No fueron 24 horas.

-Veinticinco.

-Jajajaja, ok 25, si desde el mediodía de ayer hasta el mediodía de hoy aproximadamente.

-No exactas, así que sabes desde cuando no me escribes.

-Bueno, pero ya, ya te escribí, además quería dejarte descansar de este muchacho, no te me fueras a aburrir y me dejabas por un lado.

-Eso no fue, ¿pasó algo?

-Nada, que entre el curso y tener que ir a comprar la ropa para el domingo, es un verdadero ajetreo, ¿ya la compraste?

-Voy llegando. Lo hice en tiempo récord.

-¿Y qué compraste?, pásame fotos.

-Jajaja, estás pasado, ni loca, es sorpresa– me sentí aliviado ya se había olvidado del tema del abandono y no tuve que mencionar ni de cerca la conversación malsana que había tenido ayer.

-Pero un adelanto, como llaman un "preview".

-Nop, ni lo sueñes tienes que esperar hasta el domingo, porque ¿tú vas verdad?

-Claro, no te dije que ayer estuve en eso. – sentí pánico al terminar de escribir, sería el sábado en la tarde que podía ir a comprar algo para ponerme, si nos dejaban tiempo al terminar el curso, porque ropa para un día campestre de verdad que no tenía.

-¿Y cuánto compraste, tú, para el día y para cambiarte?

-¿Quéeeeee???

-Claro, pero qué, ¿piensas pasarte todo el día con la misma ropa? Tienes que cambiarte. Es obvio...

-No había pensado en eso.

-Creía que allá abajo tendrías buenas asesoras, y me dije por eso no me escribió más.

-Dios mío, ¿pero ya no se te había olvidado esa parte?

-No, nada se me olvida, ¿qué crees?

-Me vas a tener que acompañar tú – le lancé, era mi oportunidad.

-¿Cuándo?

-Será el sábado, porque antes imposible. Y el sábado en la tarde después del curso, ya en lo que entre empiezo a mover lo de salir temprano el sábado para que nos dé tiempo, les digo a las mujeres que empiecen a pedírselo a los instructores.

-Eres peligroso, sabes cómo manipular a le gente, te voy a agarrar miedo.

-Voy a obviar totalmente ese comentario y vamos a concentrarnos que me tengo que ir, sábado a las 5 de la tarde allá abajo en la entrada del edificio.

-No, en la entrada del edificio no, mejor nos vemos en el Mall.

-Ok, me esperas en el Mall y yo te escribo en lo que salga, de todas maneras, esta noche lo cuadramos mejor.

-Ok.

Me quedé pensando, Dios mío, porque el humano es así, esa negativa de vernos en la entrada del edificio eran las cosas que me ponían a dudar, no entendía, le daba miedo que nos vieran juntos, si no tenía nada que esconder, ¿por qué no podía salir conmigo desde la sede del bufete? ¿Qué le impedía salir conmigo desde el edificio?

Tenía que llegar al fondo de esto, no sabía cómo hacerlo, pero lo peor para una relación, más en los comienzos, es la duda, nada se puede cimentar sobre pensamientos que te asaltan y te hacen cambiar de parecer, pareces un loco, una persona bipolar, en un momento estas eufórico de amor y de pasión y en el otro instante quieres alejarte y no verla más o lo que es peor, hacerla sufrir como tú estás sufriendo, pero sin decirle el porqué, sin ser lo suficientemente valiente para enfrentar la verdadera razón que está causando el sinsabor, no te atreves a contarle porque algo en ti te dice que no es verdad, que si le cuentas la vas a ofender y la puedes perder y sigues sufriendo solo y le sigues haciendo daño en el camino.

No quería que esto me pasara a mí, a la primera oportunidad que tuviera le iba a preguntar, le iba a contar todo lo que me dijeron, sin tratar de que se sintiera mal, pero tenía que aclarar, tenía que saber, pero también tenía que confiar en mí, tenía que confiar en lo que me decía mi interior, en la comunicación que había sentido con ella.

Pasaron los tres días que quedaban del curso y terminamos con un pequeño brindis, los instructores nos dijeron que tradicionalmente se salía de noche con los nuevos asistentes y los asociados y compartían en una disco o en un restaurante, lo que eligiera el grupo, pero como mañana era la fiesta del bufete esta vez no aplicaba para nosotros.

Lo que insistimos era que nos la debían y que saldríamos todos juntos en una semana o dos. Mi idea de que nos dejaran salir temprano caló perfectamente en el grupo y en los instructores por lo que terminamos antes de las 3 de la tarde, nos tomamos una copa de champagne para brindar por el éxito del curso y por el venidero desempeño de nosotros, nos desearon una larga carrera como abogados y en lo particular los dos asociados que nos impartieron el programa se me acercaron y me felicitaron, esperaban que muy pronto me convirtiera en la estrella del staff de asistentes. Nos despedimos con cariño y le dimos un obsequio a cada uno de los profesores.

Lo recibieron muy emocionados, no se lo esperaban. Eso fue idea de una de las chicas del grupo que tenía bastante dinero por lo que podía ver y muy buen gusto, esto último lo deduje por la cara de los instructores cuando abrieron el regalo y por la porción de la multa que me tocó para pagar esos regalos.

Había llegado el momento que tanto había esperado, iba a salir por fin con Jimena, le escribí todo el tiempo tratando de que no me vieran, ella estuvo burlándose y me escribía de vuelta varias veces haciéndose la enojada porque no le devolvía los mensajes oportunamente y después se reía de mi reacción tratando de supuestamente calmar su incomodidad.

La llamé cuando bajé para saber dónde estaba, tomé el primer taxi que vi para el Mall y la encontré sentada en una cafetería tomando una galleta y un helado. Se levantó para saludarme con un beso, pero me dio tiempo de observarla bien, si yo pensaba que se veía impresionante vestida con las faldas que usaba para ir al trabajo, estaba muy lejos de imaginarme como lucía con ropa informal, tan sencilla como con un jean ajustado a su cuerpo, una blusa corta que apenas le cubría el ombligo y le destacaba el busto hasta parecer que sobresalía demasiado de su pecho, zapatos deportivos pero con corte alto, le hacían ver las piernas eternas, el pelo completamente suelto y solo con labial como maquillaje. Me quedé extasiado y sin habla por unos segundos que a ella le parecieron excesivos.

La besé y rocé su mejilla, era lo más suave y delicado que hubiese sentido en mis 25 años, el contacto con su piel inyectó en mí un calor que habría de necesitar por el resto de mi vida, sentí un escalofrío que me recorrió todo el cuerpo y pude ver como ella también tembló, fue solo un instante, pero creo haberlo visto. Me sonrió y me devolvió a la tierra.

- ¿Llevas mucho rato esperando?

-No, un poquito nada más, aproveche para comerme el helado de fresas con crema que me gusta y el mesero me regaló esta galleta. – cuando giré la cabeza pude ver al mesero mirándonos con su cara entre picardía y celoso, sentí que me inflaba y la tomé de la mano.

- ¿Ya pagaste?

-Sí.

-Entonces vámonos porque la vez pasada vine y no pude comprar nada, entre que no nos habían pagado y que no tenía mucho tiempo lo que hice fue ver – tuve que inventar esa pequeña mentira porque tenía que comprar los dos cambiosde ropa y ya le había dicho a ella que había salido antes. Volví a mirar al mesero mientras nos alejábamos y todavía estaba

pendiente de nosotros, me imagino que ver a Jimena alejándose, debió ser todo un espectáculo, ya me tomaría un momento para hacerlo yo también.

- ¿Y tú piensas llevarme de la mano como si fuéramos novios? – me dijo mirando directamente a nuestras manos agarradas y riéndose.

-Pues sí, a mí no me molesta para nada – al contrario, seguía sintiendo ese calor que me invadía con su contacto – si te molesta tendrás que hacer una apelación ante el juez de la causa, pero le informo que a esta hora de los sábados los tribunales están todos cerrados.

-Tendré que ir entonces al Juez Administrativo del domicilio del accionante – me dijo como respuesta inmediata, me la quedé mirando con mucha sorpresa y de golpe le solté la mano.

-Señorita me acaba de recitar una parte de la Ley, ¿cómo sabe usted eso, lo aprendió en la oficina de su jefe? – se rio con burla.

- ¿Ahora una asistente no puede saber la ley porque sorprende al Don Abogado?

-No, no es eso, es que la respuesta es muy acertada, no tiene nada que ver con el juego que te hice, cuéntame, quiero saber, quiero saber todo de ti Jimena – esta parte la dije con la voz un poco quebrada, lo que estaba sintiendo crecía exponencialmente cada segundo que estaba al lado de ella y no quería estrellarme "como los demás" según el argumento de Román y Alicia.

-Poco a poco Adrián, ya te iré contando, pero no me sueltes la mano porque te de miedo lo que no sabes de mí. – me ofreció su mano y suavemente se la tomé, volví a sentir la conexión con su corazón, la miré a sus ojos color café y vi un dejo de tristeza, sentí su nobleza y su transparencia, le apreté la mano y seguimos caminando viendo las vidrieras. Pensé en el tono en

el que me habló y me pareció una mujer muy mayor, una mujer muy sabia, más allá de lo comprensible para una persona de su edad.

- ¿Que habías visto cuando viniste? – la pregunta.

-Pues nada la verdad, como te dije lo que hice fue ver y nada me gustó, ni siquiera sabía cuál era mi presupuesto.

-Eso es verdad, esas fiestas lo que hacen es que uno tenga que gastarse en ropa que quién sabe cuándo la vas a usar otra vez.

-Entonces vamos a comprarnos unos trajes de baño y nos aparecemos así en la fiesta, yo supongo que esa Hacienda tiene piscina o al menos un tanque de agua para bañarse.

- ¿Y yo me imagino que ustedes los hombres del bufete pasaron toda la semana haciendo planes para ver a todas las mujeres en traje de baño verdad? Pues no. Hay piscina, pero nadie se va a bañar, no señor.

-No te pongas brava que eso fue un invento mío de ahorita, para nada hablamos, nada de eso.

- ¿Y tú dijiste qué? Me creyó pues.

-Es en serio señora celosa, yo al menos no he pensado en eso, se me ocurrió de verte a ti, debe ser un sueño verte en traje de baño.

-No cambies las cosas que quién sabe a quién querías ver en traje de baño, si pasaste dos semanas ahí metido en esa jungla. – esta vez fui yo el que estalló en una risa incontrolable, esta Jimena no la conocía, me dijo todo eso con unos mohines de niña consentida y celosa que despertaban toda mi masculinidad.

-Ok, vamos a hacer algo, compramos los trajes de baño y nos ocultamos y nos bañamos nosotros dos solos, te parece, nadie más.

-No sigas con eso que me vas a molestar, no hay trajes de baño, nadie los va a comprar y nadie se los va a poner.

-¿Tú me puedes decir qué es exactamente lo que tú sabes que yo no sé?- le pregunté, porque sentí que había algo serio en las bromas que estaba haciendo conmigo.

-Eso mismo digo yo, ¿tú me puedes decir qué es exactamente lo que tú has hecho allá abajo en la jungla y quieres repetir en mi piso? – se estaba empezando a poner seria.

-¿Y si nos sentamos y hablamos honestamente no te parece?

-Me parece.- me la quedé mirando y me hizo un gesto de que yo empezara.

-Voy a hablar sin saber qué es lo que te han contado a ti, por lo que veo es eso lo que tenemos los dos, cuentos, porque yo también tengo mi parte que vengo cargando de hace varios días. – empecé tratando de escoger las palabras con el mayor cuidado, no quería herirla, estando con ella estaba seguro de que lo que me habían dicho era falso, pero si se lo contaba podía ponerla en una posición en la que ella quisiera tomar una decisión con respecto a su permanencia en el bufete por lo que los demás pensaban y hablaban de ella.

-Yo sé lo que te contaron a ti, pero eso no me preocupa. – entonces ella sabía de la conversación en la kitchenette, entonces también sabía del ataque de frente que me hizo Alicia. Sentí un alivio inmenso por lo que eso representaba, acababa de decir que lo que me contaron de ella no le preocupaba, o sea que no podía ser cierto, o si era cierto, ¿si era cierto que?, decidí ser lo máshonesto que pudiera sin herirla.

-Mira Jimena, lo que tengo en el bufete son dos semanas y no conozco a nadie y no se de la cultura informal de la organización, pero lo poco que he podido percibir, porque esa es la palabra correcta, lo veo en la cara de las

personas, en la mirada, hasta en la forma de caminar y los gestos, es que hay como un flujo de sentimientos que lleva a las personas a actuar de manera equivocada, ese flujo puede ser tal vez alguna injusticia que se cometió alguna vez en la organización y ha pasado de generación en generación y no ha sanado en lo individual o en lo colectivo, es decir, la solidaridad que genera la injusticia en el grupo como consecuencia de un daño individual, se ha ido trasladando en diferentes camadas de profesionales que entran y salen de la empresa. Esto genera cualquier sentimiento equivocado en el grupo y saca lo peor de cada ser humano que se vincula con esa injusticia. Entonces la envidia, los celos personales y profesionales, los chismes, la calumnia, todo forma parte de lo mismo y no necesariamente tenemos que tomarlo en lo personal, no es con nosotros, no nos corresponde, hay que dejárselo a esa injusticia, al hecho y a las personas que lo generaron, quién sabe cuántos tiempos atrás, esta es una organización que mañana va a cumplir100 años.

- ¿Que me quieres decir con eso?

-Te quiero decir que nada de lo que yo he podido oír o ver en estas dos semanas está en mi capacidad de entendimiento porque no me se las historias, no he participado en ellas y sería un error muy grave si me engancho en una de ellas y caigo en la misma dinámica en la que están todos sumidos. Alicia puede ser una víctima más de esas luchas, de esas historias.

- ¿Alicia, una víctima? – se sonrió con amargura, primera vez que le veía ese gesto.

-Sí, lamentablemente todos somos víctimas y victimarios al mismo tiempo, cuando te hieren, para no hundirte en el dolor tienes la necesidad de la compensación y si no tienes cerca a la persona que te infligió el dolor para cobrártela con ella o él, o por amor no le quieres devolver el daño directamente, vas a buscar la compensación con la persona que esté cerca que más se parezca a ti. Necesitas saber que hay alguien tan o más

vulnerable que tú. Por eso deduzco, no es que lo sepa, que Alicia y algunas más de allí son víctimas que han sufrido algún daño o están reflejando el dolor heredado de alguien que las precedió.

- ¿Cómo puedes saber eso?

-No lo sé, ya te dije que es como una comprensión que se me vino de pronto tratando de entender por qué puede haber esas relaciones y sentimientos entre personas que están obligadas a llevársela bien si quieren obtener el éxito profesional, personal y financiero que una entidad como esta en la que trabajamos requiere.

-Entonces, ¿no tienes nada con Alicia? – la pregunta fue demasiado inocente, demasiado suave y dulce, no podía entender como había personas que la podían juzgar sin conocerla – porque yo no tengo nada con el Doctor Ariztimuño como tú le dices, con José.

- ¿Por qué me dices eso?

-Porque eso fue lo que te dijeron, tienen dos años diciéndolo, desde que llegué al Bufete, pero no me importa, no me afecta, pero te lo contaron a ti y debes haberlo creído porque no me escribiste esa tarde. Y no me contestaste lo de Alicia.

-Vamos por parte ¿ok?, no, no tengo, ni tendré nada con Alicia jamás, es imposible por muchas razones, la principal creo ya tú la sabes. Si no te escribí, fue por lo que me contaron, me afectó, me afectó mucho, pero luego me acordéque desde el primer día que hablamos, te voy a decir algo, por favor, no te burles, te sentí, sentí tu corazón palpitando, más que sentirme atraído hacia ti, me sentí conectado contigo, no sé cómo explicarlo pero eso es lo que he vivido desde ese día y es diferente, no se parece a nada previo, las mujeres suelen gustarte, atraerte, no conectarse, son cosas distintas y por eso es que me afectó más de lo normal, no es lo mismo escuchar un rumor de una mujer bonita, joven, que de la mujer que

sin haber hablado lo suficiente con ella crees conocer mejor que nadie porque la sentiste.

Se hizo un silencio entre nosotros, estábamos rodeados de mucha gente en el Mall, estábamos sentados al lado de una pareja que tenía dos niños pequeños correteando y gritando alrededor, pero el silencio fue profundo, nuestras miradas se quedaron inmóviles, fijas la una en la otra, fueron varios segundos que parecieron una eternidad, me trasladéa un sitio en el que sentía mucha seguridad, mucha tranquilidad un sitio lleno de amor y paz, cálido, lleno de luz y felicidad. De pronto Jimena se levantó, me tomó de la mano y empezó a caminar.

-Vamos a comprar porque van a cerrar y mañana tenemos que levantarnos temprano y tú no has comprado nada, yo escojo todo – dijo muy rápido y arrancó a caminar derecho a las tiendas que aparentemente ella había escogido previamente.

-Pero tú ya sabes adónde vamos no?

- ¿Qué crees que hice mientras te esperaba?, ya se todo lo que te vas a poner, y por favor por esta vez no te pongas tacaño. – me dijo como si conociera esa parte de mí.

-Yo no soy tacaño– protesté. Pero si lo era, he vivido mucho la escasez y la palabra técnica no era tacaño, pero si precavido.

-Si que lo eres, tú dices que te conectas conmigo, pues ¿tú qué crees?, yo te conozco antes de que llegaras al Bufete.

- ¿Cómo es eso? Cuéntame.

-Hoy no toca, ya habrá tiempo para contarte, hoy vamos a gastar esa primera quincena que te depositaron – y soltó la carcajada más

espontánea y sincera que le había visto, tal vez por lo de gastar, me empezó a preocupar.

Recorrimos todas las tiendas que ella había planificado, unas eran muy costosas, las otras estaban bien, en las costosas me negué de plano a comprar ni siquiera un par de medias, así que terminé comprando en las tiendas por departamentos, la mayoría a sugerencia de ella. Tenía que medirme las piezas y salir del probador para que ella aprobara, se convirtió en un delicioso juego de complicidad. Cada mirada de desaprobación o aprobación era una llamarada de picardía y conexión. Sentía su coqueteo de mujer hermosa y honesta, de mujer noble y recta. Caminamos agarrados de la mano, volvimos a comer helado, a tomar café y terminamos cenando en la feria de la comida, algo rápido y sano.

Mientras cenábamos hicimos el plan para mañana, teníamos que sincronizar la llegada al edificio sede porque el personal se iría subiendo al autobús a medida que iba llegando, y cada unidad saldría en lo que estuviese llena. Si queríamos ir juntos teníamos que llegar casi iguales, mi sugerencia era que yo tomaba el taxi y pasaba por su casa, al principio no quiso aceptar, pero de tanto insistir y creo que sobre todo para evitar tantas preguntas de mi parte de por qué no quería que yo fuese a su casa, terminó aceptando como muestra de confianza y de que no había nada que esconder de su parte. La segunda pregunta era más difícil, ¿nos íbamos a sentar juntos y hacer el viaje de 45 minutos sentados juntos? La respuesta era sencilla, pues sí.

-Ya te dije que no me importa lo que digan de mí, a menos que tu no quieras que tu Alicia nos vea– ahora fui yo el que soltó la carcajada.

- ¿Es una broma verdad? yo no te siento como una mujer celosa y además, ya eso está aclarado.

-Es broma, no seas delicado. –me miró con mucha dulzura y derritió todas mis defensas.

-No hagas eso.

- ¿Qué cosa?

-Mirarme así, estamos en un lugar público.

-Ok, no te miro más –y volteó la cara.

-No dejes de mirarme nunca, solo te voy a pedir eso, no apartes tu mirada nunca de mí, es la única condición para lo que sea que tú y yo podamos ser en el futuro.

-A lo mejor nada.

-No importa, a lo mejor nada, pero no dejes de mirarme, ¿ok?

-Ok.

Nos levantamos y empezamos a caminar hacia la salida del Mall, íbamos despacio, tomados de la mano y en silencio, se había terminado nuestra primera cita, nuestro primer día juntos.

Ninguno de los dos quería que se terminara, sabíamos que en lo que llegáramos afuera cada quien tomaría un taxi para su casa, ya lo habíamos hablado también, como nos íbamos a despedir, si la acompañaba a su casa y me dijo que no, que mañana ya sabría donde vivía y conocería su casa, que tenía que llegar a poner en orden toda su ropa y maletín para el día siguiente y que yo tenía que hacer lo mismo, quitarle las arrugas a la ropa nueva porque si no iban a hacer conmigo el día los compañeros, había trabajo que hacer.

Cada paso que dábamos era como si nos estuviéramos alejando el uno del otro, no hubo beso ni lo habría, tácitamente sin hablarlo, lo sabíamos, yo no quería forzar lo que habíamos adelantado hoy y ella no era la que iba a dar el primer paso.

Llegamos a la salida y los taxis se alineaban para recoger a los pasajeros, la acompañé hasta el primero de la fila y nos quedamos mirando, muy de cerca, muy fijas las miradas, creció el momento de tensión, me acerqué y la besé en la mejilla, ella reposó su cara en la mía por un instante y sentí sus labios frescos y carnosos depositar un largo beso en mi pómulo, y un suspiro salió de nuestros pechos. Se montó en el carro sin voltear a verme y se fue.

Llegué a mi casa, planché la ropa que me iba a poner, preparé la bolsa para el día siguiente y me acosté temprano, pero fue una larga noche, me desperté varias veces con la mente puesta en ir a buscar a Jimena, irnos juntos a la recepción e imaginarme pasar el día entero presumiendo de ella delante de todos.

Una de la veces que caí profundamente dormido soñé que estábamos llegando a un sitio que parecía una selva o un bosque muy profuso, en el medio de ese bosque había un claro y vi una construcción rectangular muy larga que tenía una escalera en el centro.

Jimena venía conmigo, la podía percibir pero no la veía a mi lado, más bien era como si sintiera su mirada en mi espalda, pero trataba de agarrarla de la mano y no estaba, seguimos caminando en dirección a la construcción y la escalera cambió de sentido y empezamos a bajar, cada escalón que tomábamos iba tornando la escalera más angosta, más húmeda y más oscura, de pronto entré a un salón grande que proyectaba la luz tenue que provenía de unos candelabros altos dispuestos alrededor de las paredes, Jimena estaba en el fondo del salón esperándome con la cabeza hacia atrás como mirando hacia el techo, me extendió las manos y me llamó, yo volteé para ver si ella seguía a mi lado pero no, estaba enfrente de mi pidiendo que me acercara, pero yo no conseguía la manera de llegar hasta donde ella estaba, cada paso que daba dentro del salón la distancia se hacía más grande, me detuve para que no se siguiera alejando y entonces ella me miró directamente a los ojos y me sostuvo la mirada, como lo habíamos hecho temprano cuando estábamos sentados hablando en el Mall, y vi el rostro más triste que jamás haya visto, pero al mismo tiempo transpiraba una belleza celestial difícil de describir.

Me desperté sobresaltado, sudando y jadeante, sentía el ahogo de la profundidad por haber bajado las escaleras hacia suelo adentro, nunca había sido claustrofóbico, pero esa era la sensación que tenía.

La mirada de Jimena me dio ganas de llorar y me era difícil contener la congoja. Me recuperé poco a poco, mire hacia fuera y estaba amaneciendo, faltaba más de una hora para que sonara la alarma del reloj para despertar, pero me levanté, me duché, me vestí y me preparé un café esperando que fuese la hora de ir a buscarla.

Me dio tiempo de repasar el sueño o pesadilla varias veces, no se me quitaba de la mente, sobre todo que lo recordaba todo con detalles y no sabía cuánto había durado, a mi me parecía una eternidad todo lo que viví, sentía el dolor de su mirada, el sufrimiento que se le veía, aislada y alejándose.

Pedí el taxi con suficiente tiempo para avisarle que iba en camino para su casa era un trayecto de unos veinte minutos, pero no quería apurarla, por mis anteriores relaciones sabía que las mujeres necesitan su tiempo para vestirse en un día de fiesta, así que le escribí sin esperar respuesta como efectivamente ocurrió, hablé con el chofer para que le tuviésemos paciencia y la esperáramos.

Llegué al frente de su casa, era una casita pequeña con una cerca de bloques de máximo 90 centímetros de alto y continuaba con un adorno en hierro forjado que simulaba unas rosetas de pétalos largos, tenía un pequeño jardín en el centro de cayenas rojas y lirios blancos con una grama de intenso color verde que hacía destacar el color amarillo del camino de rosas hacia la puerta de la casa.

Parecía la entrada de un dibujo campestre en medio de la ciudad. Me imaginé a Jimena pasando todos los días por esa entrada y todo hizo sentido, encajaba perfectamente con la imagen que de ella se desprendía,

un sutil y hermoso ángel caminando sobre un camino de flores hacia su morada.

Desperté del sueño de un brinco, creo que al taxista se le escapo un silbido, no estoy seguro, lo sigo pensando, pero lo que salió por la puerta no fue un ángel precisamente, traía un short blanco ajustado y una blusa celeste de flores sin mangas que dejaban toda la piel de los brazos y alrededor del busto al descubierto, el pelo castaño rizado caía a borbotones sobre sus hombros y su espalda y se balanceaba cada vez que daba un paso, los zapatos deportivos eran de corte alto por lo que sus piernas lucían espectaculares.

Me bajé del asiento delantero del carro, le abrí la puerta, se subió y detrás de ella me subí yo. La salude con un beso y no sabía cómo iniciar la conversación, algo dentro de mi latía con mucha fuerza y no podía dominarlo, no podía quitarle la vista de las piernas, torneadas, firmes y más gruesas de lo normal, con una piel que se adivinaba extremadamente suave. Sentía que me derretía en el asiento del carro.

- Y entonces como les dicen a los niños, ¿te comieron la lengua los ratones o estás todavía dormido?

-Ni lo uno, ni lo otro. Pero te voy a ser supremamente sincero, me quitaste el habla, estás más que hermosa y provocativa, no tengo palabras. Creo que le digo al chofer que nos lleve a otra parte.

- ¿Pero qué te pasaaaa? Yo no te conozco así, eres un pasado – me dijo riéndose nerviosa, creo que no sabía si yo hablaba en serio o en broma.

-Sabes que es en broma, pero qué ganas que sea de verdad.

-No, no, discúlpate eso fue muy grotesco.

-Ok, está bien disculpa, ¿pero tú me entiendes verdad?

-No te entiendo ni un poquito, nada, es más, cero.

-Ok, empecemos otra vez. Olvídate de lo pasado. Jimena, ¿cómo estás?, ¿cómo estuvo tu noche?, de verdad que estás preciosa, vestida de esa manera. Me gusta mucho tu combinación.

-Estoy muy bien gracias, muy agradecida por el cumplido tan temprano.– me contestó muy despacio y riéndose.

-Lo que sí puedo agregar es que estás como para desayunarte.

- ¿Pero vas a seguir? Ve que le digo al señor que se detenga y me bajo.

-Si te bajas, me bajo yo contigo y salimos corriendo y nadie paga.

-Los estoy escuchando – dijo el chofer, la verdad es que era un auto muy pequeño y por muy bajo que habláramos todo se oía. Soltamos las tres carcajadas.

-Está bien, voy a comportarme– acepté.

-Todo el día – completó ella.

- ¿Cómo que todo el día?

-Si, te vas a comportar decente y bien educado todo el día, dilo.

-No me puedo comprometer a algo que no se si lo voy a hacer, ¿cómo así?, explícate.

-Te vas a comportar como un caballero, conmigo obviamente, todo el día sin importar lo que veas.

- ¿O sea que hay más? ¿Esto no es lo único ni lo mejor? ¿es lo que estas tratando de decirme?

-Yo no estoy tratando de decirte nada, solo que repitas la frase y te comprometas.

-Comprometido, totalmente y contigo nada más. ¿Conforme?

-Conforme.

Seguimos charlando en el mismo tono mientras rodábamos para la sede del bufete. No logré que me dijera cuál era la razón del compromiso que acababa de hacer, ni si había una sorpresa mayor que el pantalón corto blanco. Llegamos relativamente rápido para mi gusto, le pagué al chofer y nos bajamos. Vimos el autobús en la entrada del edificio y nos dirigimos derecho a la fila que estaba formada en la puerta del vehículo para subir.

Enseguida que nos acercamos todo cambió. Sentimos las miradas de los que estaban por montarse y de algunos que ya estaban arriba, Jimena causó una conmoción, nadie la había visto nunca con un outfit parecido, los hombres no disimulaban su admiración hasta que se notaba la indiscreción de querer ver a través de lo que llevaba encima y las mujeres trataban de disimular pero todas sin excepción voltearon a revisar minuciosamente como se veía cada pieza de las que tenía puesta, si combinaba y como le lucía a ella en específico, cuando conversaban con la que tenían al lado era evidente que comentaban sus impresiones de Jimena.

La miré de reojo y pude ver como levantaba la barbilla y suspiraba, tomando fuerzas para caminar dignamente entre tantas miradas. Lo hizo como una reina, no se fijó en nadie directamente y siguió hasta que conseguimos un par de asientos al final de la unidad para sentarnos juntos. Yo había desaparecido, casi no conocía a nadie de los que se subió con nosotros y por lo tanto asumí que yo sería un desconocido para ellos también, pero más que eso me di cuenta de que nadie me tomó en cuenta, es como si ella hubiera entrado sola y yo no existiera. Ya sentados le comenté.

-¿Sentiste eso?

-Ssshhh – me hizo señal con un dedo vertical sobre los labios y me miró con cariño. - Tienes que acostumbrarte, discúlpame por ponerte en esto, pero es mi día a día. – me dijo en voz muy baja y me acarició la mano y la retiró muy rápido, seguimos hablando casi susurrando con las caras muy cerca, lo que me gustó mucho.

-Fue fuerte, no fue conmigo y lo pude sentir como si me hubiesen revisado los policías cuando me han parado en la calle borracho con mis amigos, los hombres te desvistieron y las mujeres te descuartizaron, por decir algo suave. - insistí.

- ¿Borracho?

-Dios mío mujer concéntrate, fue un decir.

-No, si hoy ha sido revelador, te voy conociendo. – no pude evitar la risa y ella me acompañó, creo que le entendí que no quería saber nada del tema. Me miró, alejó su cara y seguimos charlando ya en voz alta, mientras el autobús arrancaba y se alejaba de la ciudad por la autopista en dirección a donde se llevaría a cabo la recepción para celebrar los 100 años del Bufete Ariztimuño & Fermonsel.

Nos salimos de la autopista y el camino se fue haciendo más estrecho y en ascenso, entramos en un área montañosa, con unos paisajes hermosos, iba a ser un día soleado y claro.

Hablamos todo lo que pudimos hacer en voz alta, puras tonterías del trabajo, ella me dio varios tips de cómo comportarme delante del grupo de Socios, me los fue nombrando a todos, destacando solo los atributos positivos que tenía cada uno, entendí que cualquier comentario adverso llegaría al oído del socio antes que nos bajáramos del autobús.

Entre cada comentario, me hacía cualquier cantidad de gestos haciéndome entender que lo que me decía no era totalmente cierto y yo estallaba en risa contenida lo que me hacía merecedor o de un pellizco o de un hermoso mohín de regaño, como me quejaba de cualquiera de los dos, la dosis se repetía.

Esta Jimena era cien veces mejor de lo que me había imaginado, si yo pensaba que podía enamorarme, el estar con ella me hacía subir a unas alturas de las que era muy fácil acostumbrarse y que nunca quisiera bajar.

Llegamos a la puerta de la Hacienda y el chofer se tomó unos minutos para estacionarse y prepararse para abrir la puerta esto nos permitió a todos observar bien el lugar, el murmullo de admiración era general.

Era un lugar impresionante, el brillo del sol en la mañana destacaba el verdor del césped cortado a la perfección, que se extendía por todo el lugar entre colinas y montañas que alcanzaban hasta donde la vista llegaba, la entrada era un arco gigante de piedra caliza, habían varios caminos hasta lo que se veía era la casa club, uno era de adoquines color ocre, otro de piedras blancas y troncos cortados al ras con parte de grama y pequeños retoños de violetas y geranios.

Empezamos a bajarnos, nosotros de últimos ya que nuestro asiento era de la última fila, recogimos nuestros bolsos y cuando descendimos de la unidad sentí que había un cortejo de espera para Jimena, se habían dispuesto de manera que nadie se perdiera de observarla bien.

Ella se comportó de la misma manera, pero yo no pude evitar mirar a cada uno a la cara y saludarlos como si los conociera, había gente tanto del staff profesional como de administración, alguno que otro recuerdo haberlos visto en el ascensor o en la kitchenette. Mi actitud fue exitosa y aunque me devolvían el saludo con buenos modales se sentían aludidos y se desentendían del asunto, o al menos así parecía.

Nos dimos cuenta de que nuestro autobús era el tercero que llegaba, ya estaban dos estacionados y detrás de nosotros estaba llegando el cuarto, o sea que ya estaban en la Hacienda casi doscientas personas.

-Ven, tengo un camino mejor y más bonito para llegar a la Casa Club. – me dijo Jimena.

- ¿Cómo es eso? ¿Ya habías venido para acá?

-Claro, yo ayudé a escoger el sitio, ¿quién crees que es la asistente del Socio principal? – me contestó haciendo alarde de su cargo e influencia. Tomó una vereda que estaba al lado del estacionamiento y que descendía en el terreno, se perdía en una senda cubierta totalmente de bambúes, la claridad del sol apenas la penetraba y la humedad hacía sentir muy fresco el camino, anduvimos tomados de la mano muy lentamente, nadie nos veía, la música en la Casa Club se oía a lo lejos, pasaba por encima de las matas de bambú y se confundía con el sonido de las hojas que se batían con el viento.

-No tomes a mal lo que te voy a decir, ya sé que todo es una calumnia – comencé – ¿pero tú no crees que, sumado a tu actitud de indiferencia con toda esa gente, no es que los justifique, y tu relación de confianza con José Ariztimuño, las cosas están llegando un poco lejos?

-Adrián, no te preocupes por mí, de verdad estoy bien, no hay nada de qué preocuparse, esas personas no me pueden hacer daño, si eso es lo que te preocupa. No puedo cambiar lo que soy y solo puedo seguir mi camino hasta que alcance todo lo que quiero.

-No entiendo, tus palabras me confunden más. Hasta donde veo eres la mujer más maravillosa que conozco, la más dulce y angelical, inocente y noble, cómo pueden otras personas no notarlo. Y por otra parte no sé a qué camino te refieres ni a donde te conduce. ¿Será que puedes explicármelo para dejar de preocuparme? porque como tú dices, sí me preocupo. No es

para menos, en la historia de la humanidad hay miles de ejemplos de cómo la incomprensión del hombre ha destruido vidas inocentes y civilizaciones enteras, cómo no puedo sentir temor de lo que pueda pasarte cuando la energía de cientos de personas como las puedo ver está toda volcada en tu contra.

-Tú me dijiste que en algún momento sentiste mi corazón – asentí, no recordaba habérselo dicho – pues en este momento yo he sentido el tuyo y sé que lo que me dijiste es totalmente sincero y eso lo aprecio como no tienes idea. Son pocas las personas con las que yo he podido sentir esta conexión. Te agradezco mucho tu preocupación, pero te repito estoy bien y siento que ellos no pueden hacerme daño. Hoy tenemos mucho tiempo para hablar y te prometo que vas a saber todo. – me sorprendí de la solemnidad con la que me anunció que me contaría "todo", ¿qué sería? sentí que el mundo giraba, ojalá no fuera nada relacionado con ese rumor tan odioso y feo que estaba en boca de todos. – porque te vas a quedar conmigo ¿no? ¿No te vas a ir con tu Alicia? – me soltó la mano y salió a correr por lo que quedaba de camino hasta la salida a la casa club, casi que la atrapo, pero de pronto nos encontramos de frente con el resto del personal que ya empezaban a tomar su lugar en los diferentes sitios del salón.

Me la quede mirando cuando atravesó el salón y se dirigió a las oficinas de la Hacienda, se entrevistó con una o dos personas, dio instrucciones por aquí y por allá. Mientras hacia todo esto era como si un rayo eléctrico hubiera pasado por el salón general, las personas charlaban entre ellos pero entre un segundo y otro dirigían su mirada hacia ella, no les podía negar la razón, era por mucho la mujer más hermosa y más joven de la reunión, era impresionante su cuerpo, su frescura, su pelo rizado suelto cayendo de un lado a otro, su pequeña cadera enfundada en ese short que hacía destacar demasiado su parte trasera, las largas piernas perfectas en su conformación, redondas y gruesas, pero sobre todo la soltura para hablar, dirigir y dar órdenes a su corta edad.

No los podía criticar, estaba ahí y estaba muy lejos para todos, pero muy cerca para mí, empecé a pensar en eso, ¿cómo es que yo con tan poco tiempo en la organización y conociéndola, estaba en la posición que estaba y todas estas personas que la conocían desde hace dos años, incluyendo los hombres que estaban prendados de ella estaban tan lejos? ¿Destino? ¿Suerte?

-Adrián, Adrián- escuché detrás de mí – era Alicia y Román que se acercaban.

-Hola Alicia, épale Román, ¿cómo estás? ¿Van llegando?

-No, si nosotros nos vinimos en el primer autobús, ¿tú crees que nos vamos a perder un segundo de todo esto?-contesto Román.

-Claro que no mi amorcito, pero mira lo hermoso que está este muchacho, ya tengo con quien bailar todo el día.-de esta manera Alicia se aseguró un compañero de baile sin dejarme reaccionar.

Se fueron aproximando varias personas de administración y los compañeros míos en el curso, se hizo un grupo de ocho a diez personas hablando todos al mismo tiempo, no terminaba un tema cuando ya se hablaba de otro o se conversaban dos o tres temas al mismo tiempo, miré por encima del hombro del que tenía de frente y vi a Jimena dándole instrucciones a unos meseros, ella me devolvió la mirada, la note cortante y seca, el grupo se animó y fue creciendo en minutos éramos más de veinte y nos fuimos presentando, algunos de ellos habían venido con nosotros en el autobús y me reiteraron el saludo, otros se les veía que querían tocar el tema pero no encontraban el momento para introducirlo, hasta que un joven alto y moreno que me dijo que era asistente de segundo año y se llamaba Jorge Quintero me miró y cortó toda la conversación.

- ¿Y tú vas llegando y ya te enredaste con la novia del jefe? - se hizo un silencio profundo, nadie siguió conversando y todos voltearon a mirarme

esperando mi respuesta. La sangre me hirvió de inmediato y el Urriaga estuvo a punto de hacer una escena, en un instante me imagine dándole un golpe directo en la cara, pero en el otro instante recordé cuando Jimena en el autobús me dijo que bajara la voz y me rozó la mano suavemente, el recordar la sensación de su piel me tranquilizó y suavemente le respondí con sorna.

-Hace rato que te toque por lo bajo de la espalda y no te has dado cuenta, para que veas lo rápido que soy. - todos soltaron la carcajada y la burla surtió el efecto deseado, se cambió el tema y seguimos con la diversidad de temas, chistes y desvaríos. Pero el tal Jorge se vio que acusó el golpe y se apartó del grupo caminando directamente adonde estaba Jimena, pensé que iba a hablarle, pero en el último momento cambió de dirección, sin antes hacer un examen cercano de la mercancia. Al rato Alicia se me acercó y me apartó del grupo tomándome del brazo, en ese momento Jimena me miró y fue a sentarse en una de las mesas bajas que estaban alrededor del salón principal, en el que había mesas altas de las que llaman de lounge en el medio y las bajas pegadas cerca de las paredes.

-No me vas a dejar embarcada mira que yo te aparté desde hace más de una semana, además olvídate de esa pelúa, que ella solo tiene ojos para los jefes,¿ves? – me dijo señalando sin disimular hacia donde estaba sentada Jimena y vimos cómo se le fue acercando uno de los Socios, el más joven de todos y que había oído comentar que era el soltero más deseado del Bufete. – ¿Te das cuenta? ¿Y tú qué estabas pensando que esa escaladora te iba a parar a ti, al nuevo que va llegando? – por un momento me dejó sin habla, no era celoso por naturaleza, pero pensar que alguien se le aproximara con intenciones románticas y ese alguien tenía una posición privilegiada y muy superior a la mía me agarró desprevenido.

-Ves, menos mal que recapacitaste– sentenció Alicia.

- ¿Por qué dices que recapacité?

-Porque sé muy bien cuando un hombre siente celos como tú los estas sintiendo, y además no tienes ninguna oportunidad porque esa se debe compartir entre este con cara de perdido y el verdadero que es el jefe. – todo lo que dijo fue demasiado, fue mucho, me hizo sentir muy mal y no comprendía cómo esa mala energía me estaba atenazando, respiré profundo y me sobrepuse, era muy distinto cuando estaba con ella, nada de esto era real, se sentía tan feo y tan bajo, pero cuando estaba a su lado me sentía en el cielo y eso era lo que yo quería.

-Gracias Alicia, esta conversación ha sido muy enriquecedora, de verdad te lo agradezco – le dije y me separé de ella, muy lentamente empecé a caminar hacia donde estaba Jimena sin dejar de mirarla. Ella me miró fijamente casi que contando los pasos que iba dando, se levantó poco a poco y casi que cortó la conversación con el socio con el que estaba sentada, dio dos pasos en mi dirección y se me acercó casi que rozando mi pecho.

-No vuelvas a dejarme solo en este salón – le dije.

-No vuelvas a dejarme sola en este salón – me contestó meneando la cabeza de un lado a otro, le subí la barbilla y tenía los ojos húmedos.

-No, no más. Ya no me importa lo que digan, no hay forma de complacerlos.

-Entendiste, que bueno.

-Lo entiendo, sé que cada quien mira las cosas desde su visión desde su vivencia, desde su dolor, no es porque sean malos en naturaleza, pero el entendimiento de la situación de los demás no es el fuerte de los seres humanos, nos falta la empatía, preferimos juzgar y sentenciar a los demás a lo que nunca aceptaríamos para nosotros mismos. Eso lo entiendo, pero sufrirlo en carne propia es otra cosa, creo que en mi caso me falta la entereza para soportarlo, tal vez más adelante con la edad y con más experiencia.

-Yo creo que no hace falta pasar por eso, es mejor no mirarlo y dejarlo que ellos sean los que vivan su propio infierno.

-Es otra opción, pero te estarías perdiendo de compartir con muchas personas por no compartir con su dolor y todos pero todos Jimena, estamos hechos de lo mismo de una porción de dolor y otra porción de amor, no sé si es justo separar a los que tienen más dolor y preferir solo a los que pueden darnos amor.

-No es eso lo que quise expresar, más bien es al contrario, es que cuando lleva mucho dolor cuesta tener que lidiar también con el dolor de los demás y sobre todo cuando quieren hacerte más daño.

-Bueno eso es otra cosa, obvio que primero tienes que tratar de sanar tu propio dolor para poder enfrentar el tratar con el dolor de los demás, estoy contigo en eso, pero no te parece que antes que todo debemos quitarnos de florero que estamos haciendo aquí en el medio del salón, porque yo dejé plantada a Alicia y al grupo y tú te le levantaste a ese socio guapo y adinerado que casi te conquista, así que nos deben estar haciendo una estatua aquí a los dos.- se sonrió de nuevo.

-O sea, que estabas celoso, que bueno me gustó eso, me voy a volver a sentar con el señor Araya. – me contestó mientras nos alejábamos del salón hacia los jardines aledaños. – porque el señorito lo primero que le dije, lo primero que hizo, se fue a tirar en los brazos de la Alicia. – entonces me tocó a mi soltar la carcajada.

-Estabas celosa entonces, será que me vaya a bailar todo el día con Alicia como me pidió ella.

-Ni se te ocurra, porque no me vuelves a hablar.

-Muy pero muy celosa por lo que veo– me miró de manera horrible y me volteó la cara, me retorcí de la risa por un buen rato. Bajamos por un sendero que llevaba a un sitio con bancas que estaban rodeadas de matas de naranja que desprendían el olor de la flor de azahares, se sentía el cítrico y el corte reciente del césped, tomamos la que tenía más sombra y nos sentamos.

-Aquí estamos alejados de todos, ¿no vendrán? – pregunté

-No creo, aunque como viste es fácil de conseguir este camino, no conduce a ninguna parte ni a otra distracción, las señales para los eventos están muy claras, yo ayudé a diseñarlas.

-Está bien, pero puede que haya otra pareja, en esa oficina de más setecientos empleados, no creo que seamos los únicos.

-¿Y desde cuando usted y yo somos pareja señor Urriaga?

-Desde el 17 de junio a las 7:45 a.m., tal vez antes, cuando hablamos por teléfono. – se rio, me encantaba hacerla reír.

-¿Te guardaste bien la fecha no?

-Ese día cuando bajé en el ascensor me fui pensando que no me iba a olvidar de esa fecha y mira, fue profético ese pensamiento, entré en el Bufete y te conocí, todo el mismo día a la misma hora. Parece mentira como en un instante tu vida puede cambiar de un rumbo a otro, y además lo sortario que he sido de poder determinar en qué momento exacto eso ocurrió, puede que haya otras circunstancias en la que tu vida está cambiando y tú no te das cuenta o no lo percibes.

-Sí, hay momentos en lo que tu vida cambia, te das cuenta, pero no puedes evitarlo y sientes que caes en un abismo que parece no tener fin, no sabes con qué te vas a conseguir en el fondo, si te vas a destrozar al terminar de

caer o podrás aterrizar suave y cómodo. – me sorprendió su reflexión fatalista del mismo punto que yo había traído y cómo ella lo había cambiado a algo que sonaba terrible.

-Espero que no estés hablando del 17 de junio, porque me daría mucho dolor pensar que conocerme te acarreó ese pensamiento tan drástico.

-No tonto no es por ti que lo dije, al contrario – y me puso un dedo en los labios, se lo besé lo más dulce y tierno que pude – no, tu no, tú eres una bocanada de aire fresco en mi vida.

-Jimena – comencé a hablarle muy suave y despacio – ¿puedes decirme por fin qué es lo que ha pasado contigo? ¿Qué te acongoja tanto que, a pesar de ser una mujer tan joven y tan jovial, inteligente y ocurrente tienes de pronto un dejo de tristeza y dolor que trascienden tu corazón? – se me quedó mirando fijamente como indecisa de dar un paso del que podía arrepentirse, dudando si abrir su misterio a una persona que tenía muy poco tiempo de conocer, pero con la cual ella sabía que tenía una conexión especial. Me siguió mirando por un largo rato en el que por respeto a su dolor decidí guardar absoluto silencio, solo manteniendo la mirada y abriendo mi corazón con toda honestidad para que pudiera creer en mi y confiar.

-Bueno, si eso quieres, tenemos que empezar por presentarnos otra vez – me dijo y se levantó de pronto, me miró desde su posición desde arriba abajo y me extendió la mano como cuando vas conociendo a alguien por primera vez, no entendía nada, pero me levanté lentamente y también le extendí mi mano.

-Mucho gusto, mi nombre es Adrián Urriaga y nada de lo que digas me va a asustar. – le dije tratando de restarle tensión a lo que me parecía algo muy teatral, se sonrió con un poco de amargura. Me sostuvo la mano fuertemente y volvió a dudar, después de un instante me contestó.

-Mucho gusto, mi nombre es Jimena Ariztimuño Llovera, y espero que nada de lo que diga te asuste. – me quedé paralizado, no asustado, pero totalmente sin habla y sin respuesta. Hija, esposa, adoptada, mi mente no encontraba la respuesta. – Di algo por favor – me dijo casi rogándome y me soltó la mano.

-No es tan malo como parece ¿no? ¿Eres la hija de José? ¿Por qué tienes que esconderlo? – me acerqué y la abracé, era la primera vez que latenía entre mis brazos, la había abrazado levemente para besarla cuando nos saludábamos, pero no como ahora, la sostuve en mis brazos por un buen rato, la tomé por completo abrazándola toda incluyendo sus brazos y su torso, prácticamente la estaba sosteniendo para que no cayera, apoyó su cabeza en mi pecho, la escuche sollozar.

-No, no soy su hija– me respondió con la voz entrecortada por los sollozos – soy su sobrina.– la senté poco a poco en contra de mi voluntad, la hubiese seguido cargando por el resto del día, casi no se podía sostener, cuando la dejé en la banca, le sostuve la barbilla, la miré y le pregunté.

- ¿Pero por qué lloras? No te entiendo Jimena, quiero quitarte de una vez ese dolor que tienes, pero tienes que decirme, ¿por qué lloras? – suspiró como buscando aire para desprenderse del dolor y empezó a hablar muy despacio y con la mirada baja.

-No te preocupes, Adrián, ni tu ni nadie puede quitarme el dolor de haber perdido a mi padre. Me cuesta mucho hablar de él, y no te niego que a veces cuando estoy feliz, como me pasa contigo, se me viene a la memoria su ausencia y me retraigo un poco.

-Lo siento Jimena, de verdad lo siento, no sabía nada.

-No tienes manera de saber, si yo no te cuento, por eso es por lo que estamos aquí, necesito contártelo, no podemos seguir pretendiendo ser lo que no somos si no sabes nada de mí, y ya tú me has contado hasta lo más

minimo de ti, de tu vida, de tu familia de todo, hasta de tus amigos y amigas.– eso era cierto, yo le había contado todo de mí y ella no me había devuelto la información, sinoque se envolvió en un aura de misterio.

-Ahora empiezo a entender por qué me evadías cuando te preguntaba sobre tu familia, pero no lo tengo claro. ¿Por qué lo escondes? por qué te cambiaste el nombre?

-Ya te voy a contar todo, dame un minuto para calmarme y ver por dónde empiezo, porque serías la primera persona a la que le cuento todo, y contigo quiero hacerlo sin dejar detalles, sin que tengas esa cara cuando termine, para que no te queden dudas y puedas decidir si quieres seguir persiguiéndome como lo has venido haciendo desde el 17 de junio a las 7:45 a.m., o tal vez, antes cuando hablamos por teléfono.- nos reímos los dos con una risa fresca, de esas que te quitan las lágrimas y te despejan la mente, de las que te reconcilian con la vida y te quitan las penas y el dolor.

- ¿Te guardaste bien la fecha no? - le devolví todavía con la misma risa.

-Son tus palabras, bobo.

-Ajá, te creo, que no la tienes anotada en tu calendario como el día que conocí a mi "futuro".

-Pues no, no la anoté y si no paras de alardear no te puedo contar.

-Cuéntame Jimena, no tengas miedo, te prometo dos cosas: voy a prestar toda la atención que no he prestado nunca a ninguna otra cosa y dos, voy a escucharte desde el alma, y cuando termines no habrá dudas ni preguntas.

-Ok, a tu primera pregunta, ¿por qué lo escondimos, por qué use otro nombre?, pues el Bufete es de abogados y como es tan grande e importante, no pueden trabajar allí empleados que no tengan otra

relación de parentesco que no sea "hijos de los socios" para perpetuar el nombre, todas las demás relaciones están prohibidas de ser contratados, por supuesto eso incluye sobrinas y sobrinos. Solamente dos personas saben de mi relación con José, el otro socio principal y la Directora de Recursos Humanos que es la mano derecha de él.

-Ya veo, perfecta la explicación y tus razones, pero hay algo que me preocupa en todo esto.

- ¿Qué cosa?

-Cuando tú y yo nos casemos, ¿cómo vamos a hacer? – soltó la carcajada. Ya era la misma mujer hermosa y feliz que tanto me gustaba.

-Eso no lo sabemos si va a pasar, antes que tú y yo nos casemos tenemos que ser novios.

-Menos mal que ya estás pensando en todos los pasos que tenemos que dar, se ve que lo tienes todo planificado – se siguió riendo.

-Pues no, no fue eso lo que quise decir.

-Ajá.

- ¿Puedo continuar?

-Continúe, señora Urriaga.

-Dios mío eres insufrible. Que engreído.

- ¿Por eso es por lo que te gusto?

- ¿Quién te dijo que me gustabas?

-El, ese señor que viene ahí – le dije apuntando a su espalda y cuando volteó la besé en el cuello, me lanzó un manotón, una mirada furiosa y siguió hablando.

-Mi papá y tío José, eran gemelos, idénticos, exactos como dos gotas de agua, José mi tío y Juan mi papá, yo Jimena para continuar con la tradición de la J, los dos estudiaron abogacía y los dos terminaron en el cuadro de honor de la Universidad, pero como no podían quedar empatados mi papá quedo en primer lugar y tío en el segundo. –se le empezó a quebrar la voz de nuevo– disculpa, es que hablo muy poco de él.

-No te preocupes por mí, sigue como quieras seguir, si necesitas llorar, llora. A veces evitamos tener el duelo por un ser querido que necesariamente tenemos que tener y lo que hacemos es que el dolor se va haciendo más y más profundo en vez de aliviarse, es necesario que nos demos permiso de llorar y sufrir por las pérdidas. –me agarró con fuerza el antebrazo y continuó.

-Los dos quedaron seleccionados para entrar a trabajar en el Bufete, pero no se podía, eran hermanos, por lo que los socios que los entrevistaron se lo dejaron a ellos para que decidieran y mi papá dejó que fuera mi tío el que entrara, lo convenció con el argumento de que a él no le gustaban las corporaciones, que prefería dedicar su vida a ayudar a las personas que no podían pagar por un buen abogado. Mi tío no estuvo de acuerdo y tardó casi un mes en aceptar el puesto hasta que tuvieron que intervenir mis abuelos, eso los distanció por un tiempo, pero no por mucho. A todas estas, mi papá ya se había casado con mi mamá y nací yo.

-La felicidad total Jimena, se fue a trabajar en lo que quería y tenía a tu mamá y de seguro a la bebé más hermosa del mundo.

-Si eso era lo que él decía. Siempre nos faltó el dinero, mi papá cobraba muy poco por sus trabajos, sus clientes eran más que todo personas necesitadas o de bajo recursos, los que pagaban, porque había una buena

parte que eran trabajos Pro-Bono, o a entidades sin fines de lucro. De todas maneras, los casos que él llevaba eran muy reconocidos y bien llevados, la comunidad de la abogacía los llegó a llamar "Juan El Bueno" y "José El

Malo", ya a tío no le dicen así por respeto y sobre todo desde que mi papá ya no está. – ya estaba llorando por completo y las palabras le salían entrecortadas, le alcancé un paquete de servilletas faciales que traía en su bolsa.

-Yo estaba en la secundaria - Suspiró y continuó hablando lentamente. – cuando a mi papá se le descubrió un raro tumor en el cerebro, digo estaba en la secundaria, pero lo que quiero decir es que estaba en clases – Se detuvo a llorar y le pasé más servilleta – Cuando llegué a la casa ya se lo habían llevado, fui al hospital y no me dejaron verlo, estaba en la Unidad de Cuidados Intensivos, tío estaba al otro lado del mundo en una conferencia, nada más estábamos mi mamá y yo.

Me fui a la casa a dormir – continuó - y mamá se quedó esa noche en el hospital. Al otro día fui temprano al hospital y no vi a mi mamá en la puerta de la Unidad, la busqué por todas partes y me molesté mucho porque no la conseguí, traté de entrar y nadie me decía nada, de pronto una enfermera me dijo que la buscara en la morgue que debía estar allá arreglando los asuntos de mi padre. Así fue como me enteré. No lo pude ver más, no me pude despedir, no lo pude besar antes de que se fuera, no me volvió a decir que yo era su amor y su reinita. – le dejé llorar por un largo rato, con la cara entre las manos se le escapaban largos sollozos y su cuerpo se estremecía con fuerza. La rodeé con mis brazos, así como estaba sentada de lado en la banca para darle la fortaleza que le faltaba en este momento y que amenazaba con derrumbarla del todo. No eran necesarias las palabras solo que sintiera mi apoyo, que supiera que estaba ahí con ella, que este era el principio de mi acompañamiento, que pasara lo que pasara podía contar conmigo. Se fue calmando poco a poco, cuando retomó la serenidad le hablé.

-Entiendo tu dolor Jimena, la partida de un padre de golpe sin tener la oportunidad de despedirse y de sentir su último aliento no es nada fácil, es duro sobre todo como en tu caso que eras hija única. ¿Ya ha pasado cuánto tiempo?

-Seis años, este año se cumplieron seis años.

-Mira, escúchame, si esta es la primera vez como tú dices que hablas de manera extensa de tu papá – asintió con la cabeza – entonces no es el momento de que nos explayemos en qué hacer con lo que llevas por dentro, lo importante ahora es que aprendas a traerlo a la superficie, cada vez que quieras y cada vez que puedas, yo me presto para estar contigo, para oírte, para consolarte todo lo que quieras y necesites, tienes que sufrir el duelo que has guardado, tienes que sentir el dolor que por todos estos años has escondido.

-Si Adrián ya he escuchado eso, pero es que me duele mucho, no lo soporto.

-Si, pero por tu bien, seguramente por el de tu mamá también, pero por encima de todas las cosas por ti, tienes que hacerlo por ti, debes pasar el duelo, no puedes seguir escondiéndote para no sufrir, eso es un mecanismo de defensa del Yo que te protege, pero la verdad, ¿la quieres saber? La verdad es que lo que te está haciendo es causarte más daño, un dolor más profundo y más duradero, que te puede llegar a acompañar por siempre y que te puede torcer la vida completa.

- ¿Como puedes hacer para tener tan pocos años y hablar y saber todo eso?

-No te confíes de todo lo que digo, a veces no sedédonde lo saco, me vienen las palabras así no más, pero contigo es diferente, cuando estoy cerca de ti, estoy casi seguro de que todo me viene de una conexión que yo siento que proviene de tu corazón, pero algo dentro de mí me dice que es más profundo que eso.

-Qué cosas dices, no te entiendo.

-Lo ves, eso es lo que digo precisamente, empiezo a hablar y mi único pensamiento eres tú, entonces las ideas vienen solas.

-Qué bonito que me hables así. Voy a tratar de terminar de contarte.

-Si quieres lo dejas así, ya entendí casi todo.

-No todavía falta. La parte de porqué estoy en el bufete es importante para que entiendas muchas cosas.

-Ok, si puedes seguir soy todo oídos, aquí estoy para ti, como te dije.

-Gracias.

-No me des las gracias, lo más maravilloso que me puede pasar es tener tu confianza y poder servir de vehículo para tu sanación.

-Si sigues, me vas a enamorar.

-Dirás más.

-Ajá, más. Sigo. Mi tío no pudo llegar para el entierro y eso le ha causado un dolor muy grande, lo ha llevado junto al mío todos estos años. Después del entierro, él se hizo cargo de nosotras, no teníamos a más nadie, nos sostuvo por cuatro años hasta hace dos años cuando ya estaba adelantada en la Universidad con abogacía.

- ¿Estás en la Universidad?

-Si, si estoy. Ves por lo que tenía que seguir. Le dije que me iba a emplear y que pensaba pagarle toda la deuda que tenemos con él algún día, mi mamá y yo tenemos todo anotado hasta el último centavo. Eso le ha causado a él mucho dolor, pero no es justo que haya tenido que pagar por nosotras por cuatro años, mi papá no hubiese aceptado eso, nada se debían entre ellos, eran buenos hermanos, se querían mucho pero no había deudas entre ellos y nosotras no podemos ser una carga para él. Me propuso que trabajara en el Bufete y arregló todo lo del apellido y nuestra relación como te conté. Por eso no te escribo en los mediodías porque los tomo para estudiar, es el momento que tengo para estudiar y en las tardes hasta las diez estoy desaparecida, no es que tenga un novio como me has dicho varias veces.

-Ha sido broma, es que me habías llevado de misterio en misterio.

-Si lo sé, bueno por eso es por lo que no te contesto, en el mediodía estoy estudiando, en las tardes estoy en clases hasta las diez. Llego a mi casa en la noche y luego arreglo todo para el otro día. Sábado y domingo, estudiar otra vez y ayudar a mi mamá con los quehaceres de la casa. No tengo mucho para distraerme, pocas fiestas y pocos amigos y amigas, tengo que terminar la carrera cuanto antes para poder pasar al staff profesional en ese Bufete o en otro, o sea, ahora te pareceré una aburrida, pero es la vida que tengo. Terminó con un gesto como de resignación.

-Para nada, así fue la mía los últimos cinco años. ¿Y cuánto te falta para terminar?

-Nada, en diciembre de este año termino. – había cambiado de ánimo y su rostro se iluminaba cuando hablaba de la Universidad, pensé que lo mejor era seguir este tema para sacarla del dolor de la historia familiar.

- ¿Y cómo te ha ido en las clases?, aaah con razón me sorprendiste con las leyes, pichona de abogada.

-No me digas así, pichona, yo creo que no soy eso, con lo que leo en el Bufete de los casos que lleva mi tío y como me va en la Universidad no soy eso.

-Aja, entonces veamos quien alardea ahora, respóndeme directo, ¿cómo te va en las clases?

-Jajaja, soy la número uno de la promoción, puedes caerte de la envidia, número dos. – nos reímos nuevamente los dos, estaba acertado, le levanto el ánimo por completo el cambiar de tema. Eso no quería decir que no tuviéramos bastante trabajo pendiente con el duelo por su papá.

- ¿Cómo sabes tú que fui el número dos de mi promoción?, de eso nunca he hecho alarde, como otros por ahí.

-Ya te dije que leo todo lo que llega a mi escritorio Y lo que va para el de mi tío.

-Pobre hombre lo compadezco, no tiene una asistente si no una espía.

-Pues no, él me lo agradece porque siempre le hago un resumen o le doy mi opinión de lo que leí y déjame decirte que fui yo la que le dije que te entrevistara, porque te parecías mucho a ellos dos. – de pronto hizo silencio como si hubiera cometido una indiscreción y bajo la mirada.

- ¿Tú crees que me parezco a tu papá? – le pregunté despacio con mucho cariño, sintiendo su amor y su dolor otra vez, le sostuve la mano entre las mías.

-No fue eso lo que quise decir, la verdad es que tu historia es como la de ellos, pero no te pareces a ellos, no eres gemelo, y vas a tener una larga vida, Dios mediante. – volvió a levantar la mirada y a sonreírme, pero ahí estaba la tristeza, oculta detrás de esa mirada, hundiéndose otra vez en la profundidad de su alma.

-Hagamos un resumen entonces, eres una mujer bella, exuberante y peligrosamente inteligente. Con una doble vida de agente secreto que planea hacerse millonaria en el corto plazo, pagar sus deudas y casarse con el Número 2. – ahora sí dejó que la risa le inundara el rostro y la llenara otra vez de la vitalidad que me enamora.

-Ibas bien hasta que mencionaste casarse.

-Ok, irse a vivir una vida de libertinaje con el Numero 2, con la anuencia del tío y de la madre.

-Tengo 22 y no tengo que pedirle permiso a nadie.

-Bingo.

-Que no, deja de decir locuras.

¿Qué no, qué?

-No hay matrimonio, ni irse a vivir con nadie, me falta mucho para eso, primero tengo que conseguir un novio.

-Esa búsqueda terminó.

-Ujum, está bien –cada respuesta era una coquetería, una más que la otra, no sabía cuánto tiempo podía continuar con el juego y contenerme.

- ¿Qué quieres? ¿Una declaración formal y un anillo? Por Dios esas cosas ya no se usan.

-No las usaras tú, por eso es por lo que no tienes novia, pero yo sí, el que quiera casarse conmigo tiene que traer anillo y ser bien creativo para que le diga que sí.

- ¿No tengo novia? ¿Quieres que vaya por Alicia? ya va, ya vengo, – se levantó, se me abalanzó y fue a golpearme en juego, la tomé por la cintura para impedir que se moviera y quedó atrapada en mis brazos, con su cara a menos de un centímetro de la mía.

Miré sus ojos y me devolvió la mirada muy fijamente, fue bajando los párpados muy lentamente y vi sus labios rosados, pulposos y húmedos, cerré los ojos y me hundí en ellos como cuando un cometa atraviesa el cielo en dirección a fundirse en la atmósfera, en ese segundo cuando pedimos un deseo por haber visto en el espacio una luz que puede inundar nuestra vida con la realización del sueño. Perdí el control del tiempo, no sé cuánto duró el beso o si alguien nos vio, yo me entregué y ella se entregó, éramos hombre y mujer buscando cada uno su complemento. Y vaya que nos complementamos, fuimos reaccionando poco a poco, devolviéndonos besos cortos, ya no era el beso largo y apasionado, era una seguidilla de besos en la que probábamos el gusto del uno por el otro y devolvíamos el placer que habíamos recibido.

-No tienes que nombrar a más nadie – me dijo quedamente.

-Era un juego, discúlpame, me sacaste de quicio diciendo que no serías mía.

-Soy tuya, tú lo sabes, lo sabes desde hace tiempo – dudé un instante porque no sabía a qué se refería, entendí que no eran palabras sueltas, no era un decir, era una afirmación con conocimiento, ¿se refería al primer día, cuando la sentí?

-¿A qué te refieres? – le pregunté, me puso un dedo en los labios.

-Tú sabes. – fue su única respuesta, me besó de nuevo y se levantó, tomó su bolsa y empezó a caminar en dirección a la fiesta, me quedé sentado viendo cómo se alejaba poco a poco, pensando en todo lo que acababa de pasar y en todo lo que acababa de conocer de Jimena, también disfrutando de la vista de su figura y del contoneo al caminar por el camino de piedra y grama. Se volteó y me hizo seña de que la siguiera contrayendo el dedo índice de su mano derecha, nada más gracioso que esa escultura de mujer haciendo ese gesto con una sonrisa en los labios.

Nos unimos al grupo en la Casa Club de la Hacienda, ya estaba en pleno fulgor la recepción y todos los socios habían llegado incluyendo a José

Ariztimuño que estaba rodeado de un grupo grande de empleados y de socios charlando amenamente, pero que en lo que entramos en el salón enseguida posó los ojos sobre Jimena, atrayendo el seguimiento de varios cientos de miradas al mismo tiempo. Con todo lo que ya sabía igual me sentí incómodo, con el conocimiento de lo que las mentes perversas a nuestro alrededor estarían maquinando que estaba pasando o estaba por pasar. Nos acercamos al grupo y Jimena me presentó por segunda vez a José.

-¿Recuerda a Adrián, Doctor?

-Por supuesto que lo recuerdo, ¿cómo has estado Adrián?, ¿cómo estuvieron las dos semanas de curso?

-Excelente José, fue muy intenso todo el curso, pareció un repaso exprés de la Universidad, pero tuve magníficos entrenadores y el grupo es de mucha calidad. Tenemos futuro y tal vez, los próximos socios del Bufete.– se escuchó una exclamación unánime en los presentes alrededor del socio y las risas de la mayoría.

-Esa es la actitud Adrián, no esperaba menos de ti – lo dijo y sonó bastante sincero, me dio una palmada en el hombro y continuó hablando con el grupo.

Era muy difícil seguir una línea de conversación, todos hablaban y reían entre sí y se establecían varias charlas al mismo tiempo, Jimena permanecía a mi lado y de vez en cuando me rozaba la mano con su dedo meñique, yo la miraba por encima del hombro, pero ella no me devolvía la mirada, seguía pendiente de responder a los demás o a José, que se dirigía a ella a cada instante.

La verdad entendí por un instante a los demás, sin saber lo que yo sabía, era difícil no pensar bien de ellos dos, ella hablaba y el la miraba con admiración, se le veía que la quería mucho y su energía hacia ella era de protección como la de un padre con su hermosa hija. Obviamente se podía malinterpretar, no justificaba lo malsano de la gente, pero casi que los entendía.

Pasamos del grupo a varias mesas de juego y caminamos por las canchas donde se jugaba fútbol, sóftbol y basquetbol, éramos más de setecientos empleados, ya entendía el porqué de hacer esta reunión en un sitio como este, las personas la estaban pasando de lo mejor, yo caminaba con Jimena a lo largo de las instalaciones de la Hacienda, y nos quedábamos a ver un juego, y comíamos y tomábamos algo de lo que ofrecían en los puestos intermedios.

En la tarde, después del almuerzo que compartimos en un salón interior, me cambié y cuando salí al gran salón exterior ya estaba una orquesta tocando los primeros compases de las canciones para bailar. En lo que Alicia me vio solo se me acercó.

-Te perdiste mi amorcito, has pasado todo el día con la mosquita muerta, no digas después que no te lo advirtieron –me dijo sin más rodeos, se me acercó hasta casi rozarme para poderme hablar por el volumen de la música, venía con un vestido minifalda blanco muy revelador con unos tacones muy altos de cocuiza, a pesar de haber pasado los treinta era una mujer atractiva y llamativa, cada vez que caminaba todas las miradas la seguían, yo no sabía cómo poner fin a esta ofensiva sin arriesgar algo del secreto de Jimena, pero tenía que salir de esta emboscada antes que ella apareciera, lo que podía ser en cualquier momento.

-Tú debes saber Alicia que cada quien se ahorca en donde quiere, con tu experiencia eso debería ser de tu conocimiento.

-¿Qué me quieres decir que no te importa ser plato de segunda mesa?

-De segunda, de tercera, de cuarta, si encuentras placer y te sientes bien no puedes criticar a alguien por usar su libre albedrío, ¿cierto?

-No señor, lo tuyo es patético de verdad, me das pena ajena. – me miró con furia y se fue batiendo las caderas a cada paso, lo que hizo que más miradas confluyeran en sus piernas, su trasero y su escote en la espalda que yo no había visto antes. Me la quedé mirando mientras se alejaba y de pronto sentí el calor de la mirada de Jimena, no tenía ni que procesarlo, sabía que eran sus ojos los que me quemaban la mejilla izquierda, suspiré y volteé lentamente, sabía con lo que me iba a encontrar.

Ahí estaba su furia, me había visto mirando como se alejaba Alicia, pero seguro no había visto la escena que provocó el cómo se alejó.

Venía lentamente se había puesto una braga entera roja que resaltaba enormemente su color de piel y de cabello, se ajustaba a su cuerpo hasta las caderas y luego caía en botas acampanadas dándole un aire elegante, tenía un cinturón que combinaba con los altos zapatos de tacón color camel, una gargantilla plateada con una pulsera muy gruesa del mismo tono. No tenía palabras para describirla, lucía espectacular entre lo que se le destacaba el cuerpo, la belleza y el toque de elegancia.

-No me mires con esa cara que ya te vi apreciando...- no la dejé terminar.

-Mi amor bello, como se te ocurre, no viste la primera parte, solo estaba viendo cómo se iba y sí, me sorprendió tanto escote junto, pero tendrías que haber oído lo que me dijo y lo que le respondí y por qué se fue echa una furia, yo creo que ya no me molestará más y a ti tampoco.

-Bueno la verdad no me interesa, si a ti te gusta – solté una carcajada que sobrepasó el volumen de la música.

-A mí no me gusta, la única que me gusta eres tú y te lo puedo probar de una vez, si me dejas besarte delante de todos.

-No se puede, ajá concéntrate no me has dicho nada.

-Me dijiste que no te mirara con esa cara, pues esa cara es la que te decía que no tengo palabras para...

-No, esa cara era de culpable – me interrumpió – de que te agarré con tu Alicia, pero no me has dicho nada.

-Si me dejas morderte es mejor que todas las palabras juntas que pueda decirte, estás hermosa, opacaste la fiesta entera, eres la más bella de la tarde – se sonrió y su semblante cambió, se le pasó la indignación con Alicia.

Jimena era una mujer impactante, pero también era una niña en las cosas del amor, la fatalidad que se ensañó con ella a tan temprana edad cuando le tocaba abrir las alas a la sociedad, a los amigos, a las fiestas, a las relaciones con hombres, le truncó la experiencia que le tocaba como adolescente y luego como mujer. Tuvo que trabajar para ayudar a su madre a sostenerse, tuvo que completar sus estudios de noche y además se dedicó a ser sobresaliente en todo lo que emprendía, lograr el éxito académico mientras trabajas y tener solo las horas del mediodía, la medianoche y los fines de semana, limitan la capacidad de vivir.

Durante la fiesta cuando se abrió el baile y se pusieron las mesas José se sentó con nosotros, Jimena le contó todo de mí. Le dijo la verdad, que nos gustábamos que íbamos a empezar una relación y que yo sabía todo acerca de ella.

Él se lo tomó muy bien, al principio objetó que teníamos muy poco tiempo conociéndonos, pero los dos al mismo momento le dijimos que lo íbamos a tomar despacio y se calmó, me pidió que la respetara, la considerara y que la tratara como un tesoro oculto, nos dio muchos consejos de cómo conservar la pareja y construir un hogar desde el principio siendo jóvenes, nos ofreció su respaldo para todo lo que necesitáramos y quedamos en ver como solucionábamos lo de los apellidos y los vínculos. Me enterneció la forma como la quería, pude comprobar que a pesar de que no estaba su padre, José hacía las veces de él con profundo cariño.

Estuvimos mucho tiempo hablando y al principio las personas nos miraban sin perderse detalle, pero después que Jimena y yo bailamos un par de piezas y volvimos a la mesa para seguir hablando con él, el interés fue desapareciendo. Bailamos, cenamos y disfrutamos de la noche, cuando terminó la fiesta hicimos el camino de regreso juntos, primero el autobús y luego el taxi, ya nadie se sorprendió de vernos juntos.

La dejé en el porche de su casa, nos besamos de nuevo por fin, lo estuve deseando todo el día, nos costó despedirnos, no encontraba la manera de soltarla y dejarla ir, pero ya era tarde, su mamá se dio cuenta que ella estaba afuera y al otro día comenzábamos lo que sería una nueva vida para ambos, en mi caso tenía que incorporarme al trabajo profesional con el equipo al que me habían asignado y tenía una novia que ni en mis mejores sueños me lo hubiese podido imaginar, y ella empezaba un andar en el que ya no estaba tan sola, me tenía a mí para apoyarla y hacerle compañía.

La velocidad con la que mi vida había cambiado desde ese 17 de junio a las 7:45 a.m. me tenía sorprendido, no había sido solo que encontré un trabajo en uno de los mejores bufetes de la ciudad y del país, tampoco que las condiciones económicas eran impensables para mí y que compensaban con creces las carencias que veníamos atravesando en casa, era que además de todo eso, me encontré con Jimena.

Nunca antes había sentido por una mujer lo que ella inspiraba en mí, era atrevido llamar amor a algo que solo estaba empezando, era irracional e inmaduro decir que estaba locamente enamorado, hubiese sido más bien irresponsable verlo así, pero no encontraba la palabra o el sentimiento para describirlo.

También estaba sintiendo un despertar de una conexión extrasensorial que al principio no quería reconocer, porque mi mente científica me decía que eso eran cosas de los libros de supercherías y de las viejas de la familia, pero cuando pensaba en ella me venían imágenes de su casa, de su cuerpo, de sus pensamientos, muy vividas como si las compartiera conmigo y fluían en mí sensaciones que no se comparaban con nada que hubiese experimentado antes.

El primero de julio comenzó mi trabajo profesional y vaya que me tuve que dedicar para seguirle el paso a los diferentes casos que me asignaron y a los asociados con los que trabajaba, a pesar que eran todos muy buenas personas y amables, eran también muy buenos profesionales y por lo tanto sumamente exigentes y celosos de su trabajo, podía participar en casos con dos o tres asociados al mismo tiempo, en el mismo número de casos y ninguno de ellos entendía que estaba trabajando con los otros, por lo tanto, querían casi que una exclusividad de nuestro tiempo a sus casos.

No era nada personal, en conversaciones ocasionales con los otros asistentes que entraron conmigo, que los veía muy poco, me comentaban lo mismo, la presión era inmensa y teníamos que estar comprometidos y concentrados al máximo para no cometer errores, cualquier distracción podía ocasionar que se perdiera un caso o el menor de los daños podía ser que se tuviera que incurrir en más tiempo y en pérdida de honorarios para el Bufete, lo que podía ser catastrófico para el progreso de nuestra carrera.

La intensidad del trabajo y la rutina que Jimena tenía, hacían que nos viéramos muy poco, conversábamos por chat, pero de manera limitada porque casi siempre tenía a los asociados encima para que terminara a tiempo el trabajo. Para verla más seguido decidí llegar siempre a las 7:30 a.m. ir al piso 42 y esperarla 5 o 10 minutos, besarla a escondidas, olerla, tocarla, sentirla y hablar muy rápidamente. En el mediodía, solo chateábamos cuando ella no estaba muy ocupada estudiando y a veces la buscaba en la Universidad para acompañarla hasta su casa.

Este iba a ser el último semestre de ella y su graduación sería en diciembre, por lo que ella quería mantener el promedio de las notas y le dedicaba todo el tiempo que podía a estudiar. Los domingos solíamos ir al cine, a veces trataba de buscarla los sábados en la noche, pero estaba muy agotada y prefería dormir.

Fue en esa rutina que establecimos, que una noche estábamos despidiéndonos en el porche y la puerta de la casa se abrió y salió su mamá la Sra. Mila.

-Buenas noches, Don Adrián ¿cómo está usted? - me dijo muy amablemente, una Jimena con 20 o 25 años y unos kilos de más. Mi cara debió ser de asombro total porque me quede mudo más tiempo del necesario y las dos estallaron en risa.

-Buenas noches, Doña Mila ¿cómo está?, mucho gusto, disculpe usted...

-No sabía que eras tartamudo – me decía una Jimena que no podía contener la risa– seguro no habías visto a mi mamá, ¿no sabias que era igualita a mi verdad?

-No, nunca me lo dijiste, no me lo podía imaginar y no he visto una foto de ustedes dos, pero siempre te pedí que me la presentaras o ¿no? – no sabía que decir, ni justificarme.

-No, mentira, tu querías que siguiéramos aquí afuera y no comprometerte y pedirle mi mano a mi mama.

-No puedo creer que me estés haciendo esto, si yo sé que tengo que entrar a pedir tu mano a tu mamá, lo hago desde el primer día.

-Mentira mamá, él no quería entrar, yo rogándole que te conociera...

-Jimena, por Dios...

-No le haga caso, ella es así de juguetona todo el tiempo, si le sigues la corriente no va a parar. Pero pasen, no sigan quedándose ahí afuera, de ahora en adelante la puedes entregar aquí adentro en su casa.

Así fue como comencé a ir los sábados a su casa a cenar y a compartir con su mamá, los tres inventábamos cualquier cosa para compartir, ver películas, jugar al monopolio, contarnos las historias familiares, que resultaron tener muchos lugares comunes, como tal vez las historias de muchas familias.

Un sábado la llevé a conocer a mis amigas y amigos, entre las amigas había dos con las que tuve relaciones, nada serio, cosas de la adolescencia y juventud, pero nada que no pasara inadvertido para Jimena, de una vez las detectó y las puso bajo vigilancia. En general, todos quedaron impresionados por su belleza y por su trato suave pero vivaz y perspicaz, lo que denotaba su inteligencia superior.

También con el tiempo me di cuenta de su inteligencia emocional, la mayoría de las situaciones las manejaba con tacto, paciencia y discreción, cuando me había dicho tranquilo que eso no me afecta, en relación con la situación de la oficina, al principio creí que era un indiferencia fingida para no enfrentar los hechos, pero conociéndola bien, me di cuenta que en realidad no la afectaban la mayoría de los problemas, ella iba eligiendo con sabiduría el momento y la manera de manejarlos para que no influyeran en su ánimo y en su vida diaria.

De eso también se trataban las advertencias que me daba con las otras mujeres, no eran celos, más bien era un recordatorio de que se dio cuenta y que estábamos bajo su mirada escrutadora.

Luego le tocó el turno a ella de conocer a mi familia, mi mamá preparó su pasta preferida, unos macarrones al horno y compartimos toda la noche.

Jimena los encantó al punto que todos me ignoraron y solo era ella el centro de atracción, los enamoró mucho más rápido y más profundo de lo que había hecho conmigo, la aceptaron de inmediato y mis padres la consideraron como una hija más desde ese mismo día, posterior a esa cena me tenía que esconder o rehuir el tema porque me preguntaban demasiado cuándo me le iba a proponer y para cuándo sería la boda.

Otro sábado fuimos a bailar con el mismo grupo de mis amigos, era nuestra primera salida de copas y baile, estábamos casi al final de septiembre. El clima había cambiado bastante y se sentía el frío que antecede la época invernal.

Cuando fui a buscarla a su casa tenía un sobretodo negro largo hasta debajo de las rodillas muy elegante, lo llevaba cerrado hasta el cuello parecía un europea lista para caminar por las calles de Paris, la saludé, la besé y le dije lo hermosa que se veía vestida de esa manera, nos montamos en el taxi y fuimos directo a la disco donde nos esperaba el grupo, cuando entramos en el local ella dejó el abrigo con la persona de la recepción.

Cuando se lo terminó de quitar, mi barbilla descolgó de mi cara como si los ligamentos hubiesen desaparecido. Traía una minifalda de cuero dorada con una blusa color beige y unos botines negros de tacón alto, la falda cubría lo necesario para decir que estaba vestida y sus largas e impresionantes piernas, de las que ya he hablado antes parecían no tener fin y obligaban a buscar el sitio donde se juntaban.

Pasé toda la noche incómodo, pero no por cómo estaba vestida si no pensando en cómo terminar de desvestirla. Ella debió sospechar porque se le veía de lo más cómoda mirándome de reojo y sonriendo, me imagino que había causado el impacto deseado porque estuvo feliz, fue la noche perfecta, la pasamos de lo mejor y el detalle de vestirse de esa forma como nunca la había visto antes, trajo la inevitable conversación que los dos habíamos retrasado.

Hicimos el trayecto de vuelta a su casa en completo silencio, tomados de la mano en el taxi, mis amigos y amigas habían contribuido mucho a ese silencio.

Mientras nos despedíamos en las afueras de la disco los comentarios de cómo se veía Jimena no cesaron de convertirse en chistes e insinuaciones de que era temprano y de que termináramos bien la noche, que el desayuno estaba incluido, que cuidado con quedar embarazados antes de tiempo, una tonelada de bromas usuales, que, para nosotros, aunque no era un tema tabú, no lo habíamos discutido, en mi caso lo estuve retrasando.

Cuando nos bajamos del taxi, entré con ella al porche, nos besamos como para despedirnos, casi que no habíamos cruzado palabra, la tomé de la mano, nos quedamos en la puerta de la casa y nos sentamos en el alféizar de la ventana del frente, uno al lado del otro.

-Es tarde y hay frío Adrián – me dijo muy bajito.

=Sí, pero tenemos que hablar. ¿Quieres hablarlo?

-Sí.

-No sé cuáles tu experiencia en esto, no te lo he preguntado y no te lo voy a preguntar ahora – empecé a hablarle, lentamente y escogiendo las palabras, yo tenía las ideas bien claras, pero no me había ensayado como comunicárselas a ella. Lo que si era seguro que como casi todos nuestros asuntos desde que nos conocimos parecía que estaban pre-discutidos, ella sabía de qué quería hablar y no había que hacer mucha introducción del tema, en este caso fue igual, desde un principio ya sabía a qué me estaba refiriendo.

-Ninguna – me contestó casi al instante.

-Te dije que no te iba a preguntar...

-Ninguna – me volvió a decir sin dejarme terminar. Bajó la mirada y me pareció verla sonrojar, no sé si fue el frío o la confesión. Le tomé las dos manos para darle calor y para reafirmar el contacto de la piel que ya existía entre nosotros. Me acerqué a su cara y le hablé casi rozándole las mejillas.

-Está bien, ninguna. Entonces mi intuición trabajó perfectamente – asintió – no era un tema para que lo habláramos o para traerlo en estos primeros meses que han pasado, pero tampoco te voy a decir que no lo he tenido presente cada minuto, cada segundo que he estado a tu lado, desde el primer día que te vi – separó un poco la cara, se sonrió y meneo la cabeza en señal de desaprobación – ok, digamos no cada segundo, pero si cada cinco segundos pues, algo indeterminado, pero siempre ha estado en mi mente y en cada parte de mi cuerpo. ¿Quieres que te explique lo que pienso?

-Claro que quiero, quiero saber qué pasa por tu mente, pero no me digas cosas subidas de tono por favor. –esta vez fui yo el que se sonrió y meneo la cabeza - mujeres - exclamé.

-Está bien. Mira no es sencillo todo lo que he estado pensando y sintiendo, le he dado muchas vueltas, todo porque me importas mucho, en poco tiempo me he enamorado de ti, en muy poco tiempo siento que te conozco bien, la conexión que compartimos hace que muchas veces sepa cuando te acuestas, cuando te levantas, cuando no estás en el edificio, o si te fue bien en un examen o no, cuando miro el reloj es porque ya es la hora de escribirte o de salir a buscarte en la universidad, me he acostumbrado tanto a esos mensajes telepáticos que ya me confío plenamente de ellos para planificar mis días.

-Sabes que a mí me pasa también contigo, de la misma forma.

-Si lo sé, me lo has dicho, tal vez yo no te lo había contado como ahora, lo más seguro es que seas tú que tienes una antena emisora en el cuerpo y yo lo que hago es captar esas emisiones. Bueno queriendo preservar nuestra relación en lo más alto de los sentimientos puros, le he dado largas al tema de la consumación de ese amor. Pero para alcanzar una cosa es necesaria la otra, para mantener la profundidad y la pureza del amor es necesaria su realización, una no puede existir sin la otra. El amor platónico está condenado a la extinción o al recuerdo si ese amor no es puesto en práctica en la única manera que un hombre y una mujer pueden amarse. – me interrumpió y me besó.

-Al mismo tiempo – continué después del largo beso - hay una fuerza contraria muy poderosa y es que la energía sexual es la más devastadora fuerza que los humanos podemos emitir, puede construir y elevar a alturas inimaginables una relación, pero también la puede hundir en las más bajas pasiones y destruir lo que pensamos que fue ese amor elevado. Ese ha sido el dilema que he llevado todos estos meses, no había querido proponerte ni insinuarte nada porque quería que tú y yo estuviésemos seguros de que era lo que queríamos. Hemos podido tener una relación más informal con base en lo físico y ya hubiésemos hecho el amor – negó con la cabeza y me apretó las manos.

-Eso no es lo que yo quiero contigo. No es para lo que nos conocimos.

-Exacto, no es lo que yo quiero contigo tampoco, en estos meses hemos construido ese amor grande y elevado, nos hemos conocido, confiamos el uno en el otro.

- ¿Me quieres preguntar si estoy lista para hacer el amor contigo?

-No te lo quiero preguntar, te lo quería insinuar, hacerlo más sutil, pero parece que tienes frío y te quieres ir a dormir. – se rio fuerte y los dos volteamos para ver si había tenido algún efecto en despertar a su mamá.

-No, no me quiero ir, sí tengo frío, pero yo como tú le he estado dando vueltas a eso, yo no quería que pasara si no estábamos seguros, y yo estoy segura de que eres tú el hombre que quiero en mi vida, ahora y por siempre.– me enterneció la forma en la que lo dijo, inocente y cándida.

-Así es la única forma que debe aceptarse una relación cuando el hombre quiere a la mujer, solo por el hecho de que sea su mujer, y la mujer quiere al hombre solo por el hecho de que quiere que sea su hombre.

-Te entiendo. Entonces es nuestro caso.

-Es nuestro caso. –la levanté y la besé largamente antes de que entrara en su casa, estuvo temblando todo el tiempo mientras la besaba, creo que yo también temblaba, al sentirla tan cerca y poder descubrir sus curvas a través del grueso abrigo se me erizó toda la piel.

La semana siguiente fue todo un correcorre, ella entró en los exámenes parciales del semestre y yo en la finalización de dos casos a los que estaba asignado.

Nos vimos muy poco y no volvimos a tocar el tema, pero se sentía la tensión de los preparativos de parte y parte, yo estuve pensando, el lugar, el momento, cómo sacarla de su casa por un periodo de tiempo suficiente, crear el ambiente para que fuese algo hermoso e inolvidable, las veces que la vi, la noté nerviosa y cada vez que la abrazaba o la apretaba por la cintura para atraerla y besarla sentía el mismo temblor de la noche del sábado pasado.

Quedamos en vernos en la noche del viernes, yo pasaría por la universidad a recogerla y la acompañaría a su casa, seguro tendríamos cena con su mamá. Me escribió por la aplicación del chat que no pasara por ella por la Universidad porque se había ido directo a su casa, que mejor me fuese yo a la mía y si quería verla podía ir más tarde después de cenar. Pensé que era un buen cambio de planes, ya que se salía de la rutina, le escribí si su mamá nos acompañaría, si llevaba un vino para la noche y me respondió que sí, que con mucho gusto ella nos acompañaba.

Salí de mi casa casi a las 9:30 p.m. me había cambiado y me estaba estrenando los últimos jeans que compré, con una buena franela de moda y unos tenis blancos que parecían sacados de la caja, compré un vino francés de Burdeos un poco subido de precio, pero pensé que la velada distinta los valía.

Llegué apenas pasada las 10 de la noche, me había dicho que entrara que la puerta de la casa iba a estar sin pasador, seguí las instrucciones y cuando entré estaba todo a media luz, no había señales ni de Jimena ni de la Sra. Mila, me senté en el sofá a esperar todavía con la botella en la mano, todo me parecía muy extraño. Llamé con voz no muy alta para no parecer grosero y no recibí respuesta, me estaba intrigando demás por lo que me levanté en el instante que apareció Jimena desde su cuarto.

Traía una bata de seda brillante azul añil que le llegaba hasta las rodillas, tenía un borde grueso y estaba amarrada con un cinturón del mismo color que caía a un lado de su cadera. La bata le destacaba demasiado su piel blanca pálida y el pelo castaño claro suelto ondulado parecía una cascada de rizos de oro descansando en los lados de sus pechos. Nuevamente como ya me pasaba cuando me impresionaba con ella me quedé atónito y sin habla.

- ¿No vas a decir nada? – me preguntó parada enfrente de mi con una pierna más adelante que la otra lo que hacía que la bata se le abriera hasta la mitad. – seguía sin poder hablar.

- ¿Dónde está tu mamá? Balbuceé.

- ¿Dónde está tu mamá? ¿Eso es lo que me vas a decir? ¿Me devuelvo y me cambio?

-Ni se te ocurra –le dije casi gritando, entonces ella empezó a reírse con su tono de burla habitual primero y, después un poco nerviosa.

Me acerqué y la abracé, la besé despacio primero y después con toda la pasión que llevaba guardada durante todos estos meses que estuve a su lado conteniéndome del deseo por la mujer más hermosa, dulce y a la vez explosiva y sexy que había conocido jamás. La seguí besando por las mejillas, el cuello, olí su pelo, su nuca, besé su barbilla, sus ojos, todo el rostro.

Aflojé el nudo de la bata y la dejé rodar por sus hombros hacia abajo, cayó al piso detrás de ella, no tenía nada puesto debajo de la bata. La seguí besando desde arriba hasta abajo, la cargué y entramos en su cuarto. No hay palabras para describir lo que significó para los dos el momento en el que nuestro amor por fin se realizó, no se puede narrar como lo más grande y sublime que una pareja puede hacer alcanza la cúspide más allá del placer y del dolor, más allá de lo imaginable y lo deseado, como cuando dos personas completan la unión de sus ansias por la carne y la satisfacción se comparte entre besos y caricias cómplices de lo sucedido.

- ¿Me vas a decir donde está tu mamá?

Nos reímos sin parar, salimos del cuarto, nos tomamos una copa de vino y regresamos a la cama, lo repetimos hasta que la botella se terminó. Nuestros cuerpos se habían acoplado perfectamente. Parecía que fuésemos amantes de larga data, todo estaba sincronizado entre nosotros, el gusto y las ganas de tomar del uno lo que el otro te daba se expresaban en el mismo ritmo.

Me quedé a dormir esa noche y me fui a media mañana del sábado. En el desayuno me explicó que su mamá se había ido a pasar el viernes y sábado en una granja con una amiga, que llegaría en la noche. Yo volví a buscarla en la tarde y fuimos al cine.

Así comenzó mi relación con Jimena, la verdadera relación, no teníamos peleas, ni diferencias importantes, el tiempo fue transcurriendo con nosotros yendo menos al cine, viendonos a nuestros amigos y

compartiendo menos con nuestras familias, nos habíamos entregado el uno al otro y cada tiempo libre que teníamos lo dedicábamos a estar juntos.

Lo que si se incrementó fue nuestra conexión espiritual, ya no tenía otra forma de llamarla, cualquiera de los dos lo único que tenía que hacer era pensar con intensidad en el otro y nos escribíamos o llamábamos y el mensaje siempre era el mismo. Te estaba pensando con mucha fuerza, deseo verte o estar contigo, te necesito a mi lado, extraño el no verte hoy. Pensé hasta consultar con alguien, pero la verdad no sabía con quién y a quien se lo contara tenía el riesgo era de levantar sospechas de locura o de pasar por esas personas que dicen que oyen voces.

En diciembre fue la graduación de Jimena, después del acto en la Universidad, la mamá preparó una pequeña reunión con la familia que no era muy numerosa, solo José Ariztimuño, su esposa y su pequeño hijo varón, una prima de la mamá, mis padres, mi hermana y unos pocos amigos.

Se recibió con los máximos honores y ese mismo día José le dio la noticia que sería aceptada en el Bufete como Jimena Ariztimuño Llovera, llevando el apellido de su padre y como una excepción a las normas del bufete por ser sobrina e hija única del hermano gemelo fallecido del socio principal, la tomarían como si fuese una hija de José.

Todos estuvimos muy felices, ella pasaba de una emoción a otra, estaba radiante. Se me acercaron la Sra. Mila y José para hablarme de lo bien que la relación conmigo le había hecho, como había cambiado y como la tristeza que yo pude ver aquel día de la fiesta de aniversario del bufete se había ido disipando, me dieron muestras de cariño y agradecimiento por hacer feliz a su hija.

Cuando todos se fueron me quedé a ayudarlas a recoger la casa, al terminar salimos y nos sentamos en una sillas de mimbre que tenían en el fondo de la casa, Jimena se sentó encima de mí.

-Gracias por todo – me dijo.

-No entiendo, ¿gracias por qué?

-No sé, tengo ganas de darte las gracias, ha sido tanto lo que me has dado estos meses que parece que soy otra persona.

- ¿Ustedes se pusieron de acuerdo o qué?

- ¿Qué?, ¿quiénes, de qué hablas?

-Es que tu mamá y José me agarraron ahora hace un rato – sí me di cuenta, me dijo – ajá y entonces me dijeron lo mismo, que gracias que se yo, que tal cosa, que te he hecho feliz, eso. – se sonrió, pero esta vez volví a ver la tristeza. Entonces fue cuando entendí.

-No nos pusimos de acuerdo, yo no he hablado con ninguno de ellos de esto.

-Mi amor, mi amor querido, entiendo lo que te pasa, entiendo que tu quisieras que tu padre estuviese aquí, pero no quiero sonar trillado, pero estoy seguro que en alguna parte está mirándote y debe estar muy orgulloso de ti, además si no crees que puede estar en nuestro alrededor lo que sí es seguro es que está dentro de ti, tú tienes su sangre y eres la mejor representación de todo lo bueno que él debió ser, no se puede venir a este mundo traer a una mujer como tú y no ser alguien especial.

-Viste por lo que te doy las gracias – me besó suavemente muy despacio hasta que sentí las lágrimas bajando por su rostro, la sostuve muy fuerte

entre mis brazos y respondí al beso con el mayor amor y la ternura más grande de que era capaz.

-Hoy he sentido varias veces lo mismo que sentí aquel día cuando estaba en clases y me llamaron que mi papá estaba en el hospital, un desasosiego extraño, una premonición como alcanzándome, un miedo que me atenaza y no sé de dónde proviene.

-Mi amor no tengas miedo, eso ya pasó.

-Sí, pero no quiero que se repita, no quiero perder otra vez a una persona querida, no quiero perderte.

-No me vas a perder, no hay ningún motivo por el que me vayas a perder, yo nunca te voy a dejar.

-Abrázame, abrázame fuerte, no me abandones nunca, tu no.

-Jimena, mi vida no tengas miedo, el miedo oscurece el amor, lo envuelve en tinieblas y te priva de disfrutarlo, estos meses nos hemos entregado y hemos alcanzado nuestro amor, no dejes que nada lo opaque. No pienso dejarte por nada.

-Sí, no voy a tener miedo. Estamos juntos y así nos vamos a quedar.

Pasaron varios días antes de que Jimena volviera a ser la misma, le costó volver a la normalidad, la ceremonia de graduación en la cual se supone debió estar un padre orgulloso por los logros alcanzados por la hija no pudo ser, ella lo sabía y no me había dado cuenta cuánto le dolía ir avanzando hacia esa meta.

Solamente fui capaz de verlo cuando ya había llegado el día. Siempre me he lamentado de no haberlo visto venir. Celebramos la navidad, el año nuevo y nos reintegramos a las labores, ella siguió como asistente de José,

tenía que esperar a mediados de junio para poder incorporarse al curso de asistentes con los nuevos ingresos de ese año.

En febrero con plena temporada de frío habíamos salido al cine y regresamos temprano a la casa de ella, la mamá no estaba lo que la sorprendió bastante, la llamó y le contestó que pasaría la noche con la amiga jugando cartas, por lo que además del cine tuvimos la casa para nosotros solos, lo que no esperábamos. Hicimos el amor con una suavidad inusitada, tocándonos y sintiéndonos despacio, con caricias profundas y muy sentidas. Pasamos de una intensidad lenta y provocada a una levedad imaginada.

Nos quedamos callados, disfrutando de lo que acabábamos de hacer, sin comentarios, respirando el amor y la piel al mismo tiempo. No sé porque no me quedé a dormir, tal vez fue porque no sabíamos a qué hora regresaba la Sra. Mila, pero siempre me pareció extraño, cuando recordaba este momento, por qué me despedí y me fui a mi casa.

Tomé un taxi y me bajé unas cuadras antes de mi casa, pasé por el bar donde seguro estaban mis amigos, pero esa no fue la razón por la que me bajé ahí. No entendía porque los miré por la ventana y no entré, no tenía intenciones de entrar, solo los observé por un rato y continúe a pie muy lentamente hasta mi casa. Entré y cosa extraña encontré a mi papá y a mi mamá despiertos, estaban tomándose unas cervezas y oyendo música, ¿cómo en los viejos tiempos no? les dije, los abracé fuerte a cada uno les pedí que me bendijeran y me fui a la cama, no vi a mi hermana, no había pistas de que estuviera por ahí cerca.

Al principio me costó dormirme, pero cuando lo logré caí en un sueño profundo, pesado, del que trataba de despertarme y no podía, pensé que estaba soñando en varios niveles como una película que había visto en el cine con Jimena. Jimena, me acordé de ella, la sentía lejana como si la hubiese conocido hace mucho tiempo, como si lo que supiera de ella era

porque alguien me lo contó, como una historia de una persona allegada de la que hace mucho tiempo no ves y de la que ya nadie menciona.

Pero no, no era eso, Jimena era mi novia, la mujer de la que estaba enamorado, con la que más que hacer el amor había llegado a las puertas del cielo. Me sentía atrapado en este sueño, debí haberme quedado con mi papá y con mi mamá hablando con ellos y tomando cerveza, o al menos con mis amigos en el bar, pero caer en este sueño del que no me puedo despertar y lo que siento es un sopor que me invita a dormirme más profundo no me gusta, es como bajar otro nivel, cuantos más voy a caer antes de subirlos y despertarme.

Jimena, me dio un beso de despedida en la puerta, me dijo que podía quedarme pero que me arriesgaba a que Mila nos quitara la cobija y nos encontrara, nos reímos solamente de imaginarnos la cara que pudo haber puesto, de todas maneras, entré. ¿Me había devuelto?

La vi acostada en su cama, al lado en una silla estaba la bata azul añil que tanto deseo me inspiraba, sentí la sangre ardiendo dentro de mi y la deseé como un loco, como si nunca la hubiese poseído, me acerqué y levanté la cobija que la cubría, no se despertó, estaba acurrucada con las manos en el regazo durmiendo sobre su lado izquierdo, entonces me subí en la cama y la abracé por detrás quería sentir su calor, le pase el brazo derecho sobre su cuerpo pero no lo encontré. Estaba en mi cama solo sin cobija y sentía mucho frío.

Tomé la decisión de despertarme, no podía seguir con este sueño, tenía que ir subiendo, pero de pronto todo se aclaró, oí la voz de Jimena llamándome y fui siguiendo la voz. Poco a poco pude recuperar el sentido, era como si me hubiese tomado un somnífero, como si la comida de la noche hubiese tenido algo que me dopó, regresé a mis cabales y después sentí que me iba despertando, cuando abrí los ojos ahí estaba Jimena, me miraba como preocupada, pero al verme despertar su rostro cambió y aunque estaba llorando se veía contenta.

-Pensé que te habías ido, tú me dijiste que no me ibas a dejar, que tu no.- me incorporé de la cama y la abracé.

-Mi amor te lo dije y te lo voy a cumplir, no me voy a ir a ninguna parte, nadie nunca nos va a separar.- se sentó en el borde de la cama lo que me permitió abrazarla muy fuerte, al fin estábamos juntos otra vez, cerré los ojos y aspiré su olor, la besé en el cuello, agarré su pelo, y terminé besándola en los labios, sentí su piel desnuda debajo de la bata azul añil.

Pegué un brinco que me despertó del todo, no podía creerlo, cuánto había durado ese sueño, sentía todavía la pesadez de la profundidad con la que dormí, me levanté, fui al baño y me lavé, terminé de tomar conciencia y mi corazón latía muy fuertemente, Jimena, pensé. Me vestí muy rápido, era muy temprano para ser sábado no eran todavía las 7:00 a.m., no la iba a llamar porque estaría dormida, decidí salir para allá, tenía un presentimiento que no se me quitaba de encima y por nada del mundo quería acostarme otra vez, miraba la cama y el miedo me ponía los pelos de punta, salí casi que corriendo, por supuesto en mi casa todos dormían, recuerdo que mis padres estuvieron de juerga la noche anterior.

Tomé un taxi en la esquina y me fui para la casa de Jimena, no sabía que excusa dar para llegar tan temprano pero ya vería.

Cuando me bajé del carro sentí que algo no estaba bien, corrí hacia el porche y vi la puerta de la casa entreabierta, pasé como una exhalación para el cuarto de Jimena y las sábanas estaban revueltas y en la silla al lado de la cama estaba la bata azul añil, rebusqué por toda la casa y no había señal de ninguna de las dos, llamé por teléfono a Jimena más de doce veces y no me respondió, llamé a la Sra. Mila y me tomó el teléfono a la tercera vez.

-Vente para el Hospital Adrián.

Sentí que mi vida se paralizó, todo lo veía transcurrir en cámara lenta, el paso del tiempo se detuvo. Cuando llegué al hospital no sabía adónde ir, pregunté a varias enfermeras y una me dijo que subiera a cuidados intensivos. Subí las escaleras de dos en dos, de tres en tres, cuando llegué, no había nadie a quien preguntarle, llamé a la Sra. Mila y no me contestó más el teléfono, bajé a la morgue y no había nadie. Volví a buscar a la enfermera que me dio las instrucciones y ya se había ido del hospital, era la hora de cambio de guardia. Cerré los ojos y respiré profundo. Escuché la voz de Jimena llamándome y la seguí.

Pasé la calle enfrente del hospital y la seguía oyendo, me llevó hacia un parque, en lo más profundo del parque había un bosquecito y debajo de la mata más frondosa entre los rayos dorados del sol estaba una banca rodeada de Cayenas Blancas y Rosadas, ahí estaba sentada Jimena esperándome.

-Mi amor aquí estas, me asusté mucho pensé que te había pasado algo, no me vuelvas a asustar así, sabes que sin ti no puedo vivir, no te lo había dicho antes, pero es la verdad. – le dije, volví a ver esa tristeza que había visto antes en la profundidad de sus ojos color café, pero esta vez era insoslayable, mucho más grande, como esculpida en su alma y visible a través de un ventanal.

-No tienes por qué asustarte, tú mismo me dijiste que el miedo opacaba nuestro amor, ya no hay más miedo, no tendremos miedo nunca más, yo voy a estar contigo siempre. – me senté a su lado y la abracé, el frío que traía por el temor de lo que podía haberle pasado se me fue pasando al sentir su calor y el vapor que se desprendía de nuestro amor al aire libre.

QUINTO RELATO

LAS ESTRELLAS

Los astrónomos no tienen duda, el 97% de nuestro cuerpo está formado de polvo de las estrellas, es decir, que no necesitamos buscar extraterrestres, nosotros somos, me imagino que algunos tendrán un poco más y otros un poco menos, pero en promedio eso es lo que somos, cuerpos de estrellas lejanas.

Si eso es así, entonces hemos visitado lugares inimaginables en el Universo, en nuestro sistema solar y hemos formado parte de otros cuerpos, de rocas, de cometas y hemos viajado millones y millones de kilómetros, solo para terminar reunidos todos juntos en un apartado planeta de los anillos exteriores de una pequeña galaxia, llamada la Vía Láctea.

Cuando en polvo nos convirtamos, los vientos, los tornados y los huracanes levantaran nuestros restos nuevamente hacia las estrellas y continuaremos el viaje sideral que nos posó temporalmente en la Tierra, o tal vez nos mezclemos con restos de alguien más de este mismo planeta y un poco de otra galaxia y entonces sentiremos que somos un poquito de aquí y otro poco de allá.

Mientras todas estas ideas llegaban a mi mente y trataba de figurarme de dónde venía y a donde iría a parar, una idea especialmente atrajo mi atención, y es cómo fue que vine a parar aquí en este planeta, cómo fue que nací exactamente donde nací y cómo fue que me tocó vivir lo que he vivido. Para plasmar ese pensamiento escribí este verso:

Cuántas estrellas tiene el Universo

cómo vine a parar aquí en esta,

cómo te conocí

y porqué me enamoré.

❀ ❀ ❀ ❀ ❀

Mi nombre es Nadine Giraldo, nací en Buenos Aires hace 22 años, soy la última de 5 hermanos. Los varones fueron los 3 primeros y luego las dos hembras, todos nos llevamos 3 años de diferencia, por lo que mi compañera natural de juego fue mi hermana mayor. Mi contacto con mis hermanos fue muy escaso, cuando abrí los ojos al mundo que yo recuerde cerca de los 4 años recién cumplido, Jorge el tercero de los hermanos ya tenía 10 y no pensaba para nada en jugar o socializar con una niñita tímida y malcriada.

Los dos mayores ya estaban en la secundaria. Los tres varones se fueron para la militar, se graduaron y los asignaron a puestos fronterizos en la Pampa y mi hermana mayor estudió para normalista y siempre está muy ocupada con la planificación y las tareas. Fuimos un grupo de hermanos numerosos que no aprovechamos el estar juntos cuando fuimos pequeños, ahora nos vemos muy poco. La vida se encarga de llevar a cada quien por el camino que tiene que recorrer para cumplir con su destino.

Ahora a los 22 años me gradué en psicología, terminé la carrera con honores y la Universidad me ofreció un puesto como profesora asistente. Acepté de inmediato, a esta edad no he pensado en dónde ni de qué voy a trabajar cuando terminara los estudios y resulta muy sencillo para mi comenzar enseñando lo que tanto me ha gustado en los últimos 5 años. El problema es que el puesto no es para la Escuela de Psicología, es para la Facultad de Ingeniería.

Ellos quieren que sirva de profesora asistente de algunas materias sociales que se dictan como electivas en esa facultad. Es difícil creer que exactamente lo que siempre había hecho que era evitar el ambiente de la ingeniería, las matemáticas, los cálculos y en consiguiente a las personas que les gusta esa ciencia y que por naturaleza son opuestas a mi forma de ser, se me presentara como mi primera oportunidad de trabajo y una que realmente me gustaba. No me quedó más opción que aceptar dar clases en esa facultad a pesar de que no es mi ambiente y el presentimiento que se prendió en mi pecho cuando firmé el contrato con el Decano.

No quiero que se malentienda, estudié psicología porque estaba segura que era lo que me gustaba, y lo confirmé con el ahínco con el que me aprendí cada libro, las notas que obtuve y los comentarios de los profesores y compañeros, sin embargo, siento que todavía soy muy joven y siento temor de lo que pudiera llegar a ser mi primera experiencia como profesora y además en un ambiente muy diferente al que me había acostumbrado en los últimos años.

Como dije anteriormente había rehuido las ciencias exactas porque creo que mi cerebro piensa de manera diferente, suelo darle vueltas a muchas ideas al mismo tiempo y cada una de esas ideas me genera otra gran cantidad de problemas o soluciones, me gusta repasarlas y meditarlas bien, los que me conocen creen que soy callada por naturaleza pero cuando me dejan hablar, después no consiguen la manera de hacerme callar, les explico todo lo que estoy pensando, le doy mil vueltas a cada cosa y les pinto los diversos escenarios en que pueden deparar cada uno.

Los ingenieros no son así. Ellos quieren soluciones concretas, rápidas y precisas, yo no pienso de esa manera, soy un poco más enrevesada, me cuesta ver las cosas planas y simples. Creo que por eso me gustó la carrera que estudié desde un principio.

Lo pensé bien y decidí aceptar, me entrevisté con el jefe de la cátedra de humanidades de la Facultad de Ingeniería, quería que diera la clase de "Estudio y Comprensión del Hombre" a los estudiantes del ciclo común, es decir que estarían todos los que escogieron estudiar ingeniería, sin importar la especialización. Menuda tarea en mi primera asignación, tener que lidiar con los recién ingresados, que están más preocupados por sus clases de cálculo, matemática, física, química que por una clase humanística y yo tratando de enseñarles la génesis de la personalidad, la afectividad, el psicoanálisis, la conducta humana, ay, Dios en qué me he metido.

Si se han imaginado un poco como soy ya deben haber deducido que no he sido muy exitosa en la sección de los novios.

Apartando la modestia que no es muy útil en estos momentos para transmitir lo que quiero, tengo que admitir que formo parte del grupo de las mujeres bonitas, y porque no decirlo también, tengo un buen cuerpo, no soy exuberante, pero estoy delgada tengo un buen busto y un aceptable derrière.

Por lo que no ha sido por falta de atributos físicos, al contrario, cuando esos atributos empezaron a aparecer, los fui escondiendo, blusas anchas, pantalones anchos, faldas por debajo de las rodillas y nada de maquillaje.

Con todo y eso, siempre se me acercaban los hombres como moscas, lo que me trajo muchos problemas con el resto de las mujeres que estaban a mi alrededor, como yo nunca me interesé por casi ninguno de ellos, el problema se volvía peor.

A las que les ocurre esto me entenderán perfectamente. Entonces en qué quedamos, soy atractiva sin yo quererlo, soy popular por mi forma de expresarme, sin yo quererlo, y soy tímida al mismo tiempo. Sí, un desastre.

Tuve un solo novio desde los 16 hasta los 20 y de ahí en adelante no he tenido ninguna otra relación. ¿Qué pasó con Alan? Muy sencillo, se volvió muy posesivo, por aquello de que te estas poniendo muy bonita, yo fui el primero y ahora eres mía. Cometí el error de entregarme a él cuando tenía 19 y después no duramos ni 10 meses más. Me dediqué a terminar la carrera, estudié como loca para alcanzar la meta de graduarme con honores y me olvidé de que los hombres existían, ya tendría tiempo más adelante para pensar en eso.

Parece que el momento llegó porque desde que firmé el contrato para empezar las clases y me dieron la asignatura que impartiría en la Universidad me empezó a llegar a la mente la idea de que me estaba convirtiendo en la excepción entre todas las mujeres que conocía y las que no conocía también, porque mirá que tener 22 años, buen cuerpo, buena cara, un trabajo y nadie que te mire, que te acompañe, que te escriba o que te llame, es como triste.

La presión social a mi alrededor había empezado desde que corté con Alan, mi mamá, mi hermana, mis tías, las pocas amigas que tenía y hasta mi papá, que siempre fue celoso me insinuó que si seguía tan apática con las relaciones me quedaría muy sola. Las frases no se hacían esperar: "Salís poco, por eso no conocés a nadie", "¡Es que vos sos muy independiente y asustás a los hombres!", "¿Por qué no te arreglás un poco más? Andás siempre de entrecasa", "Y vos... ¿Para cuándo?".

Bueno como que ya era hora y empecé a arreglarme para mi primer día de clases, me levanté muy temprano, no había dejado ropa arreglada y sabía que iba a ser difícil eso de vestirme tratando de cambiar de look a último minuto. Me bañé y fui al ropero a buscar que ponerme, me probé todas las faldas y eran largas, viejas y anticuadas, ¡con razón no tenía novio!, me medí los pantalones y lo mismo, las blusas, peor. Tenía los ojos llorosos, parece que la niña mojigata como que se quería soltar el moño.

No había pensado en nada de esto hasta el domingo en la noche y a pesar de que era temprano estaba entrando en pánico. Qué me podía poner que no pareciera "Anita la Huerfanita". Fui al cuarto de mi hermana, y tomé una falda y una blusa prestada, me las enfundé y no estaba tan mal. Un poco por arriba de la rodilla, la falda, sin ser corta de color naranja suave y la blusa blanca le hacía juego perfecto. Como que me iba a tener que ir a un Mall a comprar algo, no mucho porque mis ahorros no eran muy grandes, pero algo en definitivo. Me solté el pelo que siempre lo tenía en una cola, me maquillé un poco y salí.

Camino a la Universidad pensé que era muy raro todo esto, como me estaba sintiendo y pensando en una relación si cuando llegara al salón de clases me iba a encontrar con alumnos del primer y segundo semestre cuyas edades no deberían sobrepasar los 20 a lo sumo. Aunque yo tengo 22, una persona de 20 para mí es un niño, soy de las mujeres que prefiere una relación con un hombre mayor, no tanto, obvio, pero sí mayor que yo y sobre todo maduro, eso sí, porque hay niños de 30 y de 40 que nunca crecieron.

Me registré en la puerta, tomé la lista de alumnos y me dirigí al salón, venía cargada con toda la planificación que había hecho durante la semana previa al inicio de clases. Cuando entré estaba a la mitad de la capacidad y la lista me decía que era un aula completa, faltaban 10 minutos para la hora de inicio y me senté a esperar. A las 7:00 a.m. cerré la puerta del aula y me aclaré la garganta para que pudieran escuchar los que todavía conversaban que se acercaba el inicio de la clase, la verdad estaba actuando copiando los roles de los profesores que me habían dado clases y que más me gustaba su estilo.

La mayoría se sentó y se fue haciendo el silencio poco a poco hasta que comencé a hablarles. Al principio me miraron con incredulidad unos, otros con duda y pude ver algunas miradas de burla y descaro. Nada que no me esperara.

Siguieron entrando algunos rezagados que no disimularon las mismas miradas en las mismas tres categorías. Empecé a hablarles y les hice una dinámica de cómo conocernos y de presentación, les expliqué en qué consistía la clase, y cuál iba a ser el método de evaluación, como consecuencia de las miradas que no cambiaban, decidí endurecerles un poco la experiencia y les dije lo estricta que iba a ser sin importarme sus otras asignaturas, el ambiente cambió por completo, cesaron las miradas de burla e incrédulas y un pequeño murmullo de desaprobación empezó a crecer. Nada que no esperara.

Entonces si pasó algo que no esperaba, entró el último de los rezagados, se detuvo al lado de mi escritorio como pidiéndome permiso para seguir y nos quedamos mirando fijamente sin hablar, el bajó la mirada y la subió poco a poco recorriendo todo mi cuerpo, casi que desnudándome, sentí que ni la ropa interior, la cual era la más bonita que tenía, se me quedaba encima, ese pensamiento me traicionó por completo y me sentí turbada, un escalofrío recorrió mi espalda y mi estómago subió y bajo de golpe, menos mal, porque me hizo reaccionar.

-Pase, puede pasar, pero que sea la última vez porque me está interrumpiendo la clase—le dije, sentí que me ruboricé y él lo notó, vaya que lo notó.

-Claro, disculpe, profesora, es que no conseguía donde estacionar el coche —me contestó con una sonrisa muy pícara. Era un hombre de unos 26 años. Qué hacía un hombre en mi clase. No lo esperaba—Fabricio Herrera, para servirle seño.

-Pues no es para servirme que usted viene a esta clase, es para estudiar y para llegar a la hora—traté de sonar lo más dura que pude, pero sentía que la voz me traicionaba, no estaba del todo recuperada de la desvestida que me echó este tipo y no podía seguirle el juego de llamarme maestra.

-Ah, pero perdón, si ya le saltó la térmica antes de empezar la clase, no pasa nada – y pasó lo que tanto estaba evitando, la clase completa estalló de risa. Cerré los ojos, me puse roja muy roja, me volteé hacia ellos poco a poco e hice silencio absoluto. Mi cara debió ser lo bastante terrífica como la sentía porque se callaron de pronto y la risa se cortó como con un cuchillo. Siguieron momentos de tensión y eran ellos o yo.

Seguí muy seria y traté de enmendar lo que el tipo ese me hizo en lo que a la confianza de la clase se refiere y sobre todo a lo que sentí cuando me miró.

-El señor Herrera ya se va a sentar y nos dejará continuar hasta que terminemos la clase, y diez minutos antes del final nos hará un resumen de todo lo que hemos tratado hoy – le lancé el reto, no podía dejarme intimidar y no podía perder la autoridad ante el resto de los estudiantes. Pero me equivoqué. Pasó por mi lado muy cerca y muy bajo me dijo; - Linda pollera. Volví a recordar mi ropa interior y me ruboricé de nuevo. Hice como que no había pasado nada y continúecon la clase, no volví a mirarlo más. Faltando 10 minutos para terminar le recordé queteníaque dar un resumen, se levantó y vino tranquilamente hasta mi lado, muy cerca.

-Puedo dar el resumen aquí,¿ verdad? Sin problema – y me miró.

-Claro - le contesté. Me arrepentí otra vez. Se paró a mi lado casi rozándome el hombro y empezó a resumir la clase, lo dijo todo, como yo lo había explicado, incluso la parte primera antes de que él llegara, no sé cómo hizo, creo que la preguntó a alguien que me grabó o un alumno con muy buena memoria. Mientras hacía el resumen yo me movía despacio a un lado para que no se notara que me turbaba su presencia, pero él seguía mi movimiento, también despacio y como quien no quiere. Cuando terminó, hice un gesto para que la clase salieray fui a recoger mis cosas. El me siguió.

-Mire seño, quiero me disculpe– empezó, pero le interrumpí.

-Mire usted señor Herrera, deje el juego porque no se lo voy a permitir, que me falte el respeto desde el primer día – me interrumpió él.

-No, no, no quiero que me malinterprete, de verdad lo de seño es que nunca se me ha quitado decirles así a las profesoras mujeres que me han tocado, pero vos sós la única que se ha molestado, disculpame, por favor – sonaba muy sincero y parece que fui yo la que sobre reaccionó ante el calificativo de maestra de niños.

-Ok, vamos a dejarlo así, pero no me podés tutear.

- ¿Por qué no?

-Porque soy la profesora y cuando un profesor se tutea con un alumno se pierde la confianza de los demás compañeros, ¿si podés entender eso? - mi voz fue perdiendo el tono y sonaba furiosa.

-La verdad no, entiendo que tenga que tratar de usted a un profesor anticuado y viejo, pasado de moda y empaquetado, pero a vos que sós la Profesora más hermosa que me ha tocado en mis 100 años de carrera no – traté de ignorar por completo la última frase. Me hablaba muy suave y despacio sin dejar de mirarme de arriba abajo.

-Eso tampoco lo podés hacer, no podés empezar una clase piropeando a la profesora, si te oyen te pueden expulsar de la Universidad, no es ético – la verdad es que no encontraba como defenderme – y me seguís tuteando. Me volvió a mirar de arriba a abajo y se detuvo en mis piernas, las recorrió lentamente, miró como si pudiera atravesar la falda, se detuvo en mis pechos y me miro a los ojos.

-Está bien, de ahora en adelante le diré Profesora Giraldo.

-Y dejá de mirarme de esa manera – se me salieron esas palabras y ahora si que me arrepentí de verdad.

- ¿Qué qué? No, no, no, no, ¿cómo te estoy mirando? ¿Como me podés prohibir que te mire, que no te hable, que no te mire, entonces que hago, renuncio a la clase de una vez? Eso si no me parece ético que una profesora limite a un alumno.

-Me estás tuteando –fue lo único que se me ocurrió.

-No, dije profesora.

-Todo lo demás...

- ¿Qué paso con mi mirada?

-Nada.

-Algo pasó, porque te molestó.

-Me seguís tuteando.

-Mi mirada,¿me contás o no?

-No pasa nada con tu mirada.

-Pero vos dijiste.

Terminé de recoger lo más rápido que pude en medio de la conversación o del juego que él había instaurado entre nosotros, tenía ganas de salir corriendo, devolverme a la casa y acostarme en mi cama a llorar, sentía que este primer dia había sido terrible solamente por este tipo que tenía al lado que no me permitía ser yo, que me tenía desubicada y descontrolada.

-Ya le dije Herrera que no pasaba nada, que se puede ir y que debe guardar las distancias – retomé un segundo aire y sentí que me recomponía, pero no había terminado de hablar cuando las carpetas que traía y que estaba recogiendo se cayeron todas al piso, se salieron las hojas y se regaron alrededor del escritorio, ya los otros alumnos habían terminado de salir y solo quedábamos los dos en el aula.

-Pero miraqué has hecho, por no querer salir corriendo y no contestarme – me agaché a recoger las carpetas y las hojas y desde el piso lo miré con ojos de rabia.

-¿Puede ayudarme a recoger señor Herrera?, ya que como usted bien dice esto es su culpa.

-Aaah, por fin nos entendemos, sí, fue por tratar de salir corriendo y evadir mi "mirada" que te molesta – me estaba llevando al borde, pocas veces un hombre había logrado esoconmigo, pero es que no encontraba cómo hacer que se fuera, me dejara de hablar y no me mirara más. Algo de repente me hizo entender que tal vez no quería que se fuera, si no que siguiera haciendo lo que estaba haciendo.

-¿Me vas a ayudar?

-¿Me estas tuteando? – no me quedó másremedio que reírme, ya no podía seguir luchando.

-Vaya, vaya cuando te reis sos más bonita, perdón ProfesoraGiraldo, pero esa se me escapó – se agachó junto amíy sentí su mirada entre mis piernas juntas y apretadas, fue muy fugaz, pero estoy segura de lo que vi. Hablé apresurada tratando de disimular la turbación y apretando máslas piernas para que no se viera nada.

-No sé qué voy a hacer con vos, digo con usted, ya me confundis, por favor terminemos de recoger y nos vamos ¿sí? – volví a tomar el control, al menos eso sentía.

-Me parece muy bien, ¿para dónde vamos? – no puede ser lo rápido que me descontrola.

-Para ninguna parte – contesté casi gritando – yo con vos no voy para ninguna parte, ¿si puedes entender eso?

-Yo solo estoy repitiendo lo que vos dijiste, terminemos de recoger y nos vamos, yo con vos voy a cualquier lado – en ese momento entró un profesor con cara de fisicomatemático, ya habíamos terminado de recoger.

-Buenos días estudiantes, ¿serían tan amables de prestarme este salón para la siguiente clase? – le iba a responder que yo no era una estudiante.

-Claro Profesor Zabala, como usted diga, ya aquí nosotros hemos terminado y vamos camino a tomarnos algo en la cafetería ¿verdad Nadine? – le contestó el muy descarado. No quise hablar más porque estaba muy rabiosa y ya habría tiempo para volver a ver el profesor y presentarme como debía. Lo miré con rabia y le torcí los ojos y me dejé llevar del brazo hacia la puerta, su mano en mi piel me estaba quemando, cuando salimos le quité la mano de un halón batiendo mi antebrazo que casi se me caen las carpetas otra vez.

-Ok señor Herrera si usted no empieza a respetarme tendré que notificarlo a la Escuela – comencé.

-Nadine, no veo porque aquí afuera del salón de clases no podemos hablar como dos seres humanos normales y dejás ya de comportarte como la Profesora vieja y cacatúa que no eres.

- ¿Y qué querés? – le contesté.

-Que hablemos normal, como dos personas de la edad que tenemos, yo 25 ¿y tú qué 26, 27?

- ¿Veinte y qué? No que va yo no tengo todos esos años.

-Ah no! Y a ver ¿cómo cuántos años tiene la profesora?

- ¿Y desde cuándo yo tengo que responderle a un desconocido o mejor dicho a un alumno recién conocido cuantos años tiene su profesora? Eso si me parece una falta de respeto – Seguimos caminando por los pasillos de la Facultad hasta que llegamos al estacionamiento, obviamente el que tenía carro era él – Bueno hasta aquí llegamos yo salgo en el transporte público. Nos vemos en la próxima clase.

-Pero Nadine, ¿no quedamos en que íbamos a alguna parte? Seguía tuteándome.

-No de verdad que no quedamos en nada, veníamos caminando, usted preguntando cualquier cosa.

-Y vos sin responder ninguna, pero ¿si querés podemos ir a un café y desayunamos?

-No, no creo, tengo que ir a mi casa y preparar la siguiente clase – Traté de bajar el tono a uno neutral y no de discusión para despedirnos como lo que éramos, profesora y estudiante.

-Pero si son solo unos 10 minutos caminando hasta Puerto Madero, podemos desayunar o simplemente tomarnos un café y me cuentas cómo es la clase, después puedo llevarte a tu casa, no tengo más nada que hacer por hoy.

-Vaya que vos sos insistente ¿no? No, no se puede.

-Decime, ¿por qué no se puede? Que hay de malo en tomarse un café, dos personas que se acaban de conocer y van a compartir una cátedra durante un semestre. No veo nada de malo en eso. Además, ponéte de acuerdo en cómo vamos a hablar, me tuteas o me decis de usted.

-Ponéte de acuerdo con vos mismo, primero ¿cuál pregunta querés que te responda?

-Eso está más fácil, vamos comemos algo, nos tomamos un café y discutimos todo esto, no te parece a vos más sencillo que seguir aquí donde nos están mirando, los profesores, los estudiantes, el personal de la universidad, o sea todo el mundo, ¿es eso lo que vos querés evitar?

-Es eso.

-Pues no te conviene mucho entonces que nos vean, aquí, mirá vámonos por ese lado y nadie nos ve – Se refería a una salida lateral del estacionamiento que tenía un pasillo cubierto. Accedí para evitar continuar con la escena del estira y encoge con un estudiante el primer día de clases, la verdad que no me convenía que otro profesor o un directivo de la escuela me viera argumentando de una manera poco profesional con un estudiante.

-¿Y para dónde vamos? – Pregunté cuando ya habíamos salido.

-Primero déjame ayudarte con esas carpetas, que no se ven pesadas pero están como desordenadas y si se te caen otra vez, sí que se pueden dañar – Hice el intento de rechazar su ofrecimiento, la pregunta era retórica, porque no tenía intención de ir con él para ninguna parte, pero me gustó el gesto, me pareció muy amable, en este tiempo cuando ya casi no quedan caballeros, le pasé las carpetas y continuamos hablando y caminando muy despacio, como sin destino, hacia cualquier parte.

-¿Cómo es que cambiaste tanto? Te afecta la Universidad, allá adentro eras casi un patán, antipático y ahora eres un galán.

-No es que la que ha cambiado sos vos, yo soy el mismo patán antipático ¿quién te dice que cambie? – Me reí a carcajadas, había cometido un error.

-Disculpa no fue mi intención, no soy así hiriente con las personas, seguro que lo incómoda que me habés hecho sentir en el salón de clases hizo que una parte de mi quisiera alguna revancha.

-Vaya, vaya, la psicóloga en todo su esplendor. Eso fue un auto psicoanálisis muy rápido ¿no?– Su tono había cambiado, todo lo decía de lo más dulce y condescendiente.

-No te burles, no me hagas arrepentir, te estoy pidiendo disculpas y lo que haces es burlarte.

-No me burlo, es que me encanta poder verte en acción como Psicóloga, además de buena profesora, debes ser muy buena como profesional, ¿no habés pensado en hacer psicología clínica también.

-De pensarlo, lo he pensado, pero cada cosa a su tiempo, voy terminando los estudios, me llamaron para ofrecerme este cargo de profesora y tengo que consolidarme primero aquí en la universidad para después buscar otros caminos – Me sorprendió con la pregunta y le respondí de manera honesta y amplia, algo estaba cambiando en la forma cómo conversábamos – pero ya está como suficiente de que me preguntés de mí ¿no?, ¿cómo es que tenés como 50 años y estás en el primer semestre? –

-No tengo 50, tengo 25 te dije, pero sí es raro ¿no? – siguió riendo – lo que pasó es que terminé una carrera y quiero estudiar otra, y como la que terminé no incluía ciertas electivas como "Estudio y Comprensión del Hombre", los administradores de la cátedra me hicieron inscribirme en esta asignatura esta mañana. Sencillo – Me quedé con la boca abierta por un rato, todo lo que había supuesto y pensado de Fabricio no era así, tendría que empezar de nuevo a tratar de descifrar quién era este tipo, me miró con cierta burla y reacioné.

-Disculpá, no quise...

-¿Cuántas veces te vas a disculpar hoy? – me dijo muerto de la risa – No hace falta, si por la mirada que me echaste desde que entré me di cuenta de todo lo que te estabas imaginando de mí y por eso me dije, voy a fastidiarla un poquito, así que quien te debe una disculpa soy yo– E hizo una reverencia con las carpetas en las manos. Le lancé un golpe al aire como reprochándole todo lo que me hizo pasar.

-Ma salió psicólogo, no sé qué carrera estudiaste, pero parece que tiene que ver con la conducta humana, pues sabías lo que yo pensaba y demás. Disculpa aceptada.

-No, no fue psicología, fue "Estudio y Comprensión de la Mujer", la cual me han hecho repetir por eso estoy en tu clase.

-Muy gracioso, pero seguro, debés tener unas cuantas mujeres por ahí haciendo cola esperándote – No sé cómo pude decir esa barbaridad, me arrepentí de inmediato. Por supuesto, se río más fuerte de lo que había hecho todo el día. –¿Hasta cuándo te vas a reír de tu profesora?

-No me río de vos, si no de cómo hemos progresado en tan poco tiempo, a mí se me había olvidado lo de profesora hasta que lo acabas de mencionar, ¿a vos no?

-Pues fijáte que no. Tenes que decirme cómo sabías lo que yo pensaba de vos, de paso que no me has dicho qué es lo que vos crees que yo pensaba.

-Por eso es que precisamente no aprobé la materia y la tengo que repetir, no puedo con un enredo como ese, una mujer me confunde más que las galaxias. – Y ahora nos reímos los dos.

-Es muy sencillo, si querés te lo explico. No tenés forma de saber lo que yo pensaba, a menos que me digás ahora que podés leer la mente y cosas así extrasensoriales, por lo que te recomendaría un curandero y no un psicólogo. Estás inventado para hacerme sentir mal y que te siga pidiendo disculpas– Traté de enredar más los conceptos para que no se diera cuenta que había adivinado exactamente lo que había mal interpretado de él.

-Si te disculpás es porque tengo razón, esa parte sí la puedo desentrañar muy fácil, en mi cerebro lento para argumentar con una mujer, y además ya quedó aclarado que ya no debés seguir creyendo que soy lo que no soy.

-Ah no, eso sí que no, si sos bien odioso, trataste de burlarte de mí delante de los demás estudiantes en mi primer día de clases.

-Vaya, qué tonelada de información me acabás de dar.

Habíamos caminado sobre la Avenida Independencia en dirección a Puerto Madero, durante unos diez minutos, íbamos despacio conversando, entramos en el primer café que encontramos que pertenece a la cadena de cafés americanos, que están por todas partes, dejamos atrás los grandes y lujosos edificios de oficinas, los cuarteles principales de los bancos y las empresas multinacionales para entrar en los puentes y almacenes del puerto convertidos en una atracción turística y gourmet de la ciudad.

El ambiente marino y las lagunas que tiene al frente el puerto cambiaron nuestro ánimo y la conversación se hizo menos tensa, más relajada, un poco más íntima a pesar del poquísimo tiempo que llevábamos conociéndonos.

Al principio mientras caminábamos a veces rozábamos los cuerpos por la incomodidad de pasar al lado de las personas que caminaban o más rápido o las que lo hacían en sentido contrario en la misma acera, pero cuando ya estábamos llegando el roce se hizo común, tres, cuatro pasos y un leve toque de los hombros, las piernas, los brazos, fue un movimiento acompasado y agradable, parecía una camaradería que se fue convirtiendo en una necesidad. Todo eso en 10 a 15 minutos.

-Si, está muy bien, pero por favor no la uses en mi contra.

-No para nada, solo que no debés ir diciéndole a todo el mundo que es tu primera vez dando clase, y que hoy fue tu primer día y además te pusiste nerviosa con el primer idiota que entró en tu salón tarde.

-Mirá que lo de idiota si está correcto, no entiendo porqué tenés que comportarte así, si siendo vos mismo sos más lindo – Volví a meter las extremidades completas, me sonrojé no sé hasta dónde y él lo notó y se rio a carcajadas.

-Gracias, pero ninguna profesora me había dicho lindo hasta la tercera o cuarta clase, es un progreso ¿no te parece? – lo dijo guiñándome un ojo.

-Pos si querés te burlas un poco, mira que me doy media vuelta y regreso a la Universidad, que trabajo tengo.

-Pues no, no quiero, ya me estoy acostumbrando, dame un tiempo para adaptarme a tus reglas y te prometo no...

-Es que no son mis reglas ni que te burles – lo interrumpi- es que mirá, un poco de respeto a tu profesora.

-Ok, más respeto, de acuerdo, pero eso de irte parálo ya - Entramos en el café, tomamos una mesa afuera, nos pareció mejor para disfrutar del buen clima y el paisaje. Fabricio fue a pedir en la caja, un café para mí y un desayuno más café para él. Cuando regresó seguimos charlando como dije antes, más calmados y más íntimo.

-Entonces, ¿pensás decirme qué fue lo que estudiaste antes de registrarte en Ingeniería?

-Si claro, no es ningún secreto, ni soy espía del gobierno ni nada que se le parezca, pero prometéme que no te vas a reír.

-Ah ya sé, no me digás, si crees que me voy a reír, fue para payaso de circo, porque mirá que para eso vos no necesitás ni estudiar– me miró serio.

-Ves, ya comenzaste y no te he dicho.

-Te prometo no reírme –y solté la carcajada.

-Pues estudié nada más y nada menos que Astronomía. En la ilustre Universidad de la Plata, en la Facultad de Ciencias Astronómicas y Geofísicas – no pude aguantar la risa, me reí como loca por minutos. Lo miraba y me volvía a reír, su cara fue cambiando de serio a molesto.

-No, no, no, disculpáme. Es que no me río de la carrera, si no de lo fanfarrón que sonaste cuando fuiste diciendo cada palabra desde la carrera, la universidad, la facultad, jajajaja, no, no, no –dejé de reírme y el me seguía mirando entre serio y bravo, al final cambió su cara y estalló en una carcajada más grande que la mía, no me pude contener y nos reímos los dos hasta casi las lágrimas.

-Paremos ya, de verdad que tu profesión no me da risa, muy al contrario, me parece una carrera bellísima, es más no sabía que aquí en Buenos Aires existiera esa carrera y se formaran astrónomos en el país y contáme, ¿qué hacen los astrónomos en Argentina?

-Nada. Ese es el problema, no hay muchos astrónomos, pero tampoco hay muchos puestos de trabajo para nosotros, escogí esa carrera por otras razones, la estudié porque me fascinan las estrellas, las galaxias, la formación del universo, más en forma existencial y poética que en la manera científica.

-Vaya, eso sonó profundo, disculpáme por reírme, no fue mi intención burlarme de tu profesión.

-Nooo, olvídalo es una tontería, yo sé por qué te reíste, yo mismo traté de hacerte reír, porque eres mucha más bella cuando lo haces y hoy no he estado muy bien con vos, te lo debía.

-No, no me debías ni me debes nada, fui yo la que con mis nervios de profesora primeriza magnificó todo el asunto, pero mira aquí estamos hablando de lo mejor, contáme ¿por qué estudiaste Astronomía?, hace un minuto dijiste que fue por poesía y filosofía más que por ciencia, ¿cómo es eso?

-Bueno, tengo que ganarme la vida ¿verdad? Y como te dije los astrónomos no tenemos mucho campo de trabajo en el país, si quiero trabajar en eso tendría que irme a otra parte. Entonces mi padre no estuvo muy de acuerdo con eso y él con mi hermano mayor tienen una constructora, pequeña, pero nos ha dado para vivir más o menos bien, por lo que sí quiero entrar en el negocio tengo que estudiar Ingeniería Civil. Eso es todo.

-Si entiendo, eso está muy razonable, no vas a poder construir edificios en la luna, marte o el sol - Me volví a reír.

-Ya me habías pedido disculpas, pará porque la próxima creo que no te disculparé, ¿es parte de tu venganza cierto?

-Si claro, me hiciste sufrir bastante en el salón y parte del camino para acá, además me vas a seguir disculpando – le dije con un poquito de coquetería - pero eso no responde mi pregunta, vos dijiste que por otras razones estudiaste esa carrera.

-Me volvés a mirar así y te juro que se me olvida que sos profesora de una materia obligada que tengo que ver y se descalabra mi mundo y el tuyo – me volví a reír, no sé si con coquetería, si nerviosa o deseando que cumpliera su promesa.

-Lo estás haciendo otra vez – me dijo.

-Está bien me calmo, no te miro más porque acabo de descubrir una tonelada de información acerca de lo fácil que sos – y esta vez fue él que se rio – Pero ¿me vas a contar o no?

-Si está bien, te contaré, para empezar, tendría que irme a cuando era pequeño, pero eso me pone en riesgo de que me quieras cobrar después por el psicoanálisis – meneé la cabeza en señal de no – ok, si no me cargás los honorarios, entonces es más fácil.

Como te dije, - continuó - cuando pequeño, quería ser poeta, quería ser escritor y comencé a escribir, tenía doce a trece años, pero un tiempo después me di cuenta que no era tan bueno y de pronto dejé de escribir, entonces pasé a la siguiente fase que era leer, y me aficioné tanto a leer que leía todo, desde el diario hasta cualquier libro o revista que cayera en mis manos, empecé a agarrarle gusto a los libros de filosofía e historia y me di cuenta que en el pasado había conocimientos adelantados de todo tipo, que se fueron perdiendo entre guerras, invasiones, migraciones y sobre todo en la Edad Media, cuando se le prohibió a la mayoría de la población del mundo leer libros que contrastaran los conocimientos religiosos, entre esos conocimientos estaban los de astronomía.

-Muy profundo –le dije muy suave y convencida de lo que estaba diciendo, me parecía que mientras hablaba mi concepto de su persona cambió totalmente –pero seguí.

-Pues, mientras más leía, más me parecía lógico que estudiara una carrera relacionada con lo que me gustaba, y me gustaban mucho las estrellas y también todo lo relacionado con el origen de la vida, no tanto en su forma biológica y de evolución aquí en la Tierra, sino más bien desde el verdadero origen, que es el inicio de todo, el momento en el que la nada explotó: "El Big Bang". Por eso estudié Astronomía.

-Impresionante, sabés que hasta un poquito de envidia me está dando, sana, pero es envidia, hiciste algo que muy pocas personas logran y hacen, que es estudiar lo que realmente les fascina, lo que los mueve por dentro, y contáme, ¿qué conseguiste, ¿dónde te llevó esa carrera?, ¿encontraste lo que buscabas?

- ¿Qué querés que te diga?, es como toda carrera, hay materias que sobrepasan tus expectativas y otras que no, tú crees que no te dejan nada, así como para qué me va a servir esto en toda mi vida futura hasta el día que me muera.

-¿Como Estudio y Compresión del Hombre?

-Sabes que no. Yo no creo que tu materia sea de esas, yo creo que hay mucho buen material en entender el comportamiento humano – me seguía impresionando, no parecía la misma persona de unas horas atrás.

-¿Y lograste lo que buscabas?

-En cierta forma sí. Es increíble cómo se parece en concepto lo que yo imaginaba cuando estaba tratando de escribir poemas a lo que es la realidad de la vida y las estrellas.

-Ah no, pero contáme, porque me estoy quedando igualita, no sé a qué te referís – le sonreí muy interesada por saber qué significaba lo que me estaba contando.

-Es así como esa sonrisa tuya, como pasamos de repelernos hace unas horas a estar atraídos e interesados el uno en el otro, así se comportan las estrellas y todos los astros del universo, así de igual.

-No, no, no vengas con cosas, que aquí no hay ninguna atracción ni interés, no exagerés.

-Pues sí la hay, yo la tengo y no me da miedo decirla, vos la tenés, pero sos mujer y, qué clase de mujer – y me recorrió con la mirada por todo lo que estaba visible de mí sentada en la silla – y entonces no laquerés admitir, pero sí la hay – lo dijo con plena convicción – no sabía que contestarle.

-Ok, supongamos que tenés razón, hay un interés en mí, pero no es otro que el de saber tu historia completa, lo ves, ese es el interés – le guiñé un ojo y me sonreí.

-Ese es el interés y, la atracción es otra cosa, ¿eso querés decir?

- ¿Si no digo que sí, no me vas a terminar la historia verdad?

-Difícil.

-Ok, interés y atracción, mucha atracción – le dije riendo.

-Sabes que sí sientes atracción, una persona como vos no dice mentiras – lo dijo e internamente sabía que tenía razón, mucha razón, pero no se lo iba a decir ni admitir, una hora después de conocerlo, él continuó – Aprendí muchas cosas, además de las científicas claro, aprendí o corroboré lo que siempre sospeché, que todos en este Universo venimos de lo mismo, eso suena un poco religioso tal vez, pero no lo es, todos somos una misma cosa y puedo convenir con los que promueven la teoría de la Unidad, ellos lo dicen de manera espiritual, yo lo puedo decir de manera científica, somos Uno, no hay nada ni nadie separado del otro, no hay reinos distintos, animal, vegetal, mineral, etc. como los quieran llamar, solo hay Uno y eso se creó hace miles de millones de años con la gran explosión, el Big Bang.

-Eso ya no suena a una carrera científica, suena a comprensión y entendimiento de la vida, ¿cómo llegaste a todo eso?

-Es muy fácil, cuando dos seres como vos y como yo se miran y se atraen – vuelve él con eso, lo miré y definitivamente lo miré con coquetería, se lo había ganado – es porque el material del que están formados es compatible, el material del que están hechos se atrae, se llama, se busca, y pareciera que es algo incomprensible, y lo llamamos del corazón, amor a primera vista y muchas otras cosas, pero es que es simple, es solo que la materia de la que estamos formados es compatible y es para estar juntos.

-Esperá un momento, me estas confundiendo ¿le estas quitando el romanticismo a que dos personas se enamoren a primera vista?

-No para nada, al contrario, estoy diciendo que ese amor que es el sentimiento que experimentamos es consecuencia de la compatibilidad de la materia con la que estamos hechos.

-Ilustráme, ¿cuál materia es esa, entonces? que no acabo de comprenderte bien.

-¿No? Y yo que pensaba que estaba hablando muy claro, disculpá, es que a veces doy las cosas por entendido. Esa materia de que te estoy hablando es sencilla, es polvo de las estrellas, de eso estamos formados todos. Todos y cada uno de nosotros, sea del reino que sea.

-Wow, ahora sí, al contrario, es más romántico – aplaudí y casi que me derrito en la silla, me lo quedé mirando absorta casi que embobada – y ¿cómo es que somos polvo de estrellas?

-Vos debes venir de la estrella más hermosa, grande y fabulosa del Universo – ahora si me derretí, seguí con la misma mirada invitándolo a que siguiera hablando – Bueno al menos descubrí que esa afirmación de que somos polvo de las estrellas no es original mía, ni siquiera de un poeta, viene de un científico norteamericano que lo dijo y se hizo viral como 40 años atrás. Es simple y es cierto y tiene que ver con la formación del Universo, de las estrellas, de los planetas y con cada cosa que existe.

-Explícame.

-Bueno hay que empezar con saber que el material primario del Universo no son las rocas ni los minerales como los conocemos es Hidrógeno y Helio, de eso estaba formado el Universo.

-¿Y cómo vinimos nosotros?

-Los cuerpos celestes que se formaron después del "Big Bang" concentraron Hidrógeno y Helio, esos cuerpos celestes se transforman y el Hidrógeno se termina, este proceso dura miles de millones de años, luego se sintetiza en Helio y Berilio y el proceso continua, ahí decimos que la estrella está muriendo, dependiendo de su tamaño, la estrella se puede convertir o en una enana blanca o en una gigante roja, esta última cuando muere en su proceso se forma hierro, cuando el hierro se desintegra por efecto de la inmensa gravedad al centro de la estrella roja esta implosiona y crea una supernova que no es otra cosa que una explosión, pero como abarca muchos materiales, mucho tamaño y muchos años luz la comparamos con cuerpos celestes, pero en realidad lo que ha hecho esta supernova es crear material para que se formen nuevas estrellas, nuevos planetas, lo que conocemos como asteroides, cometas y sobre todo polvo estelar. Ese polvo viaja miles de millones de años luz a través del espacio creando lugares y conectando galaxias, llevando vestigios de vida de un lado a otro. De allí venimos nosotros, de allí viene todo lo que nos rodea, de ahí viene la certeza de que somos una sola cosa, somos Uno. Imagínate, si eso lo hace una supernova, lo que hizo el Universo cuando explotó un día muy muy lejano de nosotros, creó cada una de las estrellas, galaxias, constelaciones y seres vivos de carne y hueso como nosotros o seres muy diferentes, de luz o de energía y quién sabe qué otro material en otros planetas o estrellas muy lejanas, seres que pueden ser muy diferentes a lo que somos aquí en la Tierra, pero que sin duda forman parte de nosotros porque provienen del mismo sitio y de la misma cosa que formó el todo el primer día, el primer instante que el Universo vio la luz.

-Woow– no conseguía como salir de mi asombro– ¿todo eso lo pensaste vos?

-No lamentablemente no, si lo hubiese dicho yo por primera vez, no estaríamos sentados los dos aquí – se sonrió y me miró, tal vez con la misma mirada que yo le devolvía a él, fue un momento que se alargó y en el que sentí que nos conectamos, bajó la mirada, la cabeza y continuó –lo que sí puedo agregar a eso es que la atracción entre dos personas tiene su explicación en el material del que están hechos, partiendo que en este planeta está toda la materia necesaria para hacer la vida y que de allí venimos, del material genético de nuestros ancestros, también es cierto que durante miles de millones de años antes que la vida la conociéramos como la conocemos hoy, la Tierra recibió polvo proveniente de las estrellas en grandes cantidades que se fue integrando en ese ADN que tenemos, de hecho lo seguimos recibiendo, día tras día somos bombardeados por ese polvo de estrellas y por energía proveniente de lo más lejano del Universo, no tengo idea si alguien ha podido determinar qué tanto de esas emanaciones del espacio sideral se mezcla con los seres humanos, pero mi teoría es esa, que mientras más materia celeste compartamos con alguien, la química que los acerca, los enamora, los hace vivir uno al lado del otro y necesitarse para compartir una vida juntos, más compatibles serán y más atracción habrá.

-Es muy bello todo eso que decís, me llega mucho porque yo estudié la mente y el comportamiento de los seres humanos, y dentro del comportamiento está la voluntad de amar, la necesidad de sentirse amado como una de las necesidades básicas para que los seres humanos podamos vivir una vida plena. Ahora, vos decís que eso depende del polvo de estrellas del que estemos hechos. ¿Y qué pasa con el que tiene polvo de una estrella única y no tiene compañero o compañera afín?, ¿o sea, que está solo aquí?

-No, acordáte que eso no es posible, somos Uno. Todos tenemos algo que es compartido con los demás, venimos del mismo lugar, y no solo tenés la suerte de poder conseguir a alguien que te ame y vos poder amar porque compartís el polvo de las estrellas, si no que al venir todos de lo mismo, vos podés y debés amar a todos tus semejantes, porque al amarlos a ellos te estás amando a vos misma porque son la misma cosa, la Unidad.

-Tenés razón, es más bonito todavía si lo mirás así.

-Más bonito es sentir que entrás en una clase que no pensabas que tenías que tomar, llegás tarde porque no te registraron a tiempo y cuando cruzás la puerta ves a una mujer de falda naranja impresionante que te achica la vida y que te hace recordar todas tus teorías locas de las estrellas y del polvo cósmico que ahora parece polvo mágico, polvo de hadas. Eso es más bonito – ahora bajé la cabeza yo, entramos en un terreno que nunca me imaginé iba a llegar con alguien en tan poco tiempo.

-Fabricio...

-Nadine...

-Escucháme, por favor – empecé con la voz muy queda, no sabiendo que iba a decir después de cada palabra- mirá vos sabes que soy tu profesora, ya vos no sos un niño de los que le doy clases, como profesora no puedo tener nada con un estudiante, es más aquí mismo ahorita, hablando como estamos no está bien, nunca pensé que venir a tomar un café con vos aquí iba a terminar en esto. Hemos tenido un buen rato, conversamos bien, pero no me hace bien para lo que yo quiero hacer...-me interrumpió y le di gracias a Dios, no sabía cómo continuar, todas las oraciones que dije sonaban vacías y cliché, nada de lo que verdad sentía o pensaba.

-Nadine, ya te dije lo que pienso y lo que siento, ahorráte el discurso de la profesora nueva en el nuevo cargo, está muy bien, es el primer día que te conozco, es verdad y no quiero que por nada del mundo por mi culpa vayás a perder la oportunidad de ser la Profesora (o la seño) – nos reímos – que soñás, no es justo tenés razón y no es ético, pero no te pido que seás mi novia hoy, claro que no, lo que te pido es que me dejés estar cerca, que me dejés conquistarte, que no me veas como un amigo o solo como un alumno, te aseguro que voy a respetar el tiempo exacto del semestre, no te voy a pedir nada que no sea poder hablar contigo y estar en tu vida, no como tu novio, por ahora, pero sí como esa sombra que te hace falta, que te sigue y no te perturba pero que te acostumbrás a ella y que añorás después – lo miré profundamente y sentí que él tenía razón, hay algo diferente cuando te encuentras con alguien que no habías conocido pero te sientes completamente a gusto y sabes que puedes confiar y yo decidí confiar.

-Tenes razón, nada de lo que dije antes es verdad. La verdad es que me agradás más de la cuenta y eso que proponés no lo veo mal siempre que respetés mis límites y no te sobrepases en el salón de clases, nada de seño, ni de hacerme la vida imposible, ni de mirar debajo de mi falda, ni ninguna otra falta de respeto.

-Estoy de acuerdo, en casi todo, menos en lo de mirar debajo de la falda.

- ¿Cómo?

-Que yo no miré debajo de la falda.

-Si miraste claro que miraste, ¿qué creés, que yo soy ciega?

-Intenté, pero no vi nada, no me dejaste.

-Descarado y lo reconoce, no, no, no.

Continuamos hablando casi toda la mañana, al mediodía regresamos caminando al estacionamiento de la facultad. En un momento mientras caminábamos de regreso, él me tomó de la mano por unos segundos, se la solté porque no quería que alguien de la Facultad nos viera agarrados de la mano, pero en ese pequeño lapso pude ver algo que me sumergió en un letargo y del cual salí cuando él casi que me sacude.

Me vi muy mayor, anciana sujetando un ánfora que contenía las cenizas de alguien y las estaba derramando en el mar desde un puente, que pudo haber sido uno de estos puentes de Puerto Madero, cuando busqué dentro de mí para saber de quién eran esas cenizas me di cuenta de que eran de Fabricio y que él y yo habíamos tenido una larga vida juntos con hijos, nietos, problemas y felicidades, pero al final una vida llena de amor. Cuando volví en mí, él me preguntó.

-¿Qué te pasó que te habés quedado como en trance?

-No lo sé, viaje en el tiempo como 100 años, no sé cuántos, tuve una visión inexplicable, primera vez que me pasa algo así – no le quise contar era como prematuro decirle que nos vi juntos por toda una vida.

-¿Me la podés decir?

-No, fue algo muy extraño, tal vez algún día te cuente, pero fue del futuro, no entiendo nada.

-Es muy fácil de entender, ¿sabés que los viajes en el tiempo son teóricamente posibles?

-No, no sé nada de eso, ¿otra de tus teorías celestes?

-Pues la más famosa de todas, la "Teoría de la Relatividad", no es mía, por cierto. ¿Sabés que estamos en un mundo que la mayoría de las personas consideran tridimensional verdad?

-Pues sí.

-Pues no, la verdad es que Einstein postuló y después se comprobó que nuestro universo es de cuatro dimensiones, a las tres conocidas hay que sumarle el tiempo, y cuando hacés eso, entonces el tiempo es relativo también, sobre todo cuando alcanzás la velocidad de la luz.

-¿Y cuándo alcanzás la velocidad de la luz?

-Esta sí es mía, con el pensamiento. Los científicos miden la velocidad del pensamiento como las respuestas a las interacciones del cerebro, pero qué me dices de la imaginación en cuánto tiempo alcanzás vos imaginarte que estás en Saturno, o más lejos, en el centro de la galaxia. En esos momentos cuando usamos la capacidad del pensamiento podemos alcanzar velocidades mayores a la velocidad de la luz y cuando lo hacemos podemos llegar a viajar en el tiempo y alcanzar las cimas de la perfección, la videncia y la transformación, vamos más allá de lo inimaginable y nos convertimos en materia transmutadora de conocimientos. Una buena meditación puede trasladarnos hasta sitios que no existen en el mundo físico si no en otras dimensiones. Así, que lo que sea que hayás visto puede haber sido un pequeño viaje al futuro, que tu mente despegada de las ataduras del cuerpo físico logró a través de la proyección de la velocidad de tu pensamiento en la dimensión de vida esperada en el movimiento del planeta.

-¿Vos crees? Será que fue eso. Algún día lo sabremos, y gracias por esa teoría, cada momento me sorprendés más.

Cuando llegamos a la Facultad yo cogí el bus para mi casa, no quise que él me llevara, era mejor ir poco a poco, si íbamos a tener varios meses para conocernos antes de poderempezar una relación era mejor que fuésemos despacio. Según su primera teoría habíamos viajado desde muy lejos a velocidades inimaginables para aterrizar en este planeta azul y quién sabe miles de millones de años después que llegamos, nos conocimos y podemos compartir juntos, seguir nuestro viaje y algún día volver a ser polvo de estrellas, como en mi visión.

SEXTO RELATO

AUSENTE

El día a día no deja de sorprendernos, podemos estar con alguien mucho tiempo y puede que no lo conozcamos, que no sepamos de sus deseos y aspiraciones más íntimas y profundas.

Cuando perdemos el contacto con un ser querido que nosotros damos por descontado que está sintiendo y pensando lo mismo que nosotros sentimos, pueden darse sorpresas que nos toman desprevenidos y desatan crisis que trastocan el devenir de nuestra vida.

Meditando sobre las situaciones que pueden llevarnos a esto, fue que escribí este verso:

¿En qué momento fue que no me di cuenta,

cuándo fue que me dejaste de querer?

¿Cuándo empecé a notar que ya no me mirabas a los ojos?

¿Cuándo tus besos solo se sintieron en los labios?

¿Por qué ya no hay calor en las sabanas?

¿Y ahora qué hago con todo esto?

❖ ❖ ❖ ❖ ❖

Isabella Rosas, nació en un pequeño pueblo de la costa norte de Colombia del Departamento de Antioquia, sus padres se habían mudado a Montería, siendo ella muy niña, había crecido en esa ciudad ganadera pero constantemente visitaba Arboletes, para bañarse en la playa. Adoraba poder ir a ese pueblo y olvidarse de todo. Isabella era lo que toda mujer joven de la costa representaba y ella mucho más, alegre, dicharachera, relajada y ocurrente, además de un color de piel exuberante, no era blanca pero tampoco morena, su piel transmitía todo el exotismo de la belleza de la mujer colombiana, completado con un pelo negro largo y una figura alta, delgada y muy estilizada.

Isabella llegó a Medellín en medio de lo que ella llamaría después una serie de decisiones equivocadas. Acababa de ganar una beca para estudiar arquitectura en una universidad que tenía sede en la ciudad en la que se crio, pero que le otorgó la beca para la capital del Departamento en el cual ella nació, por lo que le pareció, en ese momento, apropiado mudarse a su Departamento natal para continuar con sus estudios. Mudarse sola a Medellín tenía que ser una buena aventura a sus 19 años recién cumplidos.

Roberto Mendy hacía dos años que había terminado la carrera de arquitectura, era hijo de uno de los arquitectos más famosos de la ciudad, con su mismo nombre, constructor muy prolífico tanto en Medellín como en Bogotá que había iniciado junto con otros colegas hace muchos años la moda de los ladrillos rojos en ambas ciudades.

Roberto Mendy Senior, el padre de Roberto, era hijo de otro constructor del mismo nombre, un emigrante francés que había llegado a la ciudad a comienzos del siglo XX y se dedicó a levantar construcciones de todo tipo por Medellín, consiguió que su único hijo en Colombia estudiara arquitectura y se dedicara a lo mismo que él, por lo que el nombre ya llevaba tres generaciones y era muy reconocido. Roberto Mendy Senior había enviudado cuando Roberto era muy pequeño y decidió no contraer matrimonio nuevamente por lo que no tuvo más hijos dejando al último de la generación como heredero de la empresa y muchas otras propiedades.

Roberto no era como su padre que había muerto el año anterior, a sus 25 se encontró con una empresa constructora, una de arquitectura y otras inversiones tanto en compañías como en inmobiliarias que su progenitor manejaba con intensidad y hacía crecer año tras año. Desde que tuvo uso de razón y se encontró solo en la casa con las tutoras que su padre usó para completar su educación, siempre pensó que ese ritmo frenético que su padre tenía se debía a la soledad y a la falta que le hacía su madre.

Él ya había decidido que no quería esa forma de vivir y cuando le tocó la decisión no vaciló, cerró la empresa constructora, disminuyó la actividad de la firma de arquitectura, dejó las inversiones en acciones como participación y entregó las inversiones inmobiliarias a una administradora que le devolviera solo los alquileres. Con todo lo que le reportó la restructuración de las propiedades que heredó viviría el resto de sus días tranquilo, podía dedicarse a tener una esposa, hijos y un hogar bien atendido.

En su vida tan planificada la forma como conoció a Isabella no le pareció la correcta, aunque nunca se lo mencionó a otra persona y mucho menos a ella.

Había aplicado a profesor de Arquitectura de la Universidad Pontificia Bolivariana, con las recomendaciones y la fama que tenían los Mendys era imposible que no le dieran el puesto, pensaba dedicarse a enseñar lo que aprendió en la universidad y lo que vio en el campo al lado de su padre por muchos años, además a través de la firma de arquitectura podía hacer dos o tres lucrativos proyectos al año que completarían los ingresos de la herencia, suficiente carga laboral para poder dedicarse a su plan personal.

Isabella se había establecido en la ciudad y había comenzado su primer semestre en la carrera, tenía ya tres meses y el cambio fue muy duro para ella, acostumbrada como estaba a los paisajes de los llanos de Montería, las montañas, las colinas, el clima, la gente era todo diferente en Medellín. La vivacidad que ella tenía y su forma de hablar parece que no eran del agrado de todas las personas, estaba empezando a tener una crisis cuando unas compañeras la invitaron a bailar. Eso si era lo de ella, eso era el ambiente que le gustaba y a eso vino a esta ciudad más grande, para divertirse.

No lo dudó ni un momento y se puso su vestido más corto y sus tacones más altos, se maquilló y cuando sus amigas la vieron se impresionaron, parecía una modelo, una participante de un concurso de belleza le dijeron. Bueno que se acostumbren los paisas porque así somos las golondrinas de Montería. Tú no eres de Montería, le contestaron, tú eres paisa también.

-Ah sí, está bien, pero de la costa, donde todo es más sabroso – y les enseñó el escote. Salieron todas riendo.

El grupo de amigos y amigas era bastante grande, pero Isabella se fijó en uno que tenía pinta como de extranjero, le preguntó a una de sus amigas y ésta le contestó: - woow le pones el ojo a lo mejor, de verdad que de Montería vienen afiladas, jajaja.

-¿Porqué? cuente parcera, no se lo guarde.

-Ese es un francesito que el papá le dejó una montaña de plata tan grande como Medellín, todo, mijita.

-Mmmm, interesante – contestó Isabella.

Roberto había ido a celebrar que lo admitieron como Profesor en la Universidad, acompañó a un amigo que lo invitó que le dijo que irían unas chicas nuevas que iban entrando ese semestre. Por una parte, tenía que celebrar, por la otra se sintió un poco incómodo por ser tan joven y tener ya que pensar en respetar a las estudiantes de la facultad.

Pero bueno, sería por esta noche y además no había comenzado a dar clases todavía, apenas le habían notificado que fue aceptado. Cuando vio a la morena, alta con el vestido corto, sintió algo diferente, pocas veces la sangre fría francesa que llevaba por sus venas se alteraba de esa manera, esa morena tenía algo diferente que no había visto antes y no era precisamente su ropa, eran sus formas, sus modales, su atrevimiento, su risa, el desparpajo. Ella lo miró a los ojos y él se le acercó. Hablaron y bailaron toda la noche.

Se fueron juntos, él la llevo a su casa, unos apartamentos en el área de Sabaneta que había construido su abuelo. El apartamento de muy pocos metros cuadrados, lo había arrendado el padre de ella con mucho esfuerzo para garantizarle más seguridad, al menos no pagaba la matrícula por la beca que se había ganado. Los tragos que habían consumido los dos dio pie a que el subiera y se quedara esa noche. Isabella no pensó mucho en lo que había hecho, primera noche, recién conocido y se había entregado, para tener 3 meses en la ciudad sola le parecía que iba muy rápido.

Roberto siguió buscándola por los próximos 15 días seguidos, estaba encantado, nunca había estado con una mujer como ella, no las había en su círculo social y no había muchas así en la ciudad entera. Sin embargo, todo había sido tan fácil con ella que algo le incomodaba. Le encantaba, de eso estaba seguro, pero tal vez hubiese preferido que las cosas se dieran de otra manera.

Cuando comenzó a dar las clases, tenía que preparar el material para varias semanas, incluyendo proyectos y maquetas, por lo que le pareció el momento adecuado para tomar distancia y pensar mejor lo que le había pasado con Isabella. Dejó de buscarla por un par de días y a la semana no la llamó más.

Isabella notó el cambio en él, al principio le pareció muy normal estar con una persona totalmente opuesto a ella, callado, formal, serio y sobre todo muy rico, millonario, pero a los días pensó que sus caracteres no eran compatibles y que una relación a largo plazo tal vez no era lo mejor para los dos, por lo que cuando él se comenzó a alejar, a ella le pareció cómodo y convenientey no lo buscó ni lo presionó.

Cuando Roberto recibió la llamada de Isabella la estaba extrañando, deseando, las noches con ella eran ardientes y diferentes, su compañia hacíaque algo de la pasividad y tranquilidad natural que lo caracterizaba desde pequeño se despertara y podia sentir la sensación de vibrar que no conseguía ni con otras personas ni con sus actividades normales, por eso se contentó de oírla hablando al otro lado del auricular. No esperaba la llamada y esas eran las cosas que lo desconcertaban de esta mujer.¿Acaso no debió ser él que diera el paso para buscarla primero?

-Hola Roberto ¿cómo estás? Espero que muy bien –oyó que ella le decía, pero el tono sonaba extraño – No quisiera molestarte, sé que estas muy ocupado, yo también estoy igual, el semestre está apretando y estoy atrasada en varias cosas, pero, discúlpame otra vez, quisiera que nos viéramos. Le sonó esta vez un poco solemne.

-Si claro, paso por tu apartamento esta noche ¿te parece bien?

-No, prefiero que nos veamos en otro sitio.

-Ok, dime adonde.

-En el centro comercial, esta tarde a las 6:00 p.m. te invito un café, ¿ok?

-Perfecto, allá nos vemos – le contestó intrigado. Siguió trabajando y no pensó más en la llamada.

Isabella llevaba más de una semana pensando en llamarlo, a pesar de su corta edad era una mujer con las ideas y los conceptos bien claros y eso de llamar a un hombre que no te busca no era parte de sus tácticas, además ella misma tenía sus dudas con respecto a lo que sentía por él.

Era verdad que le gustaba, la parte de que representaba lo opuesto a lo que ella era le parecía una salvaguarda para evitar cualquier desvío de su personalidad, como el mismo que había tenido con Roberto el primer día que lo conoció, por eso él le serviría como fortaleza de sus debilidades, pero al mismo tiempo tenía la duda de si podía sobrevivir tanta seriedad y formalidad. Tenía que hablar con él para disipar las dudas y llegar a un arreglo.

-Estoy embarazada –le dijo no más él se sentó en la silla enfrente de ella en el café.

Roberto tropezó con el mantel, derramó el agua que habían traído mientras ella esperaba y casi cae al suelo. Cuando se reincorporó la miró a la cara y soltó la carcajada.

-Isabella, por Dios, no ves que casi me matas, otra de tus bromas.

Ella lo miró se rio a carcajadas también casi que, llorando, de repente se le borró la risa de la cara en seco y le dijo – No, es en serio.

Se hizo un silencio interminable entre los dos, ninguno sabía qué decir, y ninguno quería ser el primero en continuar hablando, se quedaron mirando fijamente a los ojos como tratando de adivinar qué pensaba cada quien y cuál debía ser la siguiente acción correcta entre ambos.

Roberto bajó los ojos, pensó que toda la vida él había querido tener una familia, eso era lo que había planificado, había pensado en conocer una mujer hermosa que lo representara ante la sociedad de la ciudad y que lo hiciera sentir orgulloso. Quería tener los hijos para darles el hogar que él no tuvo, el padre presente y dedicado que él no tuvo y la madre que él no tuvo. Y ahora de pronto una mujer que casi no conocía pero que le fascinaba, le decía que estaba esperando un hijo de él.

Isabella estaba pensando en levantarse e irse, no había pensado en cómo decirle a Roberto que estaba embarazada y la forma como lo hizo parece que no fue la mejor, si había una oportunidad de que llegasen a un arreglo parece que se había esfumado, ella se lo quedó mirando fijamente como tratando de adivinar qué pasaba por ese rostro de hombre guapo pero que se había quedado gélido, como transportado a otro sitio, seguramente era eso, quería estar en otro sitio, salir corriendo y dejarla sola con su problema.

A pesar de su corta edad ella estaba dispuesta a asumir ese hijo para ella sola, al principio pensó que nunca se lo diría, al pasar los días reconoció que un padre tiene el derecho a saber que tendrá un hijo y por eso lo citó, pero definitivamente lanzarlede sopetón la noticia como que fue una muy mala estrategia. El bajó la mirada, no pudo sostener el contacto visual.

Roberto levantó los ojos y vio como Isabella hacía un gesto como para levantarse, no se percató del tiempo que había transcurrido sin mirarla, la tomó del brazo y le dijo que se quedara.

-Vamos a hablar, es muy grande lo que me acabas de decir, disculpa que me quedé atónito, pero un hijo es lo más grande que puede pasarle a una persona – ya había tomado una decisión, el destino tiene caminos muy extraños para hacerte llegar a donde tienes planeado, el tiempo tampoco es una variable muy importante, lo que sí importa es saber identificar el momento justo de cuándo tienes que tomar lo que la vida te pone al alcance de la mano.

Y como todas las cosas en la vida de Roberto habían llegado sin esfuerzo, asimismo llegó un hijo, por qué entonces tenía que poner reparos a la forma como vino, ese era su hijo e Isabella era de buena familia, a su entender, de clase media, pero de buena familia, no era una mujer de sociedad, pero era muy inteligente, estaba en Medellín gracias a una beca que se ganó en la Universidad y sabía desenvolverse muy bien, además con la figura que tenía, la belleza y la vivacidad, no tendría ningún problema en adaptarse a su círculo de amistades y a la vida en la ciudad.

-Disculpa la manera en que te lo dije, sí, pareció una broma de muy mal gusto, pero es verdad. Que te puedo decir, no te estoy pidiendo que te hagas cargo del niño y de mí mucho menos, ya sé que tenías días que no me llamabas y entiendo todo, pero pensé que era justo que supieras que vas a ser papá, tú mismo me contaste tu historia, la muerte de tu mamá muy niño y reciente la de tu padre, así que no quise dejarte sin que supieras que ya no estarás tan solo– todo lo que le dijo fue con el corazón en la mano, no pudo hablar de forma más sincera.

-No, discúlpame tu a mí, si me quedé callado fue porque me sorprendiste, me podía esperar cualquier cosa, menos esta noticia - Roberto se emocionó de oírla hablar de esa manera, pudo identificar su sinceridad y se conmovió profundamente, era verdad que él se encontraba solo, no tenía parientes y era el último de la dinastía de los Mendys, tener un hijo y una mujer a quien cuidar y poder formar un hogar llegaba de manera imprevista, pero era lo que él quería. La tomó de la mano y suavemente le dijo:

-Isabella Rosas, nunca, óyeme bien, nunca dejaría que la madre de mi hijo se quede sola con la tarea de criarlo y verlo crecer, es algo que tú y yo vamos a compartir, lo vamos a hacer juntos, ni tu ni yo vamos a estar solos, vamos a estar acompañados de ese hijo y el uno del otro y si Dios lo permite, vendrán más hijos.

- ¿Qué estás diciendo Roberto? ¿Qué te vas a hacer cargo de mi porque estoy embarazada? Esa no es la mujer que yo soy, para eso no fue que te llamé y tampoco fue para eso que te conté esto – volvió a hablar muy sincera, subió el tono y se le veía molesta– Esa Isabella Rosas que tú dices, vino a esta ciudad a sacar una carrera a estudiar y a dejar en alto el nombre de mi familia, este embarazo no cambia para nada mis planes y ya te dije que sé muy bien que no me llamaste porque no querías continuar, pero surgió esto y te lo tenía que decir– Dejó de hablar porque las lágrimas se le agolparon en la garganta como un torrente y le era imposible seguir.

-No he dicho nada de eso, cálmate por favor, déjame explicarte. Si no te llamé fue porque como sabes me aceptaron en la Universidad y tengo que preparar las clases de todo el semestre, dar clases, mientras tanto y presentárselas al coordinador para que me las apruebe, he estado trabajando hasta medianoche todos los días, doy clases y me devuelvo a la casa a seguir trabajando– trató de sonar lo más convincente, parcialmente era verdad –ahora tú sabes bien lo que vivimos en los días que estuvimos juntos, no fue casualidad que quedaras embarazada, sabes lo que me gustas y todo lo que hemos hablado cuando estábamos juntos no se lo he contado a nadie más, tú eres la única mujer con la que he intimado de esta manera, así que no es nada forzado para mi estar contigo, al contrario.

-Ok, ¿y cómo planeas cuidar de nosotros como dijiste? – lo estuvo escuchando con atención y mirándolo otra vez fijamente a los ojos, quería encontrar una pista de si lo que decía era lo que sentía, no pudo ver ninguna disparidad entre las dos.

Roberto no había pensado en eso, era verdad que había tomado la decisión interna de no contrariar a Isabella con la afirmación de que era su hijo, también era verdad que había decidido cuidar y velar de los dos, pero faltaba la decisión más importante.

-Cásate conmigo– le dijo.

Esta vez fue Isabella la que se rio a carcajadas y casi tumba todo lo que estaba en la mesa, se pasó, pensó. Lo menos que podía esperar era que de pronto sin conversarlo bien, sin meditar, sin pensar, Roberto Mendy, el jóven más rico de la ciudad le propusiera matrimonio, llevaba en el vientre un hijo de él, pero ella tenía solo 19 años y una vida que hacer, casarse no era su meta inmediata, tampoco tener un hijo, pero eso ya no tenía marcha atrás, en cambio el matrimonio, ¡por Dios!

-Es en serio, para repetir una frase que ya escuché por ahí hoy.

-Ya lo sé, –le contestó- Acepto –y hasta ella misma se sorprendió.

La boda se realizó tres meses después, a Isabella no se le notaba para nada el embarazo y pudo usar un vestido de novia como nunca lo soñó, la recepción se hizo en el Country Club y además de la mamá de ella se vinieron a Medellín dos primas hermanas para ayudarla con todos los preparativos que fueron bastantes, dada la cantidad de invitados, los de Roberto era toda la alta sociedad de la ciudad, los de ella era toda su familia.

Antes de casarse, Roberto ya se la había llevado a vivir en la casa de los Mendys, una mansión de más de 800 metros cuadrados de construcción en una parcela de 2.000 metros cuadrados en Los Balsos, en el sector de El Poblado. La había construido su abuelo, la reformó su padre y él trabajaba en los planos de su remodelación cuando Isabella llegó a la casa.

Tuvieron un varón, nacía Roberto Junior, el cuarto de la generación Mendy, los meses de embarazo transcurrieron muy normales y el tiempo pasó muy rápido, Roberto se había adaptado a la idea de estar casado e Isabella no tuvo mucho tiempo de pensar, entre las tareas del matrimonio, preparar el cuarto del bebe, aportar sus propias ideas para la remodelación de la casa y establecerse como la nueva señora Mendy en la sociedad medellinense, todo fue pasando muy rápido.

Roberto subió las escaleras corriendo, siempre lo hacía al terminar el entrenamiento diario, abrió la puerta del cuarto y vio a Isabella sentada enfrente de la peinadora, tenía el torso descubierto y le veía con la espalda erguida muy derecha, el color de su piel le seguía llamando la atención, la suavidad y el olor que salía de ella eran su marca de distinción como mujer, si miraba el espejo podía ver sus pechos pequeños pero muy firmes y el contorno de su figura.

Habían pasado veinte años desde que se casaron y ella seguía conservando el don de la juventud, para saber su edad había que mirar el DNI, no había

otra manera, los más aventureros que se atrevían a tratar de adivinar no pasaban de 34.

El tiempo había transcurrido y él podía decir que había tenido la vida que había planificado y la que deseaba, además de Roberto Junior, tuvieron una niña, Fiorella Patricia, un par de años después del varón, los dos fueron hermosos en la infancia y ahora que eran dos jóvenes habían entrado en la Universidad. Roberto Junior se había matriculado en Arquitectura y Fiorella en Diseño Gráfico.

En la parte profesional no se podía quejar tampoco, había avanzado como profesor de arquitectura y era reconocido como una autoridad académica a sus 45 años, llevaba progresión para ser Decano y por qué no Rector de la Universidad en un tiempo más. Como redujo la firma de arquitectura cuando tomó la herencia de su padre, solo llevaba a cabo dos o tres proyectos de alto valor que le proporcionaban altas ganancias y prestigio, esto le permitía mantener a los otros arquitectos en la firma y seguir en el ambiente que le correspondía a los Mendys. Con respecto al resto de la herencia, con buenas decisiones financieras había logrado multiplicar el valor del capital que recibió y seguía trabajando en la parte inmobiliaria en conjunto con una administradora, comprando, vendiendo y alquilando las propiedades que dejaron los dos Roberto Mendys anteriores.

En lo que a la vida se refiere Roberto estaba satisfecho, había llevado una vida tranquila, serena sin sobresaltos, con una rutina diaria establecida y en la que disfrutaba de su esposa, de sus hijos y del tiempo necesario para la recreación.

Normalmente daba clases en la mañana por lo que decidió llevar el mismo a los niños al Colegio que le quedaba muy cerca de la casa en el mismo sector de El Poblado, compartía con ellos tiempo de calidad y podía involucrarse en sus preocupaciones y sobresaltos de niños y adolescentes.

Continuaba luego para la Universidad, siempre tomaba las primeras clases de manera de poder estar en la Firma después de las 2 y pasar ahí hasta las 5 de la tarde, llegaba a la casa y se metía en el sauna y hacía el entrenamiento diario sin falta, esto le permitía estar en perfecta forma física y saludable, a sus 45 años no tenía un gramo de más de grasa y lucía una figura atlética impecable y envidiable, como él solía decir entre amigos y entre copas, tenía que estar a la altura de su esposa.

El golf formaba parte de su vida, así como formó parte de la de su padre y de su abuelo, era un excelente jugador con un hándicap muy bajo y jugaba sábado y domingo, sábado en la tarde entre 5 y 7 de la noche, de manera que le diera tiempo de llegar a algún compromiso con Isabella o con los niños y los domingos muy temprano, depende de la hora que amaneciera, pero siempre alrededor de las 6 a.m.

Usualmente los amigos lo invitaban los sábados a quedarse con ellos para tomar un escocés o un vino pero el solo se tomaba un trago y se volvía a su casa para cenar con Isabella y los niños, además no era del tipo que le gustara el alcohol.

Ahora que los hijos tenían 20 y 18 años, cuando salían juntos era muy difícil establecer que Roberto e Isabella eran los padres, parecían un grupo de 4 amigos o dos parejas que salían juntos a cenar o a divertirse, esto les encantaba a las dos mujeres. Era un aliciente más para él, tanto para mantener la forma como para mantener el mismo estilo de vida de compartir tiempo de calidad en familia.

No se podía quejar y, no lo hacía, cuando recordaba su infancia sentía el dolor de la soledad que tuvo que vivir por la orfandad de su madre y la ausencia de su padre, siempre ocupado en los negocios, levantando un imperio inmobiliario que no alcanzó a disfrutar y que no compartió con nadie. En cambio, él había conseguido equilibrar, más bien inclinar si se miraba bien, la balanza hacia la atención de la familia en vez de los negocios y la producción de bienes materiales. No se arrepentía de haber

planificado su vida y ejecutarla tal como la planeo, los resultados hablaban por si solos.

En lo que se refiere a Isabella, el matrimonio también le había salido bien. Si al principio tuvo dudas y llegó a pensar que ese impulso no muy común en él de pedirle matrimonio después de haber intentado alejarse de ella, en medio de la notica que estaba embarazada iba a resultar en un desastre con divorcio incluido y todas las consecuencias para los hijos, las cosas se fueron estabilizando y ella demostró ser exactamente lo que él había pensado, una mujer muy capaz y muy inteligente.

Representaba perfectamente su papel de dama de sociedad y nunca se había equivocado en ninguna recepción, ni en la manera de vestir ni en la forma de tratar a los amigos y conocidos, en pocas palabras parecía haber nacido para eso.

El amor había llegado poco a poco, suavemente, a través del trato, el respeto y la consideración que ambos setenían, era un amor dulce, sereno, complaciente, suficiente para llevar la vida que llevaban. Era estabilidad.

Para Roberto, Isabella era un baño de agua fresca, durante los años ella no cambió su modo de ser y siempre tenía una sonrisa en los labios y una ocurrencia para decir, mientras él era la parte seria y circunspecta de la pareja, ella era la que estaba en el medio de las fiestas, los chistes y las bromas. Todo el mundo se quería reunir con ellos, pero Roberto sabía que la razón principal era pasar una velada amena con las ocurrenciasde ella.

- ¿Te estas preparando para salir? ¿Cenamos afuera hoy? – Le preguntó, e interrumpió la contemplación de su torso al descubierto, ella se subió despacio la bata que había dejado caer en su cintura y se dio media vuelta.

-No, Roberto, cómo vamos a salir hoy a cenar afuera si mañana nos vamos temprano en el primer vuelo a Bogotá.

-No era una invitación, era una pregunta. Pero sí, tienes razón.

-Arriba de la cama te saqué lo que yo pienso que debes llevar en la maleta por si quieres revisarlo antes de guardarlo, ahí está. Mira bien para que no tengas que salir a comprar nada y luego pierdas tiempo en eso.

Él la miró y luego volteó a la cama, estaba toda su ropa seleccionada por tipo de ropa y en pequeños bultos, separados por espacios y por color. No tenía que hacer una mayor revisión, en los 20 años que tenían viajando juntos nunca había metido ni sacado nada que ella hubiese arreglado antes.

Hizo el simulacro de que revisaba la ropa, pero en verdad estaba pensando en ese viaje a Bogotá con el que no estaba de acuerdo. Era una prueba importante para su matrimonio, no recordaba haber evaluado la calidad ni la intensidad del amor que los unía, parece mentira como puede uno estar casado durante veinte años y no detenerse a pensar si esa persona que ha estado a tu lado todo este tiempo es la persona correcta. Por eso este viaje que emprendían al otro día en la mañana, le daba algo como de temor e incertidumbre.

Isabella se lo quedó mirando mientras hacia el simulacro de que revisaba la ropa que ella había seleccionado para el viaje a Bogotá, estaba segura de que no sacaría ni agregaría nada, pero tenía que dejar que él revisara el contenido de la maleta, podía suceder que alguna vez no estuviera de acuerdo con su selección. No ocurría, pero siempre podía haber una primera vez.

Se quedó pensando en lo rápido que habían transcurrido estos veinte años. Todo comenzó aquel día que supo que estaba embarazada hasta que se lo dijo en la cafetería del centro comercial, pasó por verdaderos momentos de angustia, mirando el pasado, no sabía cómo pudo sentir que podía seguir sola sin el apoyo del padre del hijo que estaba esperando.

Ahora no se arrepentía de lo que hizo ni de la decisión que tomó de aceptar el matrimonio con Roberto sin haber tenido un noviazgo propiamente dicho. Fueron de quince a veinte días de intensidad, luego un silencio de dos o tres semanas y la noticia del embarazo.

Eran muy jóvenes, Roberto estaba solo y ella estaba lejos de sus padres, les tocó decidir con muy poca información el uno del otro y con muy poca experiencia. Pero todo había salido bien.

Ella se fue a vivir a los días a la casa de él, que resultó una mansión construida por su abuelo, o sea tenía tres generaciones de Mendys, cuando llegó a la casa Roberto estaba emprendiendo una remodelación, y ella no sabía si eso le hacía bien para el embarazo, pero colaboró con él en el diseño y tuvo la oportunidad de aportar varias ideas para que la casa quedara a gusto de los dos, Roberto la dejó tomar esas decisiones lo que en un principio le encantó.

Con el embarazo en marcha, los preparativos para el matrimonio y la remodelación tuvo que dejar la universidad, pero no le pesó tanto porque después se involucró en casi todos los proyectos de la Firma de arquitectura, se dio cuenta que la parte de ella era la de creación, la de imaginación, podía ver los diseños y se los explicaba a Roberto y a los otros arquitectos, ellos tomaban notas y los dibujaban, cuando se reunían para ver los resultados las maquetas se parecían mucho a como ella las imaginó. Eso la llenaba de satisfacción.

Dio a luz a Roberto Junior todavía con diecinueve años y después de dos años más vino al mundo la niña. Cuando tenía apenas veintiuno ya había terminado de tener hijos, se planteó volver a la universidad, pero luego se acostumbró muy rápido a la vida de la sociedad de Medellín, el gimnasio, el club, las amigas y los dos viajes internacionales que hacían cada año, al principio lo hacían sin los niños y luego viajaban los cuatro en familia, siempre había una que otra oportunidad en la que podían salir Roberto y ella sin los hijos, pero eran viajes muy cortos.

Además, siempre estaba su participación en los proyectos de la firma de arquitectura que le daban la satisfacción de ver como su creatividad era fructífera económicamente y tomada en cuenta por los profesionales que trabajaban para ellos.

La manera como había llevado estos años le permitía mantenerse en forma, las amigas siempre le preguntaban cómo hacía para verse tan joven y en buena forma física, era alta, su silueta seguía siendo la de una mujer en los veintes y sus facciones no denotaban que estaba cerca de cumplir los cuarenta, sus senos pequeños se mantenían firmes y su complexión era dura pero de piel suave y tersa, el pelo negro largo hasta la cintura y el color moreno muy claro la ayudaba a verse como una beldad exótica en la sociedad medellinense.

La verdad era que Roberto también estaba en buena forma física y su apariencia afrancesada con la barba que usaba de unos años para acá, hacían que la pareja luciera espectacular. Siempre creyó que la genética de mujer de la costa colombiana viviendo en unclima fresco como el de esta ciudad, contribuía a la manera como se había conservado y como lucía.

Isabella se encargó de hacer que la vida en el matrimonio fuese divertida y fuera de la rutina, siempre planificó viajes al exterior cuando los niños tenían las vacaciones escolares y viajes internos en el país cada vez que se podía, durante los fines de semanas o los días feriados nacionales.

Las celebraciones de cumpleaños y también las festividades de navidad, carnavales, eran celebradas con fiestas en la casa o en el club. Ella se encargó de que la nostalgia y retraimiento de Roberto no se mostraran en la vida diaria de la familia ni en la de los amigos.

Los viajes al exterior siempre fueron su sueño de mujer joven y ahora que los pudo llevar a cabo lo hizo de manera meticulosa, escogió destino por destino para disfrutar al máximo y obtener la cultura y el conocimiento que deseaba de cada ciudad, pueblo y país que visitaba, esto le permitió

complementar su creatividad con ideas de países europeos o asiáticos que la mantenían a la vanguardia de la sociedad de Medellín y le servían para hacer contribuciones importantes en la firma de arquitectura.

Los hijos eran cosa aparte, si los primeros días cuando estaba sola en el apartamento que su padre rentó para ella en Medellín, tuvo los pensamientos iniciales que muchas jóvenes estudiantes suelen tener cuando salen inesperadamente embarazadas, esos pensamientos desaparecieron del todo y dieron paso a la convicción de que esos hijos eran de ella, Roberto solo había contribuido con la semilla que los procreó, de resto le pertenecían a ella y de esa forma los crio y los levantó.

Todas las decisiones de cómo vestir, dónde estudiar, qué comer, cuándo salir, los amigos, todo en general pasaba por la supervisión y la aprobación de ella.

Roberto siempre estaba con ellos, estaba presente en la casa, en las salidas, en la recreación, en los viajes, siempre estuvo ahí con ellos, pero se sentía lejano, como observando, como viéndolos crecer bajo la tutela de la madre, era como un adorno imprescindible, pero adorno a la final. Sus hijos nunca se habían expresado al respecto, pero había como un conocimiento tácito de la situación entre los cuatro, o al menos, así lo entendía ella.

Los dos hijos eran muy parecidos a su padre, en el carácter Roberto Junior había heredado el temperamento de su abuelo y de su bisabuelo, según le contaba a ella Roberto, emprendedor, inquieto, negociante, hiperactivo, no se correspondía con la tranquilidad, pasividad y letargo en el que vivía sumido su papá.

Fiorella tenía los rasgos europeos con la vivacidad y encantos de Isabella, estaba muy orgullosa de sus dos hijos, lo temprano que los tuvo la ayudo para matizar los vaivenes del matrimonio y mantenerse siempre activa.

La mudanza de esos hijos a Bogotá, era otra cosa, le tocó conversar con cada uno y convencerlos de que era lo mejor para su futuro y para su carrera, Roberto Junior estaba estudiando arquitectura como todos los Mendys, tenía los deseos de hacerse un desarrollador de proyectos como sus abuelos y continuar la obra que su padre detuvo, Fiorella estaba estudiando diseño gráfico con intención de participar en la moda y en el arte cinético que era una de sus mayores habilidades.

Bogotá les podía dar una perspectiva más amplia en las carreras profesionales y abrirles conexiones sociales y políticas más amplias que Medellín. Con esas conexiones podían devolverse luego a la ciudad natal para emprender sus profesiones con el apoyo de la familia. Roberto no estuvo de acuerdo en esta mudanza desde el primer día que se le mencionó, por eso ella comenzó hablando y convenciendo primero a los hijos de que era lo mejor para ambos, cuando ya hablaron con Roberto, la decisión estaba tomada.

Fue un paso muy difícil para ella, separarse de los dos hijos al mismo tiempo le abría una herida inmensa en el corazón, pero era lo mejor para ellos dos y cuando ya regresaran hechos un hombre y una mujer tendrían tiempo para compartir y llevar sus vidas adelante.

Roberto y Fiorella se instalarían en uno de los apartamentos que tenía su papa en Bogotá, tuvieron que esperar que los inquilinos lo desocuparan y hacer varios trabajos de renovación para que ellos estuvieran cómodos.

El apartamento estaba ubicado en una de las mejores zonas de la ciudad, tenía 4 habitaciones y más de 300 metros cuadrados con 4 puestos de parqueadero y lugar para escoltas y choferes. Roberto trató de demorar los trabajos al punto de que ella intervino muy subrepticiamente para que todo terminara a tiempo y los hijos llegaran para el inicio de clases en la Universidad.

Como siempre se había encargado de los boletos y los traslados hasta el apartamento, estaban volando un martes y estarían de regreso a Medellín el sábado en la mañana cuando retornarían ellos dos solos, tal vez por primera vez en 20 años. Comenzaría una vida nueva para ellos, diferente.

-Está todo en orden, voy a guardarlo en la maleta pequeña que creo que todo cabe, la cierro y me doy un baño entonces para que cenemos – le comentó Roberto.

-Revisa bien porque son 5 días que vamos a estar afuera y la maleta pequeña puede arruinar toda la ropa, toma las precauciones por favor – le contestó.

-Tienes razón, como siempre, cuando de maletas se trata, usaré la más grande entonces– camino al walking closet, se acercó y le dio un beso muy leve en la espalda. Ella volteó y lo miró, a él le pareció ver algo de tristeza o nostalgia en esa mirada, pero un instante después el pensamiento desapareció.

-Siempre tengo razón Roberto – se sonrió ella y le dijo a lo lejos.

-Ujum, si es verdad – masculló ya en el closet.

Roberto tomó un baño y se cambió, cuando salió ella ya estaba vestida para bajar, tenía puesta una bermuda negra no muy ajustada pero que demarcaba su figura, una chemise color beige corta casi a la pretina de la bermuda y unas zapatillas negras, llevaba el pelo recogido en un moño, no tenía nada de maquillaje, vista de esa forma parecía casi una adolescente, delgada, alta y desenfadada.

-Te ves muy joven, vestida de esa manera.

-Por Dios Roberto, no llevo puesto nada del otro mundo. Estás como mis amigas, yo como que me estoy devolviendo en el tiempo.

-A veces pienso eso precisamente y creo que tengo que prescindir de la barba para poder seguir saliendo contigo, van a pensar que soy tu papá.

-Pues fíjate que sí, no es mala idea – le dijo ella que no le gustaba la barba – y soltó la carcajada porque él no sabía porque lo había dicho.

- ¿Te parece que luzco viejo a tu lado?

-No chico, quédate quieto que poco a poco te irás viendo mejor.

-No te entiendo Isabella, háblame en serio por Dios.

- ¿Por qué en serio? Déjalo así, no pienses tanto – y seguía mirándolo en tono burlón.

-No Isabella, a veces no te entiendo, no hay forma de saber qué de verdad estás pensando, mejor lo dejamos hasta aquí y vamos a cenar que ya tengo hambre. ¿Los niños ya bajaron?

- ¿Cuáles niños?, me entero de que hay niños en esta casa, ¿tuviste más hijos y no me avisaste?

-Ay no, no, no, bajemos.

Ella bajó las escaleras riéndose y no sabiendo como Roberto después de 20 años no se había acostumbrado a la forma de pensar y hablar de ella, las cosas en serio no eran su fuerte, la vida era muy pesada cuando la gente se la tomaba en serio y ella prefería siempre mirar el lado divertido, suave y color rosa de las cosas que pasaban a su alrededor. Cuando llegaron al comedor ya estaban los dos hijos esperando, sentados conversando muy animados.

Roberto se los quedó mirando, no podía creer que esta era la última cena juntos, bueno no la última porque ellos volverían en vacaciones y las fiestas, pero por lo menos era la última en la que como familia harían en el

mismo núcleo, no sabía cómo definirlo, no se sentía bien con esta mudanza.

Además, cuando se lo notificaron a él, no fue una consulta, fue una notificación, ya lo habían decidido junto con su madre, no lo tomaron en cuenta y no les importó mucho su opinión. Sentía como resentimiento, no lo podía canalizar hacia sus hijos, entonces solo quedaba una persona que él podía culpar de todo esto: Isabella. Ya había protestado suficiente pero no sirvió de nada por lo que decidió seguirles la corriente para al menos pasar en armonía los últimos días juntos.

-Mamá ya terminé la maleta, pero me faltan muchas cosas todavía, estoy pensando que debemos enviar por carga algo de lo que me quiero llevar.

-Fiorella, ya enviamos una cantidad de cajas muy grandes, tendremos que comprarte un camión para hacer viajes semanales para ti nada más, niña. ¿Sabes qué? Deja todo eso aquí y si necesitas algo o lo compras o se te va enviando poco a poco,¿qué te parece?

-Si tienes razón, mejor compro todo nuevo.

-Mire niña esa mente consumista no me parece la mejor respuesta – interrumpió Roberto y Fiorella e Isabella se guiñaron un ojo y se rieron, hicieron caer a Roberto otra vez en sus juegos.

-Yo si no me quiero llevar nada más, casi ni que la maleta, no es que vaya a comprar nada – dijo Roberto Junior mirando a su papá – pero todo lo que tengo me tiene más que aburrido, además no sé con qué me voy a conseguir allá, por lo que prefiero tener lo menos posible. El tono de voz y la lógica aplicada sonaba como a un joven de una edad mayor y más maduro.

-Si papacito lo que usted diga – le respondió la madre.

Continuaron hablando todos muy animados mientras cenaban, Roberto fue pasando su nostalgia y su mal humor y se sumó a la conversación tratando de no caer en los juegos de Fiorella y su mamá, Roberto Junior preguntaba por las propiedades en Bogotá y cómo podían hacer para sacarles mejor provecho, cuáles eran las casas que pudieran remodelar para venderlas a mejor precio y si tenían terrenos para desarrollar.

Roberto trató de contestar lo más honesto posible sin darle toda la información exacta, pero sin parecer evasivo, ese hijo le había salido como su papá y como su abuelo y no encontraba la manera de comunicarle cómo ese comportamiento había herido tanto a la familia.

Se fueron a la cama temprano porque el vuelo era a primera hora, ya habían preparado todo y dejaron las maletas a cargo del chofer antes de subir, Roberto se despidió de cada uno de sus hijos en su cuarto como cuando estaban pequeños, conversó brevemente con ellos y se fue a su habitación.

Encontró a Isabella ya acostada en el lado izquierdo de la cama, estaba recostada sobre su brazo derecho, esa posición hacía que durmiera dándole la espalda a él. Fue al baño, se aseó y cuando llegó a la cama de nuevo ya ella dormía.

Se acostó y se quedó pensando en el rencor que estaba sintiendo, no le gustaban esos sentimientos hacia la mujer con la que había compartido 20 años y que le había dado dos hijos, volteó la miró y sintió que últimamente ya no intimaban mucho, eran muy amables cuando estaban juntos, pero se sentía lejano, faltaba algo en su matrimonio.

Tal vez, con la partida de los hijos tendrían ellos la oportunidad de recuperar la pasión y renovar el amor. Se durmió con este pensamiento, el rencor se fue suavizando en su corazón.

Isabella sintió cuando él llegó a la cama, no se movió, no estaba fingiendo estar dormida, solo estaba muy quieta, sabía que él no intentaría moverla ni llamarla, así era Roberto, no tomaría nada que ella no le ofreciera, no importa si lo deseaba o no, simplemente él no tomaría la iniciativa si pensaba que ella estaba molesta, enojada, alejada o lo que fuese, triste, cansada, cualquier cosa, no, él no iba a ser esa persona proactiva en el matrimonio que con pasión y furia, aunque sea sin fuerza, pero con convicción rescatara un mal momento en la relación, ella podía pasar una semana sin mirarlo ni hablarle y el entraría y le daría un beso en la mejilla y seguiría al estudio a leer o ver una película.

Se marcharía al golf y no la invitaría a salir a menos que ella lo esperara vestida y lista para ir a cenar o bailar. Una lágrima rodó por su rostro y le llegó a la comisura de los labios, eran 20 años y su corazón se arrugaba, pero no dejaría que eso le quitara la alegría de vivir con la que nació. Se durmió poco a poco.

Se levantaron muy temprano, pero con apenas tiempo para un café y salieron al José María Córdoba, estaban relativamente cerca y era un trayecto de casi 30 minutos.

El vuelo estuvo a tiempo y fue muy placentero, a las 6:10 a.m. despegó el avión de Medellín, el tiempo en el aire era de aproximadamente 50 minutos por lo que estaban en Bogotá afuera del aeropuerto a las 7:45 a.m. Fueron a tomar un desayuno antes de llegar al apartamento y establecieron a los hijos antes del mediodía en su nuevo hogar.

Ese primer día en la ciudad tomaron una siesta y se fueron a los centros comerciales y supermercados para abastecer de comida y completar el mobiliario y los utensilios, las mujeres se centraron en la ropa y adornos para la casa y los hombres fueron a las tiendas de electrodomésticos y electrónicos por televisores, computadores y equipos de internet y comunicación, fue un día ajetreado con almuerzo y cena en la calle.

Al otro día Roberto tenía reuniones con varios de los administradores de las propiedades que tenía en Bogotá, quería repasar personalmente y a detalle la situación de cada una de las inversiones en la ciudad y revisar el potencial de negocios de cada una, la insistencia del hijo de hacer algo diferente o reestructurar los negocios no le parecía una mala idea, solo que involucraba lo que él había evitado durante todos estos años, que era elevar la presión y el estrés del trabajo, el compromiso con terceras personas, la evaluación del éxito y de los logros, en pocas palabras un estilo de vida completamente diferente al que el planeó.

Roberto Junior, se le uniría en la tarde cuando terminara de registrarse en la Universidad. Siempre le gustaba compartir con su hijo varón, lo sentía como la continuidad de la dinastía Mendy, además escogió estudiar arquitectura como él y como su abuelo, lo que lo llenaba más de orgullo.

A veces sentía que su hijo no le aprobaba el estilo de vida que el llevaba, Roberto Junior era como su padre o como su abuelo, de una iniciativa y capacidad de trabajo fuera de lo común, siempre se destacó por hacer más que los demás, en los estudios, en los deportes, en los grupos, en todas partes era el líder y el que dirigía o llevaba a los demás a nuevas empresas.

Eso lo lastimaba, pero sabía bien que era algo íntimo, sin embargo, estaba seguro que ese hijo lo amaba y lo respetaba.

Roberto Junior y Fiorella se registraron formalmente en la Universidad en la mañana, almorzaron en el campus para empezar a adaptarse al ambiente de ese instituto en Bogotá, y en la tarde Roberto se unió a su papá en las reuniones con los administradores que tanto le interesaban, quería convencerlo de empezar un cambio radical en la manera de invertir y continuar y engrandecer la obra de los Mendys.

Fiorella se fue al apartamento a buscar a Isabella, las dos tenían mucho de qué hablar antes de que sus padres se devolvieran a Medellín, la vida les iba a cambiar a los cuatro y aunque ya habían conversado bastante ella

quería asegurarse que todo iba a estar bien, sobre todo para sus padres que emprenderían una nueva vida alejados de sus hijos.

Su mamá había argumentado muy bien las razones para que ellos se mudaran y continuaran sus carreras en otra ciudad, ellos dos eran mayores de edad, a punto de hacer una vida independiente y sus padres eran todavía muy jóvenes y casi no habían podido vivirsolos, pero a ella le preocupaba su papá, él no había estado de acuerdo y cuando se regresaran no sabía cómo reaccionaría, quería estar segura de que todo estaría bien, quería oírlo una vez más de su mamá.

Los dos días siguientes transcurrieron tranquilos, los cuatro paseando juntos por la ciudad, probando en los restaurantes nuevos que estaban de moda y reuniéndose con las personas que ellos querían dejar en contacto con sus hijos para ir desarrollando nuevas amistades y relaciones sociales y de negocios. Fue el momento de introducir a Roberto Junior entre los arquitectos más renombrados del país y a Fiorella con la gente de la moda y el arte.

Mientras tanto Roberto le seguía dando vueltas a su relación con Isabella, este viaje le confirmó que estaban distanciados, no sentía la necesidad de estar con ella, tal vez nunca la había sentido o se engañaba y sí la sentía, pero le costaba expresarla, tenía expectativa de cómo sería la vida de los dos solos en la casa sin tener que estar pendiente de los hijos y con todo el tiempo disponible para compartir juntos.

No quiso decir una palabra al respecto durante el viaje que tenía un motivo superior de establecer a los jóvenes en otra ciudad y pensaba que ya tendría tiempo de abordar con Isabella los temas que los distraían de la relación. O acaso, eso era lo que había hecho siempre, no decir una palabra y dejar para el futuro el momento de hablar y expresarse. Y si cuando hablaran no había nada que decir, o lo que saliera de adentro no era lo que él o ella esperaban oír.

Dejó de pensar y se dedicó a pasar el tiempo con la familia, al final eso era lo importante.

Isabella se entregó a los hijos como siempre hacía, o mejor dicho esta vez lo hizo con mucha más intensidad, iba a pasar una buena temporada antes de volver a verlos y no estaba acostumbrada a estar alejada de ellos por mucho tiempo, eran más importante en su vida de lo que ella misma se decía, pero trataba de demostrárselo a ellos cada día.

Se preocupó por dejar el apartamento preparado para que pudieran sobrevivir una larga temporada, contrató los servicios de las personas que los asistirían, los entrevistó e hizo la verificación de los antecedentes en conjunto con un servicio de revisión profesional, concretaron la compra de los vehículos de cada uno y agregó un servicio de escoltas no presencial, solo para hacerles seguimiento y asesorarlos en tema de seguridad.

Tenía que asegurarse que iban a estar protegidos. La conversación con Fiorella fue muy importante, le explicó los detalles de la convivencia con su papá y le aseguró que todo iba a estar bien para ambos, eran adultos mayores, e iban a seguir con su rutina, era la ley de la vida que en algún momento los hijos se separaran de los padres.

El sábado se levantaron todos muy temprano y se despidieron entre abrazos e intentos de sollozos y lágrimas reprimidas, el servicio de taxi pasó antes de que saliera el sol y Roberto e Isabella tomaron el vuelo de regreso a Medellín a la misma hora que habían llegado cinco días atrás. Igualmente fue muy tranquilo el viaje y antes de las 11 de la mañana ya estaban en la casa, los dos solos.

Conversaron muy poco durante el trayecto, Isabella se recostó un rato y cerró los ojos en el avión y Roberto leyó un libro de un novel escritor de nombre Miguel Ángel Zeles. Los dos sentían el peso de haber dejado a los hijos y mientras el avión despegaba y se alejaba, ellos iban sintiendo como

la nostalgia se iba estirando a lo largo del camino entre Bogotá y Medellín. Los dos atribuyeron a la despedida y el dolor, el silencio del otro.

En el taxi tampoco conversaron mucho y al llegar solo cosas de rutina de cómo habían encontrado la casa. Isabella dijo que quería dormir un rato porque estaba cansada y tenía cita en el salón de belleza en la tarde a las 4 p.m. y Roberto le contestó que el iría a su juego de golf habitual de los sábados en la tarde. Se fue a correr un rato y luego al gimnasio.

Había comido solo un sándwich que él mismo se preparó en la cocina y no sintió más ruidos en la casa hasta que vio desde el estudio la camioneta de Isabella salir casi a las 3:50 p.m., se dio cuenta de la hora y salió también rumbo al Club Campestre para su juego de golf, era un trayecto de menos de 10 minutos desde su ubicación.

Hoy lo acompañarían el presidente de la Facultad de arquitectura y el arquitecto que gerenciaba la firma de los Mendy. Eran habituales de los sábados, por lo que él ya sabía que después del juego le invitarían a un escocés, que nunca era uno realmente.

El juego siempre empezaba a las 5 de la tarde por lo que le dio tiempo suficiente de tomarse un tinto y conversar con los encargados de uno de los dos restaurantes que tenía el Club. Llegaron sus compañeros y comenzaron el juego.

Terminaron de jugar como a las 6:45 p.m. ya oscureciendo y se fueron directo a asearse en sus cubículos y luego al Bar La Ronda, un Bar deportivo estilo pub inglés, comenzaron con el escocés preferido por los tres y empezaron a conversar de la mudanza de los hijos de Roberto, los dos amigos habían estado desde un principio involucrados desde que Roberto se casó con Isabella y estaban interesados honestamente en el porvenir de los jóvenes, principalmente en el de Roberto que estudiaba arquitectura como eran todos ellos.

Él les explicó las razones y la estrategia que querían seguir para que sus hijos se desarrollaran en sus carreras profesionales, pero sobre todo en las sociedades de las dos principales ciudades del país. Mientras seguían conversando recordó que Isabella estaba sola en la casa, que había ido al salón de belleza y que probablemente lo estaba esperando como todos los sábados, vestida y arreglada para ir a cenar, o tal vez había inventado algo diferente o había comprado tickets para algún concierto y él había aceptado más del trago regular que siempre compartía con los amigos.

Sintió una urgencia repentina, cortó abruptamente la conversación, se disculpó y se lanzó en dirección al parqueadero. No sabía si lo había hecho sin darse cuenta o estaba tratando de evitar el estar a solas con Isabella, sintió remordimiento y un poco de culpa.

Manejó los 4 kilómetros que lo separaban de la casa a el club con el pensamiento de que hoy estaba empezando una nueva vida y no la estaba comenzando muy bien, no sabía cómo iba a ser de aquí en adelante, pero para que las cosas mejoraran tendría que poner algo de su parte, tal vez todos estos años habían pasado muy rápido entre criar a los hijos y cuidar los detalles para pasar una vida tranquila y armoniosa como siempre pensó.

Llegó a la casa y las luces no estaban encendidas, la camioneta de Isabella no estaba en el parqueadero si no casi en la entrada obstruyendo el paso, se fue metiendo muy despacio para no rayar o tropezar con el retrovisor y pudo estacionar su vehículo, le pareció muy extraño, tanto lo de la camioneta como lo de las luces, cuando se bajó del carro pudo ver que la luz de la primera sala si estaba encendida dando un reflejo triste y oscuro al resto de la casa.

Entró por la cocina y bajó la bolsa de los palos de golf, la dejó recostada a la entrada y fue encendiendo las luces a medida que iba entrado en la casa, se dirigió a la sala que tenía la luz prendida pensando que allí encontraría a Isabella.

El sentimiento de culpa y remordimiento había dado paso a la angustia como consecuencia de la oscuridad de la casa y la camioneta de Isabella atravesada en la puerta de entrada, no quería pensar que algo le hubiese pasado o se haya encontrado con intrusos en la casa, eso no ocurriría por los servicios de seguridad y vigilancia que tenían contratados y la seguridad adicional de la Urbanización, nunca había pasado algo allí en los muchos años que llevaban viviendo en esa casa desde que la construyó su abuelo.

Se tranquilizó cuando vio a Isabella, no había pasado nada de lo negativo que él estaba pensado, estaba mirando de espaldas por la ventana hacia el jardín, y se volteó cuando el entró en la sala, la consiguió exactamente como pensó que estaría y el sentimiento de culpa lo asalto de nuevo, esta vez con mucha másfuerza.

Estaba imponente, tenía puesta una braga blanca que se ceñía a su cuerpo en la cintura y en el torso, destacando su silueta perfecta y demarcando lo hermoso de su cadera y sus pechos, la braga era completamente cerrada por delante y atrás tenía un escote hasta la mitad de la espalda, las botas de la braga caían en una campana a lo largo de las piernas, los zapatos de tacón color nude destacaban lo blanco de la braga, llevaba el pelo largo suelto extremadamente liso sostenido en la sien por dos pequeños ganchos que no se veían y que hacían que su rostro muy bien maquillado y perfilado se destacara, estaba hermosa como pocas veces la había visto, o como siempre la había visto.

Sintió un golpe en el estómago, había llegado tarde y seguro se habían perdido de alguna reservación que Isabella había hecho, lo dedujo por la gravedad con la que ella se lo quedó mirando. No la dejó empezar a hablar. Ella no solía ser tan formal ni al hablar ni al mirar.

-Discúlpame Isa, de verdad que hoy que vamos llegando, los muchachos empezaron a preguntarme sobre nuestros hijos y cómo los habíamos dejado en Bogotá y todo eso y se me pasó el tiempo –las palabras no le

salían en orden, el siempre tan preciso y calmado, se sentía apenado por llegar tarde y encontrarla tan bien vestida, lo más seguro es que se perdieron de algo bien planificado –me tomé dos escoceses en vez del que siempre me tomo con ellos, ya subo y me cambio muy rápido, ya vas a ver –hizo el gesto de devolverse en dirección a la habitación.

-No te vayas Roberto, no tenemos mucho tiempo –le contestó Isabella.

-Pero si es un momento, tú sabes que yo cuando quiero me cambio muy rápido, es más ya me duché en el club, es solo ponerme algo acorde con tu elegancia y nos vamos – no preguntó a donde iban, tal vez ella le había dicho y el no recordaba hubiese sido poner la situación más grave de lo que ya estaba siendo.

Ella le hizo un gesto con la mano de que se detuviera y se acercara, continuaba con la mirada grave, no había una sonrisa como siempre se le veía y tampoco un gesto de reproche como él estaba esperando, solo la mirada fija, grave y hasta tierna se podía decir. Isabella dio un paso hacia él y se detuvo.

-Solo quiero que hablemos Roberto, es poco lo que te quiero decir, no te vayas, no hay mucho tiempo –continuo ella.

-No entiendo Isabella, ya te pedí disculpas por llegar tarde, y te he dicho lo que me retuvo, también que me cambio rápido, de qué quieres hablar –fue pronunciando las palabras muy lentamente, su cerebro no procesaba la escena, nunca antes había tenido un momento como este con ella, era su mente o su miedo a estar a solas que le hacía ver cosas que no existían o que no estaban pasando – déjame cambiarme, ya bajo y hablamos, quieres? – volvió a ofrecer.

-Roberto voy saliendo – comenzó ella, las facciones se le entristecieron, los ojos se le cargaron de lágrimas y los labios le temblaban – voy al aeropuerto.

Él se la quedó mirando, no habían hablado de ningún viaje, de eso si estaba seguro, ninguna mención, no había maleta, no había preparación, no le había dicho el destino, no habían conversado de eso, es más no habían conversado de qué harían una vez que llegaran de vuelta de Bogotá, iban llegando de un viaje, no sabía que pensar, tenía un caos en la mente y optó por buscar donde pensaba que estaría la respuesta, en sus ojos. No le gustó lo que vio.

-Pero no hemos hablado de ningún viaje – comenzó a decirle y ella lo interrumpió.

-No Roberto no hemos hablado de ningún viaje, de hecho, no hemos hablado de muchas cosas durante mucho tiempo, este viaje lo voy a hacer sola, bueno no sola. Todos estos años esperé que me miraras, que me vieras como la mujer que soy, aquella niña de 19 años que se entregó a ti y que con mucha ilusión vino a vivir en esta casa, yo sé que no nos enamoramos como mucha otra gente lo hace, pero siempre deseé que el amor creciera entre nosotros dos, Dios sabe todo el empeño que puse para que eso pasara, pero nunca llegó, nunca sucedió, al contrario con el tiempo te fuiste acostumbrando a tu vida tranquila y pasiva, me tenías a mí, tenías a los niños, tienes la seguridad económica, no tienes retos en la vida, pero tampoco tienes la chispa y la pasión que mi alma necesita. Perdóname si no hablé antes, tal vez pudimos haber tenido una oportunidad, pero me quedé callada y tú tampoco buscaste el tema – hizo una pausa, el nudo en la garganta no la dejaba continuar y las lágrimas amenazaban con arruinar el maquillaje.

Roberto trató de interrumpirla varias veces, como cuando dijo que el viaje no lo haría sola, entonces ¿con quién, con una amiga? Se iba de paseo con las amigas, ¿cuándo volvería? Como cuando dijo que no se habían enamorado como el resto de las personas, sí, en algún momento él pensó lo mismo, pero ahora, en este preciso instante se dio cuenta que sí, que está muy enamorado, que ella era el amor de su vida, pensó interrumpirla

y decírselo, pero no, la dejó hablar. No le salió una palabra de la boca durante la pausa, ella lo miró y continuó.

-Tengo que ser honesta contigo porque así nos hemos tratado en todas las cosas que hemos hecho juntos, menos en nuestra relación de amor. En el sobre que está en el comedor están los papeles del divorcio, no te estoy pidiendo nada material, la fortuna que tienes es de tu familia y yo he ahorrado algo de lo que me pagaste por mi trabajo en la Firma. También está la copia de la llave de la camioneta que dejaré en el aeropuerto, adentro del compartimiento dejaré el ticket para salir. Me voy fuera del país con una persona que oportunamente conocerás su nombre–no pudo seguir conteniendo las lágrimas y salieron libremente mientras seguía hablando – te confieso que te fui infiel, con todo el dolor de mi alma, comenzó como una relación de amistad en la que me desahogaba de mi vida a tu lado y terminé involucrada y enamorada. Te lo digo no para lastimarte, si no para que entiendas que esto no es un paso a la liguera ni una pataleta para hacerte reaccionar, no hay vuelta atrás y las decisiones ya están tomadas. Hace un tiempo estuve a punto de hacer esto mismo, pero no había nadie más, no sé si hubiese dado resultado, tal vez sí pero no tuve el valor, los niños estaban pequeños y me necesitaban.

-Isabella, por Dios, no sé ni qué decirte, no tengo palabras, no puedo hablar, no sé qué decir – Roberto desvariaba en las frases, realmente no sabía qué decir, ni qué pensar, no le salía una frase coherente, qué podía hacer, si le rogaba que se quedara haría el ridículo, ella ya estaba vestida para salir al aeropuerto, si reaccionaba violentamente por la infidelidad se iba a arrepentir de por vida, él era cualquier cosa menos violento, si se quedaba callado le daría toda la razón, pero qué razón podía darle en estos momentos para que se quedara, para que hablaran, para que le diera la oportunidad de rehacer lo que no había hecho en estos años.

-No digas nada, sería más doloroso para los dos, a mí me duele, aunque en estos momentos o después no me creas, pero me ha dolido mucho durante

largo tiempo, si no se me ha notado es por la forma de ser que tengo, pero el dolor ha estado ahí durante 20 años sin saber si me amaste alguna vez.

- ¿Dime al menos con quién te vas? – se arrepintió en el mismo momento que terminó de decir la frase.

Ella lo miró con dolor, meneó la cabeza y empezó a andar, pasó por su lado, lo miró con tristeza, pero a la vez con la misma ternura de cuando llegó a la casa y la vio mirando por la ventana, le puso la mano en el hombro, lo apretó y siguió, tomó la cartera de la mesa que esta adyacente a la puerta y salió.

El la vio caminar lentamente hacia la puerta sin voltear, se paró enfrente de la misma ventana en la que la consiguió y siguió sus movimientos lentos al montarse en la camioneta, pudo ver como la mirada de ella recorría toda la casa, el jardín, el parqueadero, miraba todo de arriba abajo, se subió y apoyó la frente en el volante, pasó un tiempo en el que Roberto pensó que se bajaría y se devolvería corriendo y entraría de nuevo a la casa, metió la llave en el encendido y le dio vuelta, prendió las luces y arrancó.

Pensó haber sentido un reflejo de la mirada de ella posarse en sus ojos, no sabe si fue imaginación o realmente sucedió, pero por mucho tiempo fue ese solo recuerdo el que guardó de ella en su memoria.

Roberto nunca supo cuánto tiempo estuvo mirando a través de la ventana, tampoco cuánto tiempo su mente estuvo en blanco, ni cuánto tiempo esperó ver las luces de la camioneta entrar de vuelta por el portón de la casa. Cuando volvió a tener sentido de su cuerpo en conexión con su mente estaba sentado en el piso recostado contra la pared debajo de la ventana. Ya estaba empezando a entrar los primeros rayos de sol y la casa se veía opaca con destellos rojizos y naranjas. No había dormido, estaba seguro de que no se durmió en toda la noche, pero tampoco recordaba casi nada, tenía adormecido un brazo sobre el que estaba apoyado, al volver en

sí, sintió un dolor agudo en el centro del pecho y no pudo contener el llanto.

Lloró por horas, fuerte, despacio, sollozando, terminaba y volvía a empezar, lloró de manera interminable, como nunca lo había hecho, ni cuando murió su padre, ni tampoco cuando murió su madre porque no podía recordarlo. Cuando trataba de parar seguía llorando por todas las veces que durante su vida evitó llorar. Lloró por su abuelo, por su madre, por su padre, por Isabella, por sus hijos y sobre todo por él.

Volvió a levantar la cabeza y había anochecido. Era casi la misma hora en la que Isabella se había ido, habían pasado 24 horas y el seguía acostado en el piso debajo de la ventana por la que la vio salir. No había tomado agua ni había probado un bocado en ese tiempo, lo último que tenía en el estómago eran los dos escoceses que había tomado con los amigos.

No tenía voluntad para levantarse, lo había perdido todo, Isabella se había asegurado de quitarle todo lo que el anhelaba en la vida, un hogar, una esposa y unos hijos. Hoy no tenía nada de eso, ella los mandó a Bogotá y el mismo día que llegaron lo abandonó a él, empezó a sentir una rabia que se le estaba convirtiendo en odio hacia Isabella, si nunca la hubiese conocido, si no se hubiese casado con ella, si la hubiese hecho abortar como hacían todas las muchachas que trataban de agarrar a un hombre con la excusa de un hijo, él se hubiese casado con una mejor mujer y hubiese tenido los hijos con esa otra, todo sería diferente y no estaría sintiendo esta rabia horrible, este odio frenético contra esa mujer.

Se incorporó como pudo y una punzada en la cabeza le recordó lo deshidratado que debería estar y el tiempo que pasó en el piso, fue a la mesa a buscar su teléfono, se acordó de los hijos, estaba descargado, lo conectó y lo encendió, tenía más de 50 llamadas perdidas de Fiorella. Le devolvió la llamada como pudo. Trató de sonar lo más cuerdo y sano que pudo.

-Hola mi corazón ¿cómo estás? – le preguntó.

-Por Dios papito ¿cómo está usted?, ¿cómo es que no me contestaba?, tengo dos días llamando, estoy que compro el pasaje y me voy para Medellín.

-Pero hija ¿por qué dice eso, si solo fue que se me apagó el teléfono y no lo puse a cargar, quédese tranquila que estoy bien.

- ¿Seguro papá? Vea que yo sé muy bien por lo que está pasando.

Roberto se quedó mudo, sin palabras. Fiorella sabía lo que estaba pasando, Roberto Junior entonces lo sabía también, todos lo sabían? ¿Quién más sabía?

- ¿Cómo que usted sabía?

-Claro papito, ¿cómo que no voy a saber? Usted cree que todo esto es posible que pase sin que mamá nos diga todo. Nosotros sabíamos todo, pero pensamos que ustedes ya lo habían discutido y que todo estaba bien, lo que no iba a pensar es que usted se iba a desaparecer de esa manera, estaba muy angustiada.

Roberto no estaba pensando bien desde anoche, no había conseguido las palabras correctas para hablar con Isabella y la tuvo que ver salir sin poder decirle nada, pero esta vez era diferente, esta era su hija, tenía que conseguir las palabras que le hicieran bien a ellos, tenía que proteger la salud mental de sus hijos y la única manera de hacerlo era mintiendo, siguiendo el juego de Isabella, después vería qué hacer con el odio que se incrementaba cada segundo por ella. Luchó con el dolor de cabeza y buscó las palabras adecuadas.

-Si mamita, tiene razón , todo está bien, tu mamá y yo conversamos todo muy civilizado, quedamos de acuerdo- las palabras se negaban a salir en

ese orden, se sentía doblemente traicionado, por Isabella y por él mismo- yo estoy bien y no pasa nada, ya le dije que no contesté porque el teléfono se me apagó, pero nada grave, ya estoy en línea otra vez y cualquier cosa que usted necesite o si quiere hablar con su papá usted me llama - la siguiente frase no la pensó y no la terminó- y su mamá ya debe estar en... con ...

-Si en Madrid con Alexander, ya yo hablé con ella y el viaje estuvo bien, ya se establecieron en donde van a vivir por un tiempo, mientras él hace unos trabajos allá, ok papito, entonces me quedo tranquila. Un beso y cuídate ¿sí? Te amo mucho.

-Yo también te amo mi corazón. Chao.

La punzada de la cabeza no era nada para la que sintió en el estómago, se le doblaron las piernas y volvió a caer al piso, de pronto sintió un dolor en todo el cuerpo, le ardía y le quemaba la piel. Se imaginó a Isabella en los brazos de Alexander Silva-Carpio, haciendo el amor con él, besándose con él, caminando por las calles de Madrid tomada de la mano con él, durmiendo en la misma cama, no soportaba el dolor que esto le causaba, no era dolor en el alma, ni en el corazón, no era un dolor emocional era un dolor físico, le dolía cada órgano, cada centímetro de carne.

Se le olvidó el odio que había nacido hacía unos minutos y ahora solo podía recordar cada momento en el que sintió un amor profundo por esa mujer y nunca se lo dijo, nunca dio un paso para demostrarle que la amaba, que a pesar de lo que ella creyese de la manera como se casaron, al poco tiempo se había enamorado de ella y era el amor de su vida.

Alexander Silva-Carpio había sido alumno de él en el primer semestre que dictó clases en la Universidad, por lo tanto conoció a Isabella en ese mismo año, él mismo los presentó y hasta fue invitado a la boda, Alexander se casó muy joven, también recién graduado con otra estudiante, pero se separó de ella en un par de años, a partir de ahí se fue a estudiar en New York y vino con una maestría en diseños de grandes edificios, al poco tiempo abrió su propia firma y se convirtió en el arquitecto más joven en ganar el premio nacional de arquitectura, fue llamado para todos los grandes emprendimientos en el país privados y públicos y esto le ganó fama internacional, construyo edificios alrededor del mundo, incluyendo Dubái y lugares exóticos, en 20 años, los mismos que él tuvo casado con Isabella.

Alexander se convirtió en el arquitecto famoso y millonario que él debió ser con la herencia y los conocimientos que tenía. Bueno la fortuna todavía la tenía. Alexander era un invitado frecuente en las reuniones de su casa, siempre era un éxito tenerlo en las veladas con los demás amigos.

Pasó una semana y ya era sábado, al acostumbrado juego de golf, no fue. Tampoco a la Universidad, no salió de la casa en esos 7 días. Lo paso atormentado con vergüenza, con mucha vergüenza, no quería salir para no afrontar a los amigos y conocidos, para que no le preguntaran por Isabella, para no tener que dar explicaciones, simplemente no las tenía.

Esa era la vergüenza mayor, sentía mucha vergüenza por él mismo, no sabía cómo enfrentarla, no sabía que hacer no tenía con quien hablar, no sabía razonar. Lo que sentía todo el tiempo lo tuvo enterrado en lo más profundo de su corazón, no pudo hablar con nadie ni expresar sus sentimientos.

Tuvo a una mujer maravillosa a su lado y no supo cómo retenerla, a los hijos que tanto anhelaba para poder compartir con ellos, estaba seguro de que tampoco les había demostrado plenamente el amor irrestricto que sentía por ellos. Qué diablos ocurría con él que estaba tan mal hecho por dentro que parecía que estaba muerto en vida.

Pasó otra semana más y envió la renuncia a la Universidad, no iría más. De qué le servía el prestigio de ser profesor si no tenía nadie con quien compartirlo. Fiorella lo llamaba todos los días y todos los días se recomponía y hablaba con ella hasta en tono jocoso, para después terminar en la crisis de autoestima que lo estaba atacando.

Si pudiera saber o recordar en qué momento perdió a Isabella, en qué momento ella decidió dejarlo, en qué momento todo se enfrió entre ellos, cuándo ella dejó de sentir cuando hacían el amor, cuándo ella empezó a serle infiel, y era ahí cuando el dolor físico volvía y la piel parecía que se les desprendía a pedazos.

En la tercera semana su cerebro de hombre inteligente le dijo que tenía que hacer algo, que tenía que buscar ayuda, él solo no podía, no estaba funcionando, solo se veía caer y caer más profundo en un abismo que no tenía fin, cada vez más hondo y cuando esto ocurría el dolor se volvía más insoportable. Buscó en Internet a un terapeuta. Fue a tres. Se quedó con el primero, una mujer.

Pasó 9 meses en tratamiento con la terapeuta, se hicieron amigos al final, nunca le dio de alta definitivamente pero poco a poco fue recuperando las ganas de vivir y la confianza perdida, puso las cosas en su lugar y los hechos en la perspectiva correcta. No fue fácil, fue muy doloroso porque pasaba por reconocer y poder ver cosas muy internas que no estaban a la luz, que nadie le había enseñado cómo eran y que él no quiso o no pudo ver en medio del dolor que las causaban.

Aprendió que los humanos respondemos a unas leyes universales de amor y de lealtad a las que nos atamos, y que cuando violentamos esas leyes podemos pasar una vida entera sin encontrar la solución a nuestros problemas, haciéndonos daño a nosotros mismos, pero también haciéndole daño a los seres que estamos supuestos a amar, les hacemos daño sin querer porque estamos como amputados de esa capacidad de mirar el orden correcto de la posición que juegan en nuestra vida nuestros seres más queridos. Pero nos hacemos y les hacemos daño también cuando nos aferramos demasiado a ese amor y a esa lealtad sin mirar que cada persona que nos rodea tiene un puesto que debemos respetar y mantener.

Roberto comprendió que su problema venía por haber negado el amor que tenía por su padre, por haber negado el orgullo y el respeto que sentía por la obra inmensa que hizo, por haber puesto en la espalda del padre la culpa de haber perdido a su madre, no perdonaba que su padre lo hubiese abandonado cuando él no tenía una madre.

Comprendió que nada de eso era culpa de su padre, que su padre lo amó tanto como él amaba a sus hijos y lo que le dio, fue todo lo que le pudo dar porque eso mismo fue lo que recibió. Comprendió que ni siquiera la palabra de perdonar a su padre debió pasar por su mente, ni por su alma porque no tenía nada que perdonarle a su padre, porque los hijos no tienen que perdonar a los padres, solo agradecimiento y amor es lo que los hijos pueden sentir hacia sus progenitores. Le dieron la vida y eso basta.

Roberto también comprendió que ese orgullo de ser un Mendy, él lo había echado a un lado y eso lo había debilitado como persona y como hombre, que la fortaleza más grande que tenemos viene de nuestros ancestros y en la medida que nos negamos a su legado perdemos nuestras fortalezas.

Un año después que comenzó con la terapia, reabrió la Constructora Mendy en Medellín y se puso al frente de esta, decidió llamar a Roberto Junior y encargarlo de la reestructuración de los negocios en Bogotá, necesitaba darle la confianza que tanto le había negado como consecuencia de que ni él mismo se la tenía.

Fue a los bancos y a los financistas y los convenció de hacer la inversión necesaria para un conjunto de edificios en los terrenos que había dejado su papá en las afueras de la ciudad, lo que era el proyecto de construcción más grande del departamento en los últimos años. Contrató con el gobierno a través de sus muchas relaciones, la construcción de carreteras y vías y empleó un staff de 30 arquitectos para la firma.

En resumen, a sus 46 años estaba renaciendo el Roberto Mendy que era, el tercero de la dinastía, el mejor preparado de todos y el más consciente de

lo que la fuerza de una herencia ancestral de emprendedores y constructores puede llegar a ser.

En lo que se refiere a Isabella consiguió el número del teléfono de ella a través de Fiorella, se lo pidió con toda responsabilidad, era una sola conversación que necesitaba tener con ella.

La consiguió en New York, la saludó y le explicó lo que quería hablar con ella, le preguntó si le incomodaba y ella le dijo que no, así que prosiguió, le contó por lo que había pasado, omitiendo los detalles dolorosos, pero básicamente cómo encontró las respuestas, le dijo cómo sus sentimientos estuvieron bloqueados por las ideas erróneas que tuvo de su padre y la relación de su padre con su madre, le pidió disculpas por haberla llevado a un matrimonio de un esposo ausente, de un padre ausente, de una persona que no se comunicaba ni con él mismo, le dijo que no estaba sano todavía pero estaba trabajando para estarlo en cualquier momento y si no lo conseguía seguiría trabajando, que no había un plazo y no había un final para buscar sin descanso la verdadera paz y armonía que no era otra que estar vivo y poder amar a plenitud. Que ella solo fue una víctima de una víctima.

Cuando cerró la llamada lloró por última vez por su matrimonio perdido.

Entre lo agitado de su vida profesional como la estaba llevando, no había tiempo para la Universidad a pesar de que la renuncia nunca se la aceptaron, pero había sido una ventaja separarse de esa vida sedentaria porque entre tantas reuniones y trabajo que tenía no le hubiese dado tiempo de prestarle mucha atención. Lo que sí hizo fue garantizarle el trabajo a Fiorella en Medellín, por si algún día quería regresar a su ciudad natal y compró una Galería de Arte, una de las mejores de la ciudad. Veía a los hijos una vez al mes cuando iba a Bogotá entre viajes de visita y trabajo.

Fue en la Galería que conoció a Eleanor, era una mujer muy joven de 28 años, muy inteligente y muy culta, a su edad ya era la curadora de la Galería.

La primera vez que la vio fue cuando le notificaron al personal de la galería que tenían un nuevo dueño, ella se acercó y puso su cargo a la orden de manera muy graciosa como si se tratara de un cargo político, así lo vio Roberto, pero luego ella le explicó que era muy común porque podía ser que el nuevo dueño quisiera redefinir el sentido de la Galería.

Pero no era el caso y eso también se lo explico él a ella. De ahí en adelante comenzó lo que todo el mundo vio como la relación dueño empleado, pero a su edad y ya recuperado de su trauma y la separación de Isabella, Roberto volvió a sentir la necesidad del calor de una mujer en su vida, en su cama y en su pensamiento. Pero esta vez sería diferente, esta vez él pensaba escoger con todos los sentidos en su lugar, con toda la pasión a brote de piel y con toda la fuerza de hombre. Y había escogido a Eleanor.

La invitó a almorzar varias veces para discutir asuntos de trabajo y pasaba mucho rato en la Galería una vez que se desocupaba de la Constructora o de la firma. Cada vez que volvía de Bogotá pasaba por ahí con la excusa de darle los mensajes de Fiorella, como si ellas no hablaran por teléfono. Eleanor notaba la deferencia y no ocultaba el gusto recíproco.

En uno de los almuerzos Roberto se sinceró con ella:

-¿Sabes de dónde viene tu nombre?

-Sabes que sí, sabes en que trabajo ¿no?

-Si claro que sí – se rio fuerte – pero no crees que no es una coincidencia, sabes que he aprendido, ya mayorcito claro, que las coincidencias no existen. ¿No te sorprende que Eleanor tenga su origen en el nombre francés antiguo Aliénor?

- ¿Y qué pasa que mi nombre venga de uno francés? – le contestó entornando la mirada.

-Que yo desciendo de los franceses – era otro Roberto con total confianza y hasta divertido.

- ¿Y debo darle gracias a quién?, ¿porque tú desciendas de los franceses y yo tenga un nombre francés?, ¿me puedes ilustrar?

-Bueno me imagino que algún Dios como Ogmios será el que ponía los nombres, pero tú le puedes dar las gracias al que tú quieras, siempre que coincidas conmigo que tu nombre y mis ancestros vienen de donde mismo.

-Jajajaja, muy gracioso.

-Y lo mejor de todo es que el significado de Aliénor es "Ardor del Sol" o sea que...

-Ujum ujum – interrumpió ella muerta de la risa – señor Mendy usted como que se está yendo muy lejos.

-No, al contrario, Eleanor, tengo tiempo siendo muy respetuoso, pero llega un momento en el que hay que decir las cosas – ella comenzó a ponerse ruborizada, al contrario de Isabella, Eleanor era una mujer muy blanca, de cabello castaño claro y ojos color ámbar verdosos, en verdad, según lo veía Roberto cambiaban de color dependiendo de su estado de ánimo. Era alta, muy delgada casi del mismo tamaño de él y de un busto generoso que contrastaba con su delgadez – ya a estas alturas no puedo seguir callándome lo que siento, no es honesto contigo y no lo es conmigo tampoco.

-Pero cuidado con lo que dices Roberto – le contestó ella con un suspiro y casi sin voz.

-Si precisamente, eso es lo que quiero, ser cuidadoso, poder cuidar una posible relación contigo –escogía palabra a palabra – a mi edad sabrás que no tengo dudas de lo que quiero, sabes mi posición y mi estatus civil, estoy libre, no tengo ataduras y no tengo plazos. Estos últimos meses contigo me han confirmado lo que siento y lo que quiero.

-Si, pero tú sabes mi estatus también – le contestó después de un rato meditando la respuesta, mirándolo directo a los ojos.

-Si lo sé y lo respeto, solo te pido que me consideres, que me des una oportunidad de llegar a ti, que me des la oportunidad de demostrarte lo que siento y que lo que siento es serio, es grande y es muy hermoso, que eres la única mujer en mi vida que he escogido, que eres la primera que pretendo, tomando yo la iniciativa, suena medio raro viniendo de un hombre de mi edad, pero tú conoces mi historia – Roberto había compartido parte de su terapia con ella, por tratarse de una mujer muy inteligente.

-Si lo sé – volvió ella a tomarse un tiempo para contestar – y no sé qué decirte, me halaga, lo que me dices, sí, me halaga mucho, pero sabes que estoy comprometida, tengo 5 años con mi novio y…

-No me des una respuesta todavía, no hace falta, no te la estoy pidiendo, no, no contestes. Solo quiero lo que te dije, no me cierres la puerta, considera que cada vez que salgamos no lo haces con tu jefe, ni con un amigo, si no con un hombre que está enamorado de ti y que si tú se lo permites puede amarte como nadie lo haría, que estoy en plenitud de mis sentimientos, que sin querer alabarme más de lo permitido, sin ser un ser espiritual ascendido estoy en pleno conocimiento de mis limitaciones y estoy trabajando para ser cada día mejor, para poder compartir contigo un amor pleno y sano.

-No te he cerrado la puerta, aquí estamos, los dos sabemos lo que pasa, no me eres indiferente, y de eso te has dado cuenta, solo que necesito tiempo para tomar una decisión.

-Por mí no te preocupes, tengo el tiempo que Dios haya dispuesto que voy a tener, de mi parte no hay prisa y el contacto contigo y tu compañía me bastan, por ahora, para sentir que estoy en la senda correcta.

-Por ahora? ¿Cómo es eso? Se rio ella.

Siguieron conversando, él la llevó de vuelta a la Galería y se despidieron con un beso suave en la mejilla que duró una eternidad, el sintió la suavidad de su piel y ella aspiró su olor de hombre enamorado, los dos cerraron los ojos como si de un beso de amor se tratara.

ACERCA DEL AUTOR

Fabio Soto Salom es un emprendedor, asesor y escritor dedicado a inspirar un estilo de vida en equilibrio y con propósito. A través de su escritura, integra ciencia moderna, sabiduría ancestral y prácticas cotidianas que fortalecen la vitalidad y la conexión con la vida. Es autor de otras obras que reflejan su pasión por el crecimiento personal y la vida con sentido.

www.ingramcontent.com/pod-product-compliance
Lightning Source LLC
Chambersburg PA
CBHW050127030726
47505CB00007B/2075